白い果実

ジェフリー・フォード

山尾悠子・金原瑞人・谷垣暁美 訳

The Physiognomy

by Jeffrey Ford

国書刊行会

THE PHYSIOGNOMY
by Jeffrey Ford

白い果実

目次

I

Ⅱ

Ⅲ

I

1．出立

　とある秋日の夕刻正四時、私は理想形態市《ウエルビルトシティ》を出立した。風吹き荒《すさ》ぶ曇天の日のことだった。迎えの四輪馬車が私邸の前で止まった時、ひときわ烈しい風に怯《おび》えた馬が棹立ちになり、私の手からは危うく書類が飛ばされていくところだった。わずか一時間前、我が支配者《マスター》たるドラクトン・ビロウその人が直々に調査を命じた事件の詳細がそこには記されている。御者が私のために扉を開けた。顔は豚に似て口中は虫喰い歯だらけだ。私はこの男の鬱陶《うっとう》しく濃い眉と落ち窪んだ眼を見て、妄想と自瀆の癖《へき》を持つ者とすぐさま悟った。「属領《テリトリー》へ」御者は風に逆らう大声で叫び、唾が私の外套の折襟まで飛んできた。頷《うなず》いて私は馬車に乗り込んだ。

　数分後、私たちは市《シティ》のメインゲートに向かっていっさんに街路を奔《はし》っていた。往き交う者たちが私の馬車を見ては、一本の指を宙に突き立てるが如き奇態な仕草をする。最近になって民衆のあいだで流行《はや》りだした挨拶の流儀だ。返礼として手を振ってもよかったが、かれらの観相学的特徴を読むことに気を取られてそのままになった。

　長の歳月に渡って私は両脚測径器《カリパス》を開き、面《つら》の皮一枚に〈魂〉を探索してきた。にんげんの顔をひと目見れば、私の心には次から次へと驚嘆の思いが雲の如くに湧きおこる。私にとって鼻は叙事詩、唇は芝居、耳は巻を重ねて人類の転落を書き綴った史書に等しく、また双の眼に至ってはそのあるじの人生そのものだ。私の眼が盛んに思考を行なうあいだも馬車は進み、いつしか長い夜の中に轍《わだち》を刻みつつあった。山道に入り、やがて道なき岩山に至っても、愚鈍な御者は馬の歩みを少しも緩めようとはしなかった。マスター・ビロウの最新の発明品である化学灯がまばゆい橙色に輝く下で、私は公式記録の細かい点にまで眼を通した。私がめざすのは北方の属領《テリトリー》にある鉱山の町、アナマソビアだ。アナマソビアは国の支配が辛うじて届く限界の地、すなわち辺境である。

終いに言葉の意味が朦朧とするまで繰り返し書類を読んだ。観相学用器具の針先にじぶんの顔が映り込むまで、入念に磨き上げた。月光を反映する湖や黒々と打ちつづく森を眺め、見慣れぬ動物の群れが馬車に驚いて逃げ去るのを僅《わず》かに目撃した。灯りが暗く感じられてきたので、私は〈美薬〉の注射器を用意して自ら腕に刺した。〈美薬〉もまたビロウの発明になる幻覚薬《ドラッグ》で、正式名称は〈純粋なる美〉という。

灯りが闇に消え、代わって自分のからだが光を帯びて輝き始めるのが感じられた。書類のなかの幻像《イメージ》がかたちを伴って心眼のまえに顕《た》ちあらわれてくる。この世の楽園に実るという〈白い果実〉――あらゆる超自然的な力を持つというこの果実は、ガラス製の函に聖遺物然と収められ、長年のあいだアナマソビア聖教会の祭壇に祀《まつ》り上げられていた。それは常に完熟した状態を保ち、決して劣化や腐敗を知ることがないとも言われていた。

グローナス山でスパイア鉱石を掘っていた鉱夫たちが果実を見つけたのはかなり以前のことだ。かれらが岩壁を破ると自然の空洞があり、溜まり水の薄光るその奥で木乃伊《ミイラ》化した一体の骸《むくろ》が発見された。干からびたその手こそが、奇跡の果実を握っていたのだ。白い果実の発見譚はしばらくのあいだ理想形態市《ウエルビルトシティ》市民の興味を無闇に煽《あお》りたてた。だがかなりの者は未開の地の迷信に過ぎないとも考えていた。

私にこの仕事を命じた時、我がマスターは咽《むせ》ぶように哄笑しつつこう言ったものだった――「お前は三年前、私の人相を侮辱する言葉を枕に囁《ささや》きかけただろう」――見透かされ、呆然としている私の前でかれはじぶんの首筋にぶつりと美薬を射した。皮膚に浮き出た血管の中に紫いろの液体が吸い込まれていくにつれて、その口元に安寧にも似た微笑が澱《よど》んでいった。針を引き抜いて、かれは素気《すげ》なく言った。「私は観ない。いつでも耳を澄ましているのだ。理解できるかな、我が愛弟子《まなでし》よ」

幻の白い果実を齧《かじ》ると、中から何かが飛び出して馬車の内を跳ね回り、私の髪に気味悪く絡まってからふいと消え去った。気づくと、薄暗い向かいの席でドラクトン・ビロウその人が酷薄な微笑を顔に刻んでいた。「属領《テリトリー》へ行くのだ」かれは囁き、懐から取り出した莨《たばこ》を私に勧めるのだった。黒衣のビロウはつややかな漆黒《しっこく》のスカーフで頭を巻いており、それはどう見ても女物としか思えなかった。三年前、私にかれの驕慢《きょうまん》さを教えた人相学上の特徴が化粧のルージュとアイラインで強調されている。やがてジクソーパズルを崩すようにかれの姿はばらばらになり、私は眠りに落ちていった。

夢のなかで馬車が停まると、そこは風の吹き渡る荒野で、遠くの山々が月明かりにぼんやりと浮き上がっていた。夜目にも白じらと気温の低下が認められる。何故停まったのか、客室から出て問いかけると、言葉はそのまま白い蒸気と化した。星ぼしの数の多さと、その絶対的な明晰さが私を圧倒し、口を噤《つぐ》ませた。御者が馬車から離れて数ヤード先まで歩いていくのが見えた。御者は長靴《ブーツ》の爪先でじぶんの周りに円を描き、その中に立つと朧《おぼろ》げな山並みに向かって何か呟《つぶや》いた。私が近づいていくと、かれは前を開けて小用を足し始めた。

「何のまねだ」私は詰問した。

御者は首だけ振り返って答えた。「生理的欲求でさ、閣下」

「いや、その円《サークル》とまじないの言葉のことだ」

「大したことじゃありませんや」

「説明しろ」

用を終えて前を仕舞った御者は私の方を向いた。「あたしらが何処《どこ》にいるのか、閣下にはわかっていなさらんようで」

その時、御者のやけに大きな耳朶《たぶ》が目にとまり、ある考えが頭に浮かんだ。うかうかと呟いた言葉の報いとして、他ならぬビロウが私を処分するためにこの遠出を仕組んだのに違いない。「どういう意味だ?」

御者が片手をあげて近づいてきた時、私は思わず身を竦《すく》めた。しかし御者はその手を懇《ねんご》ろな様子で私の肩へと置くのだった。「――それで気分が良くなるというのなら、あたしのことを蹴飛ばしても構わないんですぜ」御者は私に背を向けて屈みこみ、標的がよく見えるようにと長い外套の裾を捲《めく》った。

私は夢中で右足を蹴り上げ、馬車のなかで眼を覚ました。私が蹴ったのは前の座席だった。眼を開けるか開けないかのうちに、馬車がもう動いていないこと、そしてようやく朝が訪れたことが感じられた。窓の外に出迎えの男が立っていた。その背後には何もかも木でできた原始的な町が広がっている。町の後方に聳《そび》えている峻険な山影はグローナス山のそれだろう。理想形態市《ウェルビルトシティ》のあらゆる炉やエンジンの燃料になっている青い鉱物、スパイアの無尽蔵の源である。

私は荷物を手に取るまえにその男を観察した。馬のような頭蓋、離れた両眼、厳《いか》つい顎――朴訥《ぼくとつ》そのもので、政治家や役人としては無能な男だ。信用しても差し支えはあるまいと私は判断した。

馬車の扉を開けると、男は口笛をやめて近寄ってきた。

「アナマソビアへようこそ」男は手袋を嵌《は》めた手を差し出した。観相学から言うと、この男の肥満ぶりは顎のために帳消しになり、突き出た前歯は豊頬によって相殺されている。私はその手を握り返した。「町長のバタルドと申す者です、閣下」

「一級観相官のクレイだ」

「光栄なことですな、わざわざお越し頂けるとは」

「何か困っているそうだな」

「さようで、閣下」町長は急に泣きだしそうな声を出した。「アナマソビアに盗人《ぬすっと》がおるのですわ」

町長が私の旅行鞄を持ち、私たちは踏み固められた土の道を歩いていった。この町には通りと呼べるものはこの道しかない。

町長は歩きながら町を案内した。建物を指さしてはその美しさや有用性について延々と語り、生彩に富む郷土史上の挿話を並べ立てた。心中苛立ちつつも、私は礼儀正しくそれに耐えた。町役場も銀行も居酒屋もみな仕上げの粗い灰白色の木材でできており、屋根はスレート葺きだった。劇場を始めとして、下手糞な装飾を施した大型の建造物も幾つかあった。主に眼についたのは人の顔、獣、稲妻、十字架などの彫刻群で、銀行の南壁には住民がじぶんで彫り込んだたくさんの名前もあった。それらを披露する時、町長は心底嬉しそうな様子を見せるのだった。

「こんな僻地《ところ》によくも住んでいられるものだな」私はせいぜい同情を込めて言った。

「確かに市《シティ》の方から見れば、私どもなど哀れな獣《けだもの》のようなものですわ」町長はゆるゆると首を振った。「しかし、ブルースパイアを採掘することでお役には立っとります」

「なるほど」私は言った。「思い出したが、理想形態市《ウェルビルトシティ》の科学会館の催しで一匹の猿を見たことがある。そいつは羊皮紙に羽根ペンを使って『我ハ猿ニ非《アラ》ズ』と繰り返し書き綴っていた。おそらく五百回ほどもな。実に見事な筆跡だったよ」

「それはまさしく奇跡ですなあ」感心したように町長は言った。

私は町の中心部にあるみすぼらしい四階建ての建物に案内された。スクリー荘という名のホテルだった。

「閣下のために、最上階全部をお取り申しました」町長は得意げに言った。「ここのもてなしは我が町では最高ですぞ。クレマットのシチューは美味《うま》いし、飲み物は何とすべて無料でして」

クレマット、別名〈お焦げ〉とも呼ばれるぼそぼそした圧縮澱粉の名を聞いて、私は呻《うめ》いた。貧しい僻地などではしばしば主食とされているのだ。だが、その話はそれきりになった。通りの左側を私の方に向かって奇態な青い老人が蹌踉《そうろう》と歩いてきたからだ。町長は私が注視するのを見て老人に手を振った。老人は片手をあげたが、俯《うつむ》いたままだった。驚嘆すべきことには、その皮膚の色はすべて青一色——青空にも似た鮮やかな青なのだった。

「どうしてあんな無残なことになるのかね」私は尋ねた。

「ずっとスパイアの塵のなかで生きてきた鉱夫は、歳をとると終《しま》いにスパイアになるのですわ」と町長。「最後は全身がかちこちになります。家が貧しければ、家族はそれをスパイアの石として国に売却します、代価は体重分の純粋なスパイア鉱石のきっかり半額と決められとりますので。家計に余裕があれば、〈石になった英雄〉という名目で登録します。そして、そやつは町のどこかに永遠に佇《た》つことになるのですわ——言わば記念碑としてですな。それに若い連中への教育にもなるようにと」

「野蛮きわまる」

「いや、しかし鉱夫のほとんどはスパイアになるほど長生きしやしません。落盤に遭うか天然の有毒ガスを吸うか、あるいは発狂したりで。あの年寄り——名はビートンと申しますが」町長は振り返って指さした。「おそらく来週あたり、どこかで墓石のように固くなっているのを発見されることになりましょう。最後の瞬間の姿勢のまま、永遠に固まっているところを」

町長は私をホテルのロビーに案内し、宿の主人に私の到着を告げた。お決まりのやり取りがそれに続いた。スクリー荘などと精一杯気取っているのがいじましく感じられるこのホテルを切り回しているのは、マンタキス老夫婦だ。夫婦はそれぞれに劣悪な人相の見本として観相学の教科書に載りそうな相だった。亭主の頭蓋は成長途中で方向が歪んだらしく、本物の知性を収めるには奥行きが足りず、そのくせ長さは私の前腕ほどもある。亭主は恭《うやうや》しく私の指環に接吻し、犬を搏《う》つ趣味はないので愛想よく頷いてやった。連れ合いのほうは、尖った顔と鋭い歯にフェレットのような性向が窺える。この女と金のやり取りをしたら、常に釣銭を確かめねばなるまい。宿そのものはといえば、擦り切れた絨毯や壊れかけた吊り燭台を見れば、灰いろの鬱屈がそこに澱《よど》んでいるのが明らかだった。

「何か特別のご要望でも?」亭主のマンタキスが尋ねてきた。

「夜明けに氷のように冷たい風呂に入りたい。それから、物音ひとつない静けさが必要だ。捜査上の発見について考察しなくてはならないから」

「閣下のご滞在中、満足して頂けますように――」内儀《かみさん》が喋りはじめたのを手で遮り、部屋へ案内するよう命じた。マンタキスが私の旅行鞄を持って階段へと歩き出した時、町長のバタルドが四時には迎えの者を寄越す予定だと告げた。「閣下を歓迎する集まりを持ちますので」

「任せる」私は言い、怪しげに動揺する階段を登っていった。

私の居室はかなりゆったりしていた。大部屋が二室。ひとつは寝室、もうひとつは執務室で、机と実験台となるべき広台と長椅子とがある。床には亀裂が走り、詰め物の不完全な窓の隙間から北の属領《テリトリー》の秋風が忍び込んでくる。緑の縦縞に何の花なのか定かでない薔薇いろの花を配した壁紙が、場違いな謝肉祭《カーニヴァル》を思わせた。

寝室に入っていささか愕然とした。町長から聞いた〈石になった英雄〉がいたのだ。部屋の隅に、鉱夫の胸当てつきズボンを穿《は》いた老人が長い楕円の鏡を持ったまま、少し前屈みの姿勢で立っている。

「あれは兄貴のアーデンですわ」マンタキスが私の鞄を寝台の脇に置きながら言った。「燃料として市《シティ》へ送る気にはなれんでしたのでな」

立ち去ろうとする亭主を私は呼び止めた。「盗まれた果実について、お前が知っていることを話してくれ。この世の楽園で実ったものだと言われているそうだな?」

「――もうずいぶん昔に鉱夫連中がそれを見つけた時、兄貴もそのなかにおったです」マンタキスは血の巡りの悪そうな間延びした喋りかたで言った。「その果実《くだもの》は一点の染みもなく真っ白で、食べ頃の熟れた梨みたいに、誰もがかぶりつきたくなるほど美味《うま》そうだったそうで」喋る度に黄色い乱杭歯がのぞいた。「ガーランド司祭さまが、これは食べてはならぬものだと申されたですよ。食べれば不死身になる、それは神のご意志に反することだ、と」

「ほう。で、お前もその戯言《たわごと》に賛同するのか?」私は尋ねた。

「――」

「それを信じているのか?」

「儂《わし》は何でも、閣下の信じなさることを信じますで」マンタキスは後退《ずさ》りしてこそこそと部屋から出ていった。

2．回想の罪深い愉しみとその後の退屈な道中

私は石になったアーデンの持つ鏡に映ったじぶんの姿を見つめ、事件に対する取り組みかたを検討した。ビロウが罰として私を属領《テリトリー》に追いやったのは確かだが、だからといってお粗末な仕事をしても良いということにはならない。私が任務を疎《おろそ》かにすれば、ビロウは直ちにそれを知り、処刑するか強制労働キャンプに送るかすることだろう。

私は十五年とかからずに一級観相官の地位を得たが、これは誰にでもできることではない。私は何度も緻密さを必要とする観相学捜査に携わってきた。わずか六歳の少女の正体が、市《シティ》を囲む壁の外の町々を恐慌に陥れていたラトロビア村の人狼であることを看破したのは他ならぬこの私である。ラスカ大佐を潜在的な革命分子として指弾し、支配者《マスター》に対する反逆を——本人がそれを思いつく何年も前に——未然に阻止したのもこの私だ。ドラクトン・ビロウを含めて多くの者が、私のことをもっとも優れた観相官だと躊躇なく言明していた。その評価を自ら損なうつもりはない。今度の仕事で扱うのがどれほどつまらぬ事件だろうと、いかに辺鄙なところで起きた犯罪であろうとも。

明らかに、これはじぶんの道具で怪我をしてしまうような新米の観相官向きの仕事だ。ただ問題に宗教的な色彩のあることが、私に居心地の悪い思いをさせた。私はビロウに全ての宗教を廃してほしいと嘆願した時のことを思い出した。以前から市《シティ》では宗教が根絶され、マスターであるビロウ

への一途な傾倒に場を明け渡していた。全知全能であると信じられるビロウの一部になりたいという願望がその正体に他ならないが、一方で属領《テリトリー》では相変わらず命のない偶像崇拝が根強い力を持っていた。しかし私の嘆願に対するビロウの答はつれないものだった。「豚の餌でも喰らっていればいいのだ、愚民どもは愚民らしく」

「宗教は自然を損なうものです」私は反論した。

「構うか」我があるじは言った。「この私を見ろ。間違いなく自然を損なうものだ。宗教は不安から生まれるもので、奇跡とは怪物に他ならないのだ」ドラクトン・ビロウは身を乗り出し、右手を伸ばしてすばやく優雅に動かすと、私の耳の後ろから未だ生あたたかいような鵞鳥の卵を取り出した。机の縁に打ちつけると、なかから小馬鹿にしたふうに一匹の蟋蟀《こおろぎ》が飛び出した。「私の言うことが理解できるか、ええ?」かれは苛々と問いかけた。その眉が眉間で一本に繋がっていること、指の第二関節部分に獣じみた剛毛が生えていることに私は初めて気づいた。

美薬が歓喜の如くに私のなかを駆け巡っていた。言葉にしがたいものが、次々に幻像《イメージ》や囁きや芳香へと置き換えられていく。楕円の鏡に映った私の姿の背後に、白薔薇の咲き乱れる庭園や緑の生垣、朝顔の蔓《つる》などが見えた。それらは徐々に溶解して混じりあい、いつしか理想形態市《ウェルビルトシティ》の全景となっていた――輝きを反射するクロムの尖塔、水晶の丸屋根《ドーム》、塔、銃眼のある胸壁。アナマソビアよりも温かく快い頭のなかの場所、市《シティ》。燦々たる陽光を浴びて、そのすべてが輝いていた。やがて全体が急激に回転し始め、攪拌《かくはん》された水が澄むように徐々に鎮まっていったかと思うと、あとにはスクリー荘の冴えない室内の情景が取り残された。

通常は二時間ほども続く幻覚が数分に圧縮されたのかと思ったが、そうでもないようだった。鏡に映った私の背後に観相学院《アカデミー》時代の恩師であるフロック教授が立っており、同じく鏡を覗きこんでいたからだ。

十年も前に死んでいることを考えれば、教授はきわめて闊達そうに見えたし、私の告発で最も苛酷な労働キャンプへ――帝国の南の果て、硫黄鉱山に――移送されたといういきさつを思えば、愛想のよい顔つきをしているとも言えた。アカデミーにいた頃と同じ白衣に身を包んでおり、ただあちこちに薬品で溶けたような焼け焦げの穴があって、うっすらと立ち昇る白煙がそこに纏わりついている。

「教授」私は鏡のなかのかれに話しかけた。「またお目にかかれたとは嬉しいですね」

絨毯を踏む気配とともにフロック教授は後ろから近づいてきて、私の肩に手を置いた。すると現実のような感触と重みが感じられた。「――生きている者はやはり暖かいな。しかしクレイよ、私を死に追いやった張本人のお前が、この私を呼び戻すというのかね」

「申し訳ありません。ですがあなたの寛容の教えに対して、マスターは寛容でいられなかったのです」

教授は皮肉に唇を歪めて微笑した。「こうして静かな死者の列に加わってみると、じぶんの生前の愚かしさが胸に迫るものだよ。この偉大な社会から私の存在を抹殺してくれたことを、そうだな、今では心から感謝している」

「恨んではいないと?」

「ああクレイ、クレイ――じぶんが燻腿肉《ハム》か何かのようにじわじわと炙《あぶ》られて、猛烈な硫黄の噴煙のなかで窒息するところを想像できるかね? しかし私にはそれが当然の報いだったのだよ」

「そのように言って頂ければ有り難いのですが」私は言った。「ところで、この事件の捜査をどのように進めるべきだと思われますか」

「手引書の第十二戦略だな」というのがかれの回答だった。「アナマソビアは閉ざされた社会だ。全ての住民の観相をし、発見した事柄について熟慮せよ。そして盗みをする傾向と、奇跡に対して宗教的心理的に依存する傾向がともども相に表われている者を探すのだ」

「後の傾向はどういう相からわかるのですか?」

「吹き出物、痣《あざ》、疣《いぼ》、黒子《ほくろ》の類で異常に長い毛が生えているもの」

「そうではないかと思っていました」

「それからな、クレイ」かれの姿はすでに消え始めていた。「全身隈なく観相することだ。隅々に至るまで、念には念を入れて」

「むろん承知です」私は請け合った。

寝台に横たわって部屋の奥に眼をやると、アーデンが片足を踏み出してゆっくりと動き出すところが見えた。かれが両手で支える鏡が、眩《まばゆ》く揺れ動く滝の幻像《イメージ》に変化している。醜悪なことには、そこからマンタキス夫婦の発する悲鳴にも似た騒々しい音声が――夫婦の営みか、それとも喧嘩なのか――くぐもった調子で聞こえてくる。聞くともなく耳にしながら、私はじぶんがもっとも最近に女性と関わりをもった時のことを思い出していた。

数箇月前のある夕暮れのことだった。経済企画省の大臣が首と胴体とを切り離されたおぞましい殺人事件、グルーリッグ事件に関する仕事を済ませた私は、高層レストラン〈市頂上世界《ザ・トップ・オヴ・ザ・シティ》〉でひと息入れることにした。クリスタル製の昇降機でひと息に六十階の建物の最上階に出た。やはりクリスタルの丸屋根《ドーム》で覆われたバー兼レストランがその階にはあり、一隅では透明な竪琴《ハープ》を抱いた女が曲を演奏している。そこからは世界全体のように思われるもの――その全景と、光遍《あまね》き豪奢な日没とを同時に鑑賞することができた。

私は水晶壁の傍らに配された卓にひとりでいる魅力的な娘を発見し、一杯御馳走しようと申し出た。彼女の名も顔立ちも思い出せない。ただ、ある種の芳香――香水ではなく、むしろ熟したメロンのそれに近いような香りを私の鼻腔が嗅ぎとったことを覚えている。娘はじぶんの両親のこと、両親が抱えている厄介ごと、少女時代のことなどを話した。これ以上どうでもいいような話を聞かされるのに耐えられなくなった私は、五十ビロウという金額を提示したのち、一緒に馬車で公園に行こうと誘った。

馬車のなかで私はカクテルを作ってやり、隙を見て美薬を注ぎ入れた。美薬は一般大衆には許可されていないドラッグなので、興味深い効果をもたらすのではないかと思ったのだ。案の定、娘は飲み干すや直ちに幻覚に襲われたらしく、恐怖に満ちた金切り声をあげた。私はじぶんの膝に彼女を抱え上げて宥《なだ》めすかした。後でわかったことだが、私が彼女を愛撫していた間じゅう、本人は死んだ兄の幻影と対話していた——つもり——だったらしい。

しばらくののち、娘は古い戦争記念碑の大理石盤の上にひっそりと横たわっていた。頭上では樫《オーク》の巨木が影となって揺れている。娘のドレスが捲《まく》れあがり、白い両脚は北天で冷ややかに輝く天狼星《シリウス》の方角を指していた。私は自身の快楽の道具を革手袋の人差し指の部分に挿入した。相手の下等な体液に汚されないための処置だ。そして私は一瞬にして果てたが、これは熱心な研究の末に私が完成させた独自の技術である。「お前のことがとても好きだよ」耳元に囁きかけ、私は娘を置いてその場を立ち去った。続く数週間というものの、彼女がどのくらい頻繁に私のことを思い出しているかと、うっとり夢想に耽ったものだ。

一種懐かしい気分に浸りながら、私はまどろみ始めた。眠りに落ちる寸前に、醜悪な壁紙が蛇のようにうねっているのが眼に入り、辺境の冷たい風が窓ガラスを揺する音が聞こえた。

四時になるとマンタキスの内儀《かみさん》の声で起こされた。「何事だ」私は怒鳴った。「閣下を町長の家にお連れするために、ビートンが参りました」私は速やかにベッドを出て、顔を洗った。シャツを替え、髪を梳《くしけず》り、歯を舌で清めた。外套の袖に腕を通しながら、ビートンという名には先刻聞き覚えがあるとようやく気づいた。それが誰だったかを思い出した頃、ちょうどロビーに到着して当人を見出した。ビートンは真っ青なからだを前屈みにして、今にも倒れそうに見えた。私に気づいたかれはよろめきつつ近づき、そしてほぼ一杯のお茶を飲み終えるほどの時間をかけて町長からの手紙を差し出した。かれが何かもぐもぐ呟《つぶや》くと、青い石の欠片《かけら》が口から零《こぼ》れて、床に散らばった。

手紙の文面はこのようなものだった。「貴方様が今朝、ビートンの状態に強い興味を示されたので、この男をもっとよくご覧になりたいかと思い、お迎えに参上させました。貴方様をご案内する途中でこの男が固まってしまいましたら、構わずその道を辿って下さいますよう。さすれば拙宅に到着致します。バタルド」――だが、私がその手紙を読み終える前にビートンは人間から鉱物に変わってしまったようだった。変化は全く音を伴わなかった。断末魔の呻《うめ》きも叫びも洩れはしなかったし、肉が石に変化する時に微かな音をたてることもなかった。かれはただ手紙を読み終わるのを待つ淡々とした表情で私を見つめていた。前に差し出された手は、封筒の幅だけ指が開いている。私は手を伸ばし、ビートンの顔に触れた。青い大理石さながらの滑らかさだった。皺や髭まですべすべしている。私が手を引いた時、ビートンの眼球が急にびくりと動いて真正面から私の眼を覗き込み、そのまま今度こそ永遠に固く凍りついた。「――この冬、お前は燃料として私の住まいを温めてくれるかもしれないな」私はこの言葉を墓碑銘代わりに与え、宿の者を呼んだ。

マンタキスの内儀《かみさん》が来たので、私は町長の家に行く道を尋ねた。内儀《かみさん》はひどく勢い込んで五通りもの行き方を教えてくれたが、私はそのどれもまともに記憶する気が起きなかった。まだ日没前で十分明るかったし、大体どちらへ行けばいいか見当はついた。「その年寄りを何とかしてやれ。支えの台が要りそうだ」

内儀《かみさん》は青い鉱夫に眼をやると、首を振った。「このひとは生まれたとき産婆に取り落とされて、頭から床に落っこったそうなんでございますよ」喋り続ける内儀《かみさん》を残して、私はスクリー荘の玄関を出た。

人気のない通りを北に向かい、五通りの道順すべてに出てきた雑貨屋と食堂のあいだの小道を探した。乏しい陽射しが傾き、冷えびえとした風が吹きつけてきた。建物の影のなかを歩いていくうちに、ビートンを迎えによこしたのは町長の嫌がらせなのか、それとも世によく知られた私の科学的好奇心を満足させようという純粋な気持ちからだったのか、どちらだろうと私は考え始めた。町長の人相からは私を軽視するような度胸があるとは到底思えないことを思い出したので、馬鹿にされたのかもしれないという考えを捨てて小道を探すことに専念した。冷たい風に吹かれて美薬の名残が掻き消されていった。

いくらも歩かないうちに、背後から人が近づいてくる気配がした。「観相官さま」声が風のなかに混じった。

代わりの案内人でも追いかけてきたのかと期待して振り向いたが、そこにいたのは赤ん坊を抱いたひとりの若い女だった。頭から地味なショールを被って目深《まぶか》に巻きつけており、しかし見えた範囲ではなかなか魅力的な顔立ちのように思われたので、私は会釈をした。

「どうか、観相官さま」口元を押さえながら、女はくぐもった声で言うのだった。「息子の相を見て、将来のことを教えてやって頂けませんか」そして彼女は赤ん坊を私の前に差し出した。押し潰されたように歪《いびつ》な顔と向き合った私は——ただ一瞬のうちに——放蕩の末に身を持ち崩して死に至る短い一生の物語を読み取っていた。

「賢いでしょうか、どう思われます」子供の顔をじっと見ている私に女が尋ねた。

「そうでもない」私は言葉を探した。「だが愚鈍でもない」

「何か見込みは、そのようなものはありますでしょうか」女は食い下がり、その執拗さに私はやや鼻白んだ。

「騾馬《ラバ》が糞の代わりに金貨をひり出したという話を耳にしたことがあるかね」

「まあ、そんな」

「そう、私も聞いたことがない。では」私は再び北を指して歩き出した。

雑貨屋と食堂の間から長々と続く小道に入った時、日はまだかなり高かったが、いつの間にか夜という巨大な獣の呟きが聞こえ始めていた。茂みの傍らに一体の〈石になった英雄〉が立ち、悪趣味なことには手書きの案内板を持たされていた。「どうぞこちらへ、閣下」——文字の下の矢印は、小道を辿るように指示している。小道は曲がりくねりながら暗い森へと続いていた。

風が身に沁み、一刻も早く目的地に着きたかった。案内板を掲げた青い像の、大きく眼を見開いて青い歯を剝き出して笑っている間の抜けた顔を思い出して、私は心中で罵声を浴びせた。ふいに大きな黒い鳥がばさばさと現われて、外套の袖に糞を命中させた。私は声をあげて追い払い、そやつがグローナス山の雪に覆われた頂き目指して飛んでいくのを眼で追った。頂上付近は激しい吹雪になっているようだ。糞の付着したところからパイナップルに似た甘い臭気が漂い、胸がむかついたが、外套を脱ぐには寒すぎた。

梢が形づくるアーチを潜《くぐ》って森の暗がりに入っていくと、ビートンの眼が動いて凍りついた瞬間のことが頭に浮かんだ。いつの間にか夜になっていた。枝はすっかり落葉していて、小道には黄色い落葉の堆積が見られた。歩くと意外な深さで落ち葉のなかに足が沈み、頭上を見れば枯れ枝のあいだで星が侘しげに瞬《またた》いている。どの星も予想した位置にはない。カリパスを使って町長の観相をする段になったら必ず報復してやろうと、私は脳裏に刻みつけた。「だから、何なら〈手術〉をしてやればいいのさ」じぶんを慰めるために声に出して言い、小道から逸れないように気をつけて先を急いだ。曲がり角ごとに、今度こそ家の灯りが見えるのではないかと期待した。

頭を明晰に保つには理性の力が必要だった。私は未知のものが苦手だ。子供のころから、暗闇はその筆頭だった。暗闇には顔がなく、解釈すべき印がなく、敵か味方か区別するために解読する手がかりがない。夜の相は私の知識を無力にする巨大な空白であり、そこにはほんとうの悪かもしれないものが蠢《うごめ》いている。同僚のなかにも私と同じ悩みを持ち、灯りをつけたまま眠る者が数多くいる。

私は事件に意識を集中しようとした。町の住民全体の相を観るのにどのくらいかかるだろう。また、そこから何を得られるだろう。閃《ひらめ》きが訪れたのは、まさにこの時——落ち葉の堆積に足を取られながら苦労して森を進んでいた時のことだった。「ここの愚か者たちが、盗まれた果実に奇跡を起こす力があると信じているとすれば」私は考えを口に出して言った。「私が探すべきなのは、犯罪が起こってから急に性格が変わった者だ」もちろん、私はその果実に奇跡的な力があるなどとは思っていない——そんなことは戯言《たわごと》に過ぎない。だが、果実を食べれば天才になれるとか、空が飛べるとか、不死身になるとか信じている者が果実を盗めば、必ず振る舞いが変わるだろう。アカデミーで教鞭をとっていた頃、私は学期ごとに生徒にこう教えたものだ。「クロム製の器具を持っているからといって、観相学者だとは言えない。鋭い推理力こそ全ての器具の母である。君たちはその母に導かれて真実に至るのだ」

頭のなかでこの素晴らしい考えが形づくられている最中《さなか》、小道のカーブに沿って曲がると、町長の家が視界に入った。急坂らしい道の二百ヤードばかり先に、一列に並んだ窓から洩れる蠟燭の光がある。坂を登りはじめた時、何かが背後から近づいてくる音が聞こえた。その音は私の心臓が一回打つごとにどんどん大きくなった。私は何も考えることができなかったが、次の瞬間、それは悪夢を爪で切り裂いて飛び出してくる怪物のように闇のなかから躍り出し、そして私からわずか数インチのところで馬の蹄が激しく宙を掻いた。

姿を現わしたのは四頭立ての馬車だった。御者は理想形態市《ウエルビルトシティ》から私をここに連れてきたあの豚男だ。傍らに下がった洋燈《ランプ》の光を浴びて、何故かにやにやしている見苦しい顔が見えた。「——閣下をお送りするようにと、マスターのご命令で」本来ならば百万の呪いの言葉を浴びせるところだったが、支配者《マスター》の名に機先を制され、私は大人しく馬車に乗り込んだ。

3．愚劣なパーティーの顚末、アーラ登場する

「ビートンはどこです」町長のバタルドが私に尋ねた。「町まで氷を買いにやらせようと思っておったんですが」涙ぐましくも精一杯の盛装をした客たちがどっと笑った。愛用のメスを持ち合わせていたなら全員細切れにするところだが、私は仕方なく微笑みを浮かべて会釈した。部屋の奥まった一隅に鏡があり、町長が私の肩に腕を回すところが小さく映っていた。

「あばら家をご案内しますぞ」酒臭さがむっと鼻をつき、私はその腕を振りほどいた。

部屋一杯の猿の群れを思わせる姦《かしま》しさ──酒を飲んだり莨《たばこ》を吸ったり喋ったりしている客のあいだを進んでいくと、マンタキスの内儀《かみさん》の姿が眼に入った。どうやって私より先にパーティーに来ることができたのか、実に不思議だった。ひとりの泥酔者が私の足を止めた。「町長と話してらっしゃったですなあ」そして何のつもりか、私の外套についた鳥の糞を大袈裟に指さすのだった。バタルド町長はどうにも止まらぬといったふうにけたたましく笑いながら、そやつの背中を激しく叩いた。大勢の人間が騒々しく喋る声の合間から、木製の奇妙な楽器で奏でられる不協和音の音楽がとぎれとぎれに聞こえてくる。この夜、皆が飲んでいたのは〈不在《アブセンス》〉という妙な名の青い酒だった。鉱夫が片手間につくるのだそうだ。つまみは緑の小葱《ねぎ》を載せた平たいクレマット──皿のように硬いビスケットか、干し固めた糞に草を載せたような代物《しろもの》だ。

私は町長の妻に引き合わされて挨拶した。小太りの町長夫人は夫に市《シティ》での仕事を見つけてやって欲しいと熱心に要請するのだった。「主人は曲がったことが嫌いな性分で」夫人はそのように主張してのけた。「真っ正直な人間なんですわ」

「そうでしょうな」私は応じた。「だが、理想形態市《ウエルビルトシティ》に町長は要らない」

「この人はどんな仕事だってできます。ええ、そうですとも」そして熱烈に抱きついて接吻しようとする老妻を、町長は邪険に押しのけた。「台所に戻らんか、馬鹿ものが。つまみが残り少なくなっているぞ」

夫人は立ち去る前に、夫への接吻に込める筈だった情熱をそっくり込めて私の指環に口づけた。再び人ごみのなかを進みながら私はズボンで指環をぬぐった。町長がパーティーの喧騒に負けまいと声を張り上げて何か言ったが、私には全く聞きとれなかった。

私たちはようやく広間を出て、長い廊下に足を踏み出した。町長が首だけ振り向いて手をひらひらさせるのは、ついてくるようにとの合図だ。先に立って階段を登ったバタルドはひとつの扉を開いた。そこは書斎らしく、三面の壁に書物が並び、残る一面にはガラスの引戸が嵌《は》め込まれてテラスへと続いている。町長は青蒸留酒の壜と二個のグラスが載っているテーブルのところへ行き、私はといえば、じぶんの論文で出版されている二十数冊のうちの四冊を書棚に発見していた。『悪党と愚者――その哲学的分離解決法』――例えばこの一冊を、かれは読んでいない筈だと私は確信した。読んでいたなら、すでに恥じて自殺していることだろう。

「私の著書を読んだのかね？」私はグラスを受け取りながら尋ねた。

「それはもう、たいへん興味深く」町長は熱心に言った。

「読んで何が理解できたかね」

「さよう――」

「私がおまえ如き山猿に侮辱されて平気でいるとでも書いてあったかね」

「閣下、それはどういう意味で」

私は青蒸留酒のグラスを町長の顔に投げつけ、叫び声をあげて眼を擦っているかれの喉に拳の一撃を見舞った。町長は聞き苦しい喘鳴《ぜんめい》とともに後ろへよろめき、床に倒れると、身をよじって空気を吸い込んだ。私はすかさず近づいた。「ご容赦を」町長は掠《かす》れ声で言ったが、構わず側頭部を蹴りつけると、絨毯に血が飛び散った。喘《あえ》いでいるその口に容赦なく長靴《ブーツ》の踵《かかと》をねじ込んでやった。

「ビートンを寄越すなど、殺されて当然だぞ」

町長は頷《うなず》こうとした。

「あと一度でも私をなめた真似をしてみろ。この町全体を滅ぼす必要があるとマスターに上申するぞ」

かれは再び頷こうと試みた。

私は町長を放置してテラスに出た。発汗したので、夜風で乾かしたかったのだ。私は本来暴力は好まない――しかし場合によっては用いなければならないことがある。今回のそれは、この町自体の横面を張り飛ばし、長い無知の眠りから目覚めさせるための象徴的な行為として必要だったのだ。数分後、町長がよろめきながら外へ出てきた。頭からは血が流れ、シャツの前は吐瀉物で汚れている。かれは青蒸留酒のグラスを片手に持ち、呻《うめ》き声を洩らす合間合間にそれを啜《すす》っていた。私が眼をやると、手摺《てすり》に背中を持たせかけたまま町長はこちらに向かってグラスを掲げた。「殴り方も一級でしたな」かれはにやりとした。

「君にとっては不運だったが、必要なことだったのだ」私は言った。

「こっちをご覧なさい、閣下。面白いものが見えますぞ」町長は暗闇を指さした。

「何も見えんが」

「私どもは現在、町の北境におります。数ヤード先のあそこが、誰も足を踏み入れない広大な森の始まりという訳でして――森がどこまで続いているのか、見当もつかんです。その奥深くのどこかに〈この世の楽園〉があると、当地では昔からさように信じられておるのですわ」町長は胴着の隠しからハンカチを出し、頭の傷に当てた。

「それが私とどういう関係がある？」

「ずっと以前のことになりますが、町で筋金入りの鉱夫を募集して探険隊を編成し、森へ送り出したことがあります――この世の楽園を探すための、精一杯の試みとして、ですな。しかしほぼ全員が戻らず、生還したのはひとりだけ、ぼろぼろになって町に戻ったその男は〈彼《か》の地〉の魔物《デーモン》の話をしましてな。『角が生えていて翼があり、背中が隆起している。子供の教理問答集の悪魔の絵そっくりだ』と。探険隊は火を吐く猫や、牙のある鰐犬《わに》や、馴鹿《トナカイ》もどきの動物の群れにも遭遇したそうですわ。馴鹿もどきの角は絡まりあって巣のようになり、そこには鮮やかな赤い鳥が棲みついていて――」

「魔物の話はもういい。要点を言え」

「アナマソビアの住人を理解して頂きたいということでして」とバタルド。「ここでは邪悪なものの影の下で生きていくために、ある種のユーモア精神とでも申しますか、そのようなものが是が非でも必要なのですわ。ここ数年、魔物の姿が町の北辺でも見られるようになっておりまして、いつぞやの夜などは何と、ガーランド司祭の気の毒な飼い犬を攫《さら》っていったほどですぞ！――このような脅威に直面している私どもは、勇気を奮い起こさなければとてもやっていけません。そのため、できるだけ陽気を装いまして、何かあれば大声で笑うようにしておる次第なのです」かれはいかにもそれらしく私に頷いてみせた。そうすることが私の理解を助けるとでもいうように。

「まず、その格好を何とかしてこい。それから下で会おう。私は町民に向けて話をする」

「大変結構なことで、閣下」町長はそう言ってから、急にすばやく周囲を見回した。「今のは聞こえましたかな？」

「何のことだ」

「あの茂みのなかで」

「魔物か」私は尋ねた。

町長は私を指さし、げらげら笑い出した。「ほうら、引っかかりなさった。認めたらいかがです?」私は町長の左眼を思いきり殴りつけ、指の関節をさすった。町長は苦痛のあまり、前のめりになってからだを泳がせた。外套を書斎に置いていくから、パーティーが終わるまでに清めておくようにと私は命じ、階下の煉獄に戻った。

町長の妻が青葱を載せたクレマットを持ってきたので、客のために折り畳み椅子を用意するよう言いつけた。彼女は勇んで承諾し、私が振り返った時には感心にもすでにその手配が始まっていた。不快な臭いのするオードブルを無意識に皿から払いのけたのだが、それは絨毯の真ん中に墜落し、不注意な客たちが今にも靴で踏みそうになりながら行き交うところを私はしばらく見物していた。ここの無知な連中が、じぶんの人生について何も理解しないまま危険を冒しつつ生きていく有り様にそっくりだと私は思った。とうとうある女客が当たり籤《くじ》を引き、ハイヒールの踵に突き刺したまま人ごみのなかに引き摺っていった。

「準備できました」町長夫人の声で私は我に返った。

多人数の愚鈍な聴衆を前に話す時に決まって私が用いる方法があった。かれらを私の言葉に集中させる手段だ。まず聴衆の数人の相を観て予言をする。そうすれば誰しも心を惹きつけられずにはいられない。「そこの人」私は客たちの前を大股に歩きながら、指さして言った。「あなたは死ぬまでずっと貧乏暮らしをすることになるだろう。帽子に花をつけている、そこのご婦人。ご亭主を裏切っていいのかね? あなたは一年以内に死ぬ。赤ん坊が生まれる。難産だが、何の価値もない、出来損ないの赤ん坊だ。娘さん、あなたと結婚する男はあなたを殴るようになる」割れるような拍手が起こり、私は頭を下げた。

「アナマソビアの諸君」拍手が静まるのを待って、私は話し始めた。「本日の午後をもってビートンが生身の人間からスパイア石に変わったように、あなた方も変わった。諸君はもはや一般市民ではない。母親でも父親でもなく、姉でも兄でもない。あなた方は今や私の捜査する事件の容疑者である。私が立ち去る時までは、容疑者であることが諸君の全てだ。私はひとりひとりの観相学的デザインを計算し、必ず犯罪者を見つけ出す。あなた方のほとんどは、私がどういう資格でそれを行なうか知っている筈だ。諸君は私のために服を脱がねばならない。私は科学者であり、知識に裏づけられた手によってそっとあなた方のからだに触れる。局所の解剖学的構造にまで踏み入って調べなくてはならない場合は、革手袋を用いる。私の器具はたいそう鋭いので、それがたまたま傷をつけるようなことがあっても、あなた方は何時間も気づかないでいるだろう。覚えていてほしい――速やかに動き、何も言わずに、言われたとおりポーズをとること。私の判断について尋ねないこと。聞いて嬉しいような鑑定結果ではないに決まっているのだから」

私の演説は澱《よど》みなく明晰だった。女たちが、内容はよく理解できないなりに巧みに言葉を操る私の才能に魅了されているのが見てとれた。男たちは私がかれらよりはるかに優れていることを知って、すっかり萎縮していた。上々の首尾だ。私の姿をよく見せてやるために、私は人びとの間を歩いた。町長を殴打したことで気分が高揚していた私は、活発に会話を交わした。人びとは私にどんな本を読んだらいいか、一番よい金儲けの方法は何か、子供をどう育てたらよいかと助言を求め、私が一日何度入浴するかということまで尋ねた。私はすべての質問に答えてやった。

灯りが薄暗くなり、私がグラスの青蒸留酒を飲み干した頃、人ごみのなかから全く非の打ち所のない人相の持ち主が――ついでに言うならばかなりの美人が――進み出てきた。それが彼女、アーラとの最初の出会いとなった訳だが、そのとき彼女のほうではじぶんを印象づける方法を充分に計算し尽くしていたのだと、後になって私は悟ることになる。彼女は挨拶も抜きにいきなり切り出した。「閣下、グレタ・サイクスについて質問したいのですけれど」――その容姿に感銘を受けるあまり、私は相手が何を尋ねているかも気に止めないまま頷いていた。「ずっと疑問に思っていたのです。鼻腔から額までの長さが短いという理由だけで、閣下はどうして彼女が人狼であることを確信されたのでしょう？　顎の輪郭の優美さが、顔の上半分の影響力を打ち消していた筈ですのに」

私は黙って彼女の顔を凝視した。やがて挑戦的な眼差しから先に眼を逸らしたのは、我ながら失策だったと言えるかもしれない。「君は」しばらくしてやっと声が出た。「レイリング要素のことを忘れている。あの偉大なるマルダバー・レイリングの名前をとったレイリング要素だ。グレタ・サイクスのように縦に揺れる歩き方をしている場合、顔の上半分の重要性が大幅に増す。いくら顎の輪郭の優美さによって割り引かれても、余りあるほどに」

彼女もまた視線を逸らし、何か考える様子だった。その間に私は彼女の頭髪、眼、からだつき、そして優美にほっそりとした指などを順に観察した。

「グレタ・サイクスが狼に変身しているところを御覧になりまして?」華やかな植物紋様《ペイズリー》のドレスに包まれた腰の線を鑑賞している私に彼女は問いかけてきた。

「見たなんてものじゃない」私は答えた。「一度などは私の踵《かかと》に喰らいつこうとしたので、傘で頭を殴ってやった。狼の姿の時にはあくまでも毛深く、絶えず大量の涎を垂れ流している。信じられるかね? 歯は短剣のように鋭く、爪は編み棒のように長い。あどけない幼女が、そういう姿に変わってしまうのだ」

「恐怖がありましたのかしら、あなたのような方でも?」

「当然だ」私が断言した時、誰かが灯りを消して室内は真っ暗になった。不倶戴天の仇敵である闇に不意打ちされて、反射的に私はよろめき倒れそうになった。すると町長が声を張り上げて言うのが聞こえた。「観相官閣下、珍しいものをお眼にかけますぞ。グローナス山の坑道にのみ棲息する火蝙蝠《コウモリ》です!」

箱を開ける気配がして、「くそ、噛みやがった」町長の声が叫び、丈夫な皮の翼が羽搏く音が頭上に聞こえた。それは闇のなかから飛び出し、燐光の弧を描いて私の方に飛んできた。何のことはない、闇で発光する空飛ぶ鼠だ。私は手にしたグラスでそやつを跳ねのけた。網膜に青い残像を残しながら火蝙蝠は上昇し、客の頭上におぼろげな輪を描きつつ飛び回った。それが一周して戻ってくる度に、馬鹿げたことには熱心な拍手が湧いた。

「観相官のクレイがうんざりしていると町長に伝えてくれ」傍らの誰かに向かって私は言った。

数分後、町長が叫ぶのが聞こえた。「灯りをつけろ」洋燈《ランプ》に火が点ると蝙蝠は狂ったようになり、ものに衝突したり女客の宝石めがけて急降下したりした。町長の隣に非常に下等な相の禿頭の男が薄笑いを浮かべて立っていたが、呼び戻せという町長の命令で、両手の小指を口に突っ込んで鋭く吹いた。蝙蝠は気にかける様子もなく飛び回りつづけ、男はさらに虚しい努力を続けることになった。とうとう町長は散弾銃を持ってこさせた。吊り燭台がひとつ砕け、召使がひとり負傷し、窓が二枚割れたのち、グローナス山の火蝙蝠の死骸が青葱を載せたクレマットの上に落ちた。それは宴が果てるまで——客たちが熱心に四人組方舞《カドリール》を踊っている間もずっと——そのままになっていた。

「私と話していた娘を探して、連れてこい」帰り際、私は町長に命じた。「助手にする」

「アーラ・ビートンですな」

「ビートン？」

「あの娘はビートンの孫です。そしてこの世の楽園からただひとり生還した男とは、つまりビートンだったのでして」町長は私が外套を着るのを手伝いながら言った。

「奴は楽園を見つけることができたのか？」悪甘い臭気が再び外套から立ち昇るのを感じながら、私は尋ねた。「そこでいったい何を見たんだ？」

「それは謎ですな」気のせいか、町長は微妙な表情をしたようだった。「奴はただ魔物の話をしただけで——その他のことについては、誰が尋ねても頑固に沈黙を守り通したのですわ」

4．アーラとの会見、アカデミーにおける陰気な初恋の結末

浴槽は鋳物で、獅子の脚が四隅についていた。据えられているのはスクリー荘の裏手、網戸で囲んだポーチだ。私は薄曇の朝の最初の光を浴びて、誰に遠慮することもなく脱衣した。敷地はよく茂った高い生垣に囲まれ、秋風が黄色い葉を芝生に散らしている。古めかしいバスタブに足を突っ込んだとたん、足も踝《くるぶし》もふくらはぎも無感覚になった。腰を沈めると、氷の手が脳幹をつかんでぐいと引っ張るのが感じられたが、私は声をあげそうになるのを我慢して身を委ねた。それは非情な灰色の水だった。美薬の効果が微かに残っていたとしても、跡形もなく吹き飛んでいたことだろう。

冷水に漬かっていると、煩《うるさ》いほど歯が鳴った。私はこの世の楽園への探険のことを一心に考えた。鶴嘴《つるはし》を持ち、蠟燭のついたヘルメットをかぶり、救済を求めて地図のない荒野にさまよい出た男たちのことを——その記念すべき愚行の名残をとどめるものは、今やこの宿のロビーに立っている青い像だけだ。それから私は町長と地獄の使者のような火蝙蝠のことを思い浮かべたが、ビートンの観相をやらなくては、とふと気づいた。ビートンが楽園からはるばる持ち帰ったメッセージを私の前に掲げているさまが、私の心の眼に映った。

私は大声でマンタキスを呼んだ。ほどなくポーチに姿を現わしたマンタキスは滑稽なエプロンをつけ、羽根ばたきを手にしていた。何やら浮かぬ様子だった。溜め息と重い足取りが実に鬱陶《うっとう》しく、

もっと景気のいい顔をするようにと私は叱った。

「はあ、閣下」

「どうした？」

「儂《わし》は、ゆうべのパーティーに行けなんだです」

「くだらん」私は言った。「町長は客の前で危険な動物を放すし、糞のようなもの以外に食うものは何もなかった」

「閣下がたいそうご立派な演説をされたと女房が申しとりました」

「お前の女房に何がわかる」私は左の腋に石鹼を塗りつけた。

「いや、女房は――」

抗弁しようとする相手を私は遮り、石になったビートンを執務室に運び上げるよう命じた。

「しかし閣下、家族の者が引き取りたがるのでは」

「私の用が済んでから渡せばいい」

「ではそのように」マンタキスは言い、悄然《しょうぜん》と羽根ばたきを振った。

出て行くかれを私はふと呼び止めた。そうせずにはいられなかったのだ。

「何でございましょう」

「お前がパーティーに行き損ねたのは、今に始まったことではないな？」

ややあって、マンタキスは愚鈍な様子で頷《うなず》いた。まるで私が「空が青いな」と言ったかのように。

寝室に戻ってからだを拭き、注射の用意をしていると、ビートンを運び上げてくる気配が耳に届いた。石像と格闘しているふたりの従業員の声が反響しながら階段を登ってくる。美薬がその慈悲深い懐に私を抱き取り、ゆっくりと脈打つように呼吸を始めると、男たちがぶつくさ言う声は聖歌隊の少年たちの妙《たえ》なる歌声へと変化していった。生き物のようにうねる内海の波動の真っ只中で、私は服を着た。じぶんの眼が炯々《けいけい》と輝き、現実の上にふた筋の光芒を投げかける巨大な灯台と化すのが感じられた。寂しげな亡者であるフロック教授が現われ、私のタイを結んでくれた。次いで火蝙蝠が旋回と急降下を繰り返しはじめたので、慌てて寝台の下に隠れた。五分ばかり床に腹這って鼻先まで埃まみれになっていると、耳元でマスター・ビロウの声がした。狭苦しく暗い場所で私はかれの息を感じ、その湿っぽい体温が傍らにあるのを感じた。「扉の外に誰か来ている。返事をしてやるがいい」マスターは耳を擽《くすぐ》る吐息とともに囁きかけてきた。「もう火蝙蝠はいないぞ」

寝台の下から這い出ると、まさしく扉を叩く音が聞こえた。私は急いで立ち上がり、埃を払いながら誰何《すいか》した。

「ビートン嬢が下に来ています。閣下にお会いしたいと」マンタキスの内儀《かみさん》が大声で言った。

「書斎に通してくれ。すぐに行く」

私は鏡の前に立ち、気分を鎮めようとした。観相をするかのようにじぶんの顔をまじまじと眺めたが、そうすれば理性を取り戻せると思ったのだ。調子は悪くないと判断した時、鏡を支えるアーデンの青い唇が微妙に動いていることに気づいた。唇は石のままだったが、見るとそれは肉できているかのように動いた。土砂崩れの下敷きになって暗黒のなかを必死に掘り進む土竜《もぐら》のような、助けを求める微かな声がその喉の奥から漏れ出してきた。

私は後ろ手で扉を閉め、階段前のホールを通って執務室に入った。野心的な娘アーラ・ビートンは私の机の横にひっそりと座っていた。私を見ると衣擦れの音をたてて立ち上がり、軽く頭を下げた。「観相官さま」

「座りなさい、座って」私は言った。

アーラがほっそりした腰をくねらせて椅子に掛ける様子を私はじっと観察した。

「どこで観相学を学んだのかね」

「本で。独学ですわ」

「私の本かね」

「ええ、すべて拝読いたしました」アーラは答えた。

「何歳で勉強を始めた？」

「本気で取り組み始めたのは、三年まえの十五歳の時ですわ」

「何かきっかけでも？」

しばらくの間を置いて、アーラは説明を始めた。「以前のことですが、アナマソビアのふたりの鉱夫が互いに恨みを抱くようになったことがあります。何が直接の原因だったのか、ふたりの仲は非常に険悪になり、ついに町の西側にある柳の林で決闘を行なって決着をつけようということになったらしいのです。ここの柳は揺れる壁のようによく茂っていて、どの枝もほとんど地面に届くほど垂れ下がっているのですわ――ふたりの男は林の両側から入り、出会ったところで鶴嘴を武器として戦いました。数日後、たまたま林に入った者が死骸を発見しましたが、ふたり同時に負った頭部の傷が致命傷になったのでした。この出来事のあと、町じゅうの者が訳のわからない恐怖を感じて、ひどく動揺しました。ガーランド司祭様は町の人びとの気持ちを落ち着かせようと、いつもの教訓話をなさいました。この時は、生まれつき頭が二つある男の話でした。ふたつの頭に対して口はひとつ、目は併せて三つで、同じからだを共有しているのだと――でもそんな例え話では、起こった悲劇の意味を理解するのに何の役にも立たないと思いました。それに引き換え、観相学は人間という謎を解く方法を与えてくれますわ」

アーラの胸部の相を見てすでに判断していたことを、私は再確認しようとした。「君はこの鏡のなかに何を見る？」

「――完璧を目指して努力する種《しゅ》を見ます」

「君のような楽天家は好きだな」私が応えてやると、アーラは精一杯の様子で挑むように微笑みかけてきた。私は顔を背けずにはいられなかったが、視線を向けた先にはたまたま彼女の祖父、つまり執務室の隅に据えつけられたばかりのビートンの石像があり、思わずぎくりとした。つい先ほどのアーデンのことを思い出したのだ。「君の祖父――あの奇妙な石像について、どう思うかね？」

「別に何も」

私はアーラに向き直った。彼女は落ち着いたまなざしで青い老人を見つめていた。

「分析のために鑿《のみ》を少々使わなくてはならないかもしれない」

「あの頭を発掘するのを手伝わせていただけたら光栄ですわ」

「何が見つかるだろうね」

「楽園への旅が見つかると思います」アーラは答えた。「閣下、それはあの頭のなかに――私がまだ幼いころ、祖父はよく探険のことを語ってくれました。あまり小さい頃でしたのでほとんど忘れてしまいましたけれど、時おりその一場面が幻のように眼に浮かぶことがあります。ほんの一瞬だけ、すぐに消えてしまうのですけれど。楽園への旅の物語は、きっと今もあそこにありますわ、あの青いスパイア石のなかに」

「かれの脳の真ん中で、我々は白い果実を見つけることになるんじゃないかな」ふと思いついて、私は言った。

「でも、期待どおりになるかどうか――脳はなくて、ただの空洞になっているかもしれませんね」

私は鷹揚に頷き、間を置かずに尋ねた。「白い果実を盗んだのは誰だ?」

アーラは組んでいた脚を戻し、私は椅子を近づけた。身を乗り出したアーラは、ごく内密のことを明かすかのように囁いた。「モーガンが盗《と》って、娘のアリスに食べさせたと皆が噂しています」

「理由は?」私はアーラの香水の匂いがわかるほど顔を近づけた。

「アリスは変わりましたから」彼女は慎ましく眼を伏せた。

「空でも飛ぶかね?」

「何を訊かれても正しく答えると、皆が言っています」

話題を変えるために私は懐から莨《たばこ》を取り出し、火をつけた。「最近、異性と接触したかね?」アーラの眼を覗き込みながら私は尋ねた。

「いいえ、閣下」

「裸かの人体を見ることは避けたいと思うかね?」

「まあ、平気ですわ、そんなこと」

「血が流れたり、人が痛がったりするのを見るのは厭かね?」

アーラはこれも否定した。

「両親のどちらか一人でも、頭の弱い者がいるかね?」

「賢明であるとは言えないかもしれませんが、ふたりとも単純で悪気のない人間です」

「私の助手を務めるなら、何でも私の言うとおりにしなくてはならない」

「承知しておりますわ」アーラがさっと頷いたので、髪の束が動き、肩から後ろへと流れた。

私は身を乗り出して、彼女の上唇から顎の中央までの距離を、親指と人差し指とで測らずにはいられなかった。クロム製の用具で厳密に測定しなくても、私にはアーラが〈星の五芒《スター・ファイヴ》〉——観相学上、頂点に位置する人相の持ち主に与えられる称号——であることがわかった。もしも彼女が女でなかったらこの私と同等の者なのだと思うと、不快感と興奮とを同時に覚えた。

私が手を引っ込めるのと同時にアーラは言った。「ええ、スター・ファイヴですわ」

「では、それなりの働きをしてくれ」

「ご期待には必ず添います」アーラは熱意を込めて言った。

私たちは宿を後にした。聖教会への坂道を登りながら、私はアーラへの試験として有名なバーロウ事件の要点を述べさせてみた。彼女は北風に髪をなびかせ、私の傍らを足早に歩きながらも、十年前の私自身がとある医師の顔を測定して出した数値を淀みなく暗誦してのけた。かれは破壊活動を賞賛する詩を作ったことをきっぱりと否定したのだった。

実を言えば、アーラ・ビートンは私に初恋の女を思い出させた。彼女が先ざき厄介ごとの種になるだろうとは重々承知していた。国家の公の仕事に女を関わらせることは厳重に禁止されているのだ。だが、私にどうしてアーラを無視することができただろう? アーラがバーロウの愚劣な詩や私が当時述べたことを引用しつつ逐一報告するのを聞くうちに、私はいつか回想の枝道へと踏み込んでいた。

私が観相アカデミーに学ぶ若い学生であったころ、人体に関する一連の講座があった。それは〈プロセス〉——アカデミーの八年間のカリキュラムを指すのに用いられる言葉だ——その初期講座で、適性のない者を振るい落とす目的をも兼ねているため、非常に難しかった。

私は同級生の多くと比べても条件がよかった。というのは友情を拒絶し、つき合いを避けていたからだ。夜、他の者が市《シティ》のカフェに通うころ、私はノートを持ってアカデミーに戻った。夜ごと私は巨大な古い建物の地下に降りていった。そこには観相学の研究室が並んでいる。人体研究室はテーブルと椅子がひとつずつやっと置けるだけの小さな部屋だった。椅子に坐ると眼の前にはカーテンを引いた窓がある。カーテンに口で命令するだけで、それは左右に開き、照明にあかあかと照らされた真っ白い部屋が出現する。アカデミーは一日二十四時間、その部屋に研究の対象となるものを用意しておいてくれた。それらは裸かの人間で、口で命令するだけで好きなポーズをとらせることができる。これらの操り人形人間にどのくらいの賃金が支払われているのか、いや、そもそもかれらは賃金をもらっているのかと、私はしばしば思いを巡らせた。それらの人間は大抵、観相学上のデザインから見るとごく下等な部類に属した。考えてみれば、優秀な人間がこんな仕事を引き受ける筈はない。だが、かれらは下等であるがゆえに、研究材料としていっそう興味深かった。

その場所で、私は初めて〈ゼロ〉——頭蓋にも顔にもからだにも何ら取り柄のない人間——に出会った。その男は学生たちに人気があり、オールド・ディクスンと呼ばれていた。夜更けにはその男がいることが多かった。非常に愚かだから、他に何もやることがないのだろうと私は想像した。だがかれの相を読むことは、まるで無限を覗きこむようなもの——自然の女神が下着を脱ぐ光景を不敬にも覗き見るようなものだった。不安と崇高さとを同時に感じるのだった。ある夜、半分溶けかかった雪人形のようなオールド・ディクスンがいるものと思いながら研究室に行った私は、まるきり別の光景に出くわすことになった。

その女——彼女は私が見たこともない素晴らしい肉体を持っていた。何もかもが照り輝くよう、まさに完璧そのもの、乳首は誇らしげに尖ってまっすぐな針の先のようだった。私は彼女に命じ、思うがままにそのからだを撓《たわ》めさせたり屈伸させたりしてみた。次に回転や跳躍運動を要求し、また四つん這いの姿勢をとらせたり、仰向けにじっと横たわらせたりもしてみた。それでも彼女のからだにはいかなる些細な欠点も見出せなかった。肌は滑らかで輝くばかり、眼は不可思議な光を湛えた深い緑いろで、厚めの唇はふっくらとしており、赤褐色の髪がそのしなやかな肩や背でふさふさと波打っていた。彼女が激しく動くと、その髪はあたかも潮溜まりで旋回する聖なる生き物の如くにはためくのだった。初めて彼女を見たその夜、私は夜明けまでの長い時間を彼女とともに過ごした。激しい動きを要求する命令は、瞬《またた》きをして欲しい、小指を曲げてみせて欲しいと懇願するためらいがちな囁きへといつしか変わっていった。

翌日は死ぬほど疲れていても当然なのに、逆に奇妙な高揚を感じた。鳩尾《みぞおち》のあたりに何かが燻《くすぶ》っていて、私は勉学に集中することができなかった。どうしたら彼女と個人的に知り合うことができるか、単に命令を与えるだけでなく会話を交わすことができるのだろうかと、それればかりを考えていた。二夜続けて私は研究室に通った。嬉しいことに、彼女は窓の向こうで待っていてくれた。三日目の夜、カーテンに向かって開けと命じた私は、オールド・ディクスンがひとり静かに涎を垂らしている光景に直面した。私の口からは呻《うめ》き声が洩れ、呼応するようにディクスンが箍《たが》の緩んだような虚ろな笑い声をたてた。即座に、私は彼女が誰なのかを探る計画を立てた。

翌朝、私は研究室運営の実務を担当する老人を買収しようと試みた。「名前だけでいいんだ」私は囁き、老人の上着のポケットに五十ビロウを滑り込ませた。返事はなく、しかし金を返そうとはせずに老人は歩き去った。私が頼んだことは明らかに違法であり、密告されはしまいかとびくびくしながら二日間待った。二日目の夜、アパートメントに官憲が姿を現わした。黒い外套を着た四人の男たちで、そのひとりは錨《いかり》でも手繰れそうなほど太い鎖で繋いだ巨大なマスチフ犬を連れていた。「一緒に来たまえ」リーダーが私に命令した。彼らは私を外に連れ出し、四輪馬車に押し込んだ。馬車は夜の街を駆け抜け、着いたところは意外にもアカデミーだった。馬車に乗っているあいだに私は硫黄採掘場に送られるか、あるいは運良くすぐに処刑されるかのどちらかだろうと観念していたのだったが。

からだが震え、口のなかはからからに乾いていた。黙りこくった四人の男と犬に促されて、私は研究室のある地下へ降りていった。一度も見たことのない廊下を進み、そこから石壁に囲まれた部屋に入った。四方の壁には、数え切れないほど多くの金属製のドアが嵌《は》め込まれていた。

アパートメントで私に口をきいた男が言った。「マスター・ビロウは君の精進に強い関心をお持ちだ。そして願いを叶えてやろうとお考えになった」かれはドアのひとつに歩み寄り、金属製の掛金を外し、そしてするすると引き出した——私の愛する女性が横たわる金属台を。「君はこの女の名を知りたかったのだな?」男は言うのだった。「教えよう、彼女の名は二四三号だ」

「しかし——しかし、死んでいるじゃありませんか」言ったとたん、失意の熱い涙がこみあげてきた。

「もちろん、死んでいるとも」男はあっさり同意した。「ここの連中はひとり残らず完璧に死んでいる。この女は、両親がレイリング観相官に告発されたために、動揺して自殺したのだ。この女のからだは中身を抜かれて保存され、それから特殊な歯車装置と犬のニューロンを組み込まれた。すべてマスターの偉大な発明品だ」

男はかがみこんで、彼女の後頭部にあるスイッチを押した。深く澄んだ緑の眼がぱっちりと開き、彼女は上体を起こした。「歌え」男が命令すると、彼女は機械的にか細い声で歌い出した——最初にして最後に私が聞いた彼女の声は、実にそれだった。他の男たちがどっと笑った。「さあ、もう家に帰りたまえ。他言無用だぞ」リーダーが言い、弾《はじ》かれたように私は部屋の出口へと向かった。最後に振り返った時に私の眼が捉えたのは、男たちが彼女を取り囲んで黒い外套を脱ごうとしている禍々《まがまが》しい光景であり、その周りでは鎖を外された巨大なマスチフ犬が——まるで気が狂《ふ》れたかのように——ぐるぐる駆け回っていたのだった。

5．聖教会、尖った爪の司祭、木乃伊になった〈旅人〉

アナマソビア聖教会の建物を一瞥した時、私の心中には二種の反応が生まれた——そのどちらも素振りに出さないよう努めたのだが。ひとつはその建物の愚劣きわまる在りようを冗談として笑いとばしたいという衝動、もうひとつは燐寸《マッチ》を擦って、いっそ全焼させてしまいたいという衝動である。ぞっとするような灰色の板で構築されているその建物は、あろうことかグローナス山の輪郭に似せて設計されていた。アーラが同行して説明してくれたのでなければ、私はおそらくただの木切れの山がたまたまそういう形態《かたち》になったのだと思い込んだことだろう。本物のグローナス山の頂上を模しているというとおり、よく見れば確かに割れ目や崖や底なしの谷が稚拙に再現されている。正面入り口の歪んだ扉に至る階段の一段一段は、幅も高さも見事なまでに不統一だった。窓の配置も対称でなく、ただしガラスの代わりに透けるほど薄く研磨されたスパイア石の切片が嵌《は》まっていて、それぞれに神聖な場面の彩色画が描かれている。そしてあたかも山の頂上に祀《まつ》りあげるように屋根の切っ先を飾っている奇天烈な代物は、よく見れば金でできた鉱夫の鶴嘴《つるはし》らしいのだった。

「どこのどいつがこの建物を？」私は尋ねた。

「すべてガーランド司祭様が考え出されたことですわ」とアーラ。「アナマソビアに着任された最初の年に。これを設計する手を動かしなさったのは神様だと、司祭様はそう仰っていました」

私は階段を登るのに手を貸すという口実のもとに、アーラのほっそりした手を握った。しかし折り悪しく躓《つまず》いてしまったため、一瞬とは言え相手に取り組ったのは私の方だった。意外にもアーラはしっかりと私を受け止め、のみならずにっこりと笑いさえした。その顔を見ると、私はなおさら脱力するような気がした。

「もう少し気をつけるように」私は言い、両開き扉の二枚のうち背の高い方を手前に引いた。

「すみません」アーラが謝り、私たちは暗がりのなかに入っていった。

建物の悪趣味ぶりは内部においてさらにひどくなり、吐き気を感じるほどだった。聖教会の内構造は、何と地下の鍾乳洞を模していたのだ。天井には木製の鍾乳石、床には同じく木切れの石筍《せきじゅん》といったふうに――息が詰まるほど狭く薄暗い通路が入り口から多方向に向かって伸びており、その先は真の闇になっている。私たちの真正面には吊橋があり、馬鹿げたことにはミニチュアの谷の上を渡れるようになっていた。橋の向こうには鋭く露出したスパイア鉱石の青い鉱床が見え、さらに照明といえば蠟燭のみの大きな空洞の様子がその奥に垣間見えた――わずかに開いた唇のあいだに覗く巨人の口のなかのようだった。

「驚かれたでしょう?」先に立って橋を渡りながらアーラが言った。

「ああ、驚くほどの下らなさだ」私は周囲の暗闇が重みをもって眼を圧迫するのを感じた。「まるで洞窟探険じゃないか」

「鉱夫やその家族にとっては、こういうのが寛《くつろ》げるのです」

「なるほどな」私は深い谷の上に架かった橋をおそるおそる渡った。

祭壇のある室内にはスパイア鉱石の信者席が並び、両側の壁に沿って石像が点々と立っていた。よく見るとそれらはいずれも青く、すなわち〈石になった英雄〉たちに他ならなかった。そこここで巨きな白い蠟燭が細長い炎を揺らめかせつつ蠟涙《ろうるい》を滴らせており、夜が訪れる前の最後のひときのように絶えず変化する淡い光がこの場を満たしていた。祭壇自体もひと塊に切り出された平たい鉱石で、何より人目を惹くのは、鉱夫の姿《なり》をした神の巨大な絵姿が壇上の壁面を占めていることだった。

「教会がグローナス山の暗喩なら、ガーランド司祭の説教はメタンガスの放出の暗喩といったところなんじゃないか?」私は皮肉を言った。

アーラは私が冗談を言っているのがわからなかったらしく、生真面目に返答をした。「司祭様は、罪とは魂の落盤である、とは仰いますけれど」

アーラは司祭を捜しに暗い廊下へ入っていき、私はひとり〈神〉を見つめて佇《たたず》んでいた。絵に描かれた〈全能の神〉の人相は、かれが穴を掘るのには向いているが、他のことにはほとんど適性がないことを示唆していた。まず、かれの顔にはさまざまなかたちの瘤が点在していた。耳からは多量の耳毛がはみ出し、そして双の眼は互いに異なる方向を向いている。私はかれの人相が動物に似ているとまでは思わなかったが、逆に何種類かの犬やある血統の猿のほうがかれに似ているのかもしれないと考えた。〈神〉は片手に鶴嘴、片手にシャベルを持ち、青く長い髪をなびかせつつ狭い坑道内を飛行している。しかも奇怪なことに直立した姿勢のままで――そしてこの絵姿を仰ぎ見る人びとに対して、胸当てつきズボンのなかで〈魂の落盤〉が起こったばかりに違いないと思わせるような表情を向けている。明らかにこれは天地創造の一場面だと思われた。

私にとって、属領《テリトリー》の奇妙な宗教に触れるのはこれが初めての経験ではなかった。たとえば国の西の端には、玉蜀黍《とうもろこし》の皮でつくられた教会があると聞いたことがある。かれらの神ベリウスは雄牛の頭部を持つ人がたである。このような奇妙な神は辺境の人びとの惨めな生活を統《す》べつつ、かれらを厳しく裁く。まやかしの神がみは無知な人間たちに死後の天国を約束するが、そこではからだに合った服が着られるし、つれあいが涎を垂らしたりはしない。一方で市《シティ》には一個の人であるビロウがおり、冷徹な学問である観相学がある。このビロウと観相学の組み合わせは、現実と客観の組み合わせであり、完璧な正義をもたらすのだ。

アーラと司祭が祭壇の後方の廊下から近づいてくる物音がした。神の肖像画から眼を逸らそうとしたその時、私はこの神の顔を確かにどこかで見たことがあるという思いにかられた。懸命に記憶の糸を手繰ろうとしたが、すでにアーラと司祭が到着しており、仕方なく後回しにすることにして私はふたりの方に向き直った。眼のまえにひどく小柄な白髪の男がいた。かれが人形じみた小さな手を差し出すと、その爪はすべて鋭く尖っていた。

司祭は私たちを書斎に導いた。それは教会の裏手にある小さな空洞だった。最初、クレマットから煮出した汁を勧められたが、幸いなことに司祭が自ら製造したという別の飲み物を試すことになった。それは琥珀色の液体で、ライラックのような香りを持ち、土の味がした。それを飲みだすと、意外にも私は途中でやめることができなくなった。

司祭の声は奇妙な息の音を伴っていて、それが非常に気になった。加えて奇形めいた小さな顔や、「ふたつがひとつになる時、三つはゼロになり、ゼロこそが始まりです」といった種の、勿体ぶって寓意的な物言い――どうしようもない男だ。しかしアーラはいささか不穏当に感じられるほど熱い尊敬のまなざしで見つめている。いずれこの己惚れ屋の小男について彼女が抱いているイメージを粉砕してやらずにはいられなくなるだろうと、私はじぶんの先行きを予想した。

「ガーランド司祭」皆が飲み物を飲み終え、司祭が短い祈りを唱えたあと、私は口火を切った。「あなたを第一容疑者と見做すべきでない根拠がもしもあるならば、提示してほしい」

司祭はもっともな質問だと言いたげな素振りで頷《うなず》いた。「わたくしはもともと、楽園への道を知っております」

「果実のことは」

「豊かに熟して、常に甘い汁をかいておりました」と司祭。「触ってみると、まるで人のからだの肉に触れたようでした。口に運んでそっと歯を当ててみたくならなかったのかと、もしや私にそのようにお訊きになりたいのでは？　閣下、この果実のことを耳にしただけで、あなたもすでにそれを齧《かじ》ってみたいとお考えになられたのでは？――さよう、ここでは誰もがあれを食べてみたいと望んでおりました。そして果実が誰にも手を触れられないで祭壇にある限り、多くの人びとの欲望が拮抗しあい、その力のおかげで私たちは正しい道に留まっていられたのです。しかし果実が失われた今、私たちは罪の吹雪のなかに突っ込んでいくしかない」

「果実に特に興味を示していた者は？」

「ひとりふたりはおりました」

「誰が盗んだ？」

司祭はのろのろと首を振った。「魔物たちが荒野から飛んで来て、私が眠っているあいだに祭壇室に入ったとしか思えません」

「このところ、地上の楽園のことをたびたび耳にする。地上の楽園というのは何なのか、はっきり説明してくれないかね」

司祭は左手で鼻をつまみ、それから深く考えこむ姿勢をとった。アーラは身を乗り出して言葉を待ちかまえている。

「——閣下、地上の楽園とはこの広大な世界のなかにただひとつ存在する、自然が全く誤りを犯さなかった小さな場所です。それは神が生きながら埋められる前に創造した、最後にして最高の作品です。それは全ての罪と全ての栄光を受け入れ、それらを少しずつ永遠に変えていく場所です」

「神は生き埋めにされたのか？」

「わたくしたちは毎日、地中を掘り進んで神に近づいております」

「到達すれば何が起こる？」

「それはつまり、始まりに到達したということです」

「何の始まりだ？」

「終わりの始まりです」司祭は話し終えて溜め息をつき、アーラを見やって微笑んだ。アーラも親しげに微笑みかえした。「むすめや、お母さんに蛙《カエル》入り苺パイのお礼を申し上げておくれ」

「はい、司祭様」

私はあいだに割り込んで言った。「町長から聞いたが、あなたの犬が魔物に攫《さら》われたそうだな」

司祭は悲しげに頷いた。「かわいそうに、グスタフはあのおぞましい化け物どもに八つ裂きにされて、きっと食われてしまったのでしょう」

「化け物はどういう姿をしている？」

「アーラの祖父が言っていたとおりの姿です。つまり、悪魔とはこういうものだと人びとが想像している姿ですね。化け物が飛び去ったあとには、嗅いだことのない臭いが残っておりました」

「爪は鋭いのか？」私は重ねて尋ねた。

「どういう意味です？」

「どういう意味だと思うかね」

「閣下はこの爪のせいで、私をあの化け物どもといわば同列に置いていらっしゃるようですね」冷静さを失うことなど金輪際ないといった様子で、司祭は言った。「私が爪を尖らせているのは、ちょうど今、私の心に刺さっているような棘を抜くためなのですよ」

「私のクロム製のピンセットを貸してもいいが」私は応じた。それからアーラを振り返り、部屋から出るように指示した。「司祭と私だけで話し合わねばならないことがある」

アーラがいなくなると、私は住民の取調べを行なう場所としてこの教会を使用する旨を司祭に向かって宣告した。

「それは、私の教会で町の人たちが服を脱ぐということですか?」急に顔色を変えて司祭は立ち上がった。

「服を脱ぐのが決まりだからな」私は言った。「あなたにも立ち会ってもらう。人びとが秩序正しく指示に従うよう、監督してもらいたい」

「何ということを」司祭は私の方に足を踏み出し、つかみかかる身振りで小さな両手を突き出した。

「落ち着きなさい」私は宥《なだ》めた。「司祭、あなたに無理強いはしたくないが」

司祭の唇がめくれ、その前歯も尖っていることに私は気づいた。顔を紅潮させた司祭は、よく見ると少し震えているのだった。私は外套のポケットに手を入れ、メスを握った。

「慎み深さは神のランプだ」呟《つぶや》くように言ってから、かれの緊張がふと和らぎ始めるのがわかった。

ガーランド司祭はしばらくの間じっと立っていた。

「そう、大人しく従ったほうがいい」

「閣下、一緒に来て下さいますか。面白いものをお見せいたしましょう」司祭は机の後ろに回り、そっと壁を押した。そこは隠し扉のようになっていて、奥には下りの階段が隠されていた。「いらして下さい、閣下」降りていきながら、か細い声で司祭は肩越しに呼びかけてくるのだった。

地下の暗い通路で私を襲うつもりではないかと真っ先に考えたものの、私はかれの後をついていくことにした。片手は階段の手摺にかけ、もう一方の手にメスを握って。その時が来れば、まずメスの一閃で眼を潰し、それから長靴《ブーツ》で息の根を止めようと腹づもりをした。階段を降りていくにつれて、闘いの予感に気分が高揚してきた。

石でできた室《むろ》のような部屋で、ガーランド司祭はすでに跪《ひざまず》いていた。壁に点々と取りつけられた松明《たいまつ》に照らされているため、あたりはかなり明るかった。司祭の前には大きな木製の椅子がある。そこに立てかけるように置かれているものは、歪んだ巨大な葉巻のように最初見えたのだったが、近づいていくとそれが細長い頭をした細長い男であることがわかった。その皮膚は時を経て革のように固くなっており、傷らしいものはない。しかも閉じた瞼の下には眼球があるらしく、指のあいだに水掻きがあり、一本の指には細い銀の指環が嵌《は》まっている。

「これは何だ」私は尋ねた。「クレマットの神か?」

司祭は立ち上がって私の脇に来た。「坑内で果実とともに発見されたお方です」かれは言うのだった。「時どき、この方は全然死んでなどいなくて、楽園に戻るのを待っていらっしゃるだけなのだという気がいたします」

「どのくらい古いものかね」

司祭は首を振った。「さて、見当もつきませんね。しかし閣下にしても、これに何か普通でないことが絡んでいることには同意なさるでしょう」

「普通でない、ということは疑っていない」

「では、何をお疑いですか？　白い果実と、この〈旅人〉――これらはまさしく奇跡です。現にこうしてはっきりご覧になっているではありませんか」

「私が見ているのは、やたらに頭が長い、干からびた死体に過ぎない。そして司祭、あなたの口から出てくるのは迷信深いたわごとばかりだ。私にこんなものを見せて、どうしろというのだ？」

「明日は私の教会をそっくり提供いたします。その代わり、今夜にでも私のためにやって欲しいことがあるのです」

「言ってみろ」

「〈旅人〉の相を観て頂きたい」

私は改めてそれを見た。観相する値打ちがあるだろうか。二、三の興味深い点が私の眼に止まった。長い顔は異形だが、趣があるようでもある。「――面白いかも知れないな」

司祭がお手をする犬のように差し出した小さな手を、私は握り返した。

聖教会の外に出ると、アーラが入り口の一番下の段に坐っていた。町の端と荒野の始まりとを分けている広い野原の向こうをじっと見つめる様子だった。風が丈の高い草を揺らし、遠くの樹々の上には重苦しい雲が垂れ込めている。

「雪になりますね」振り向かずにアーラは言った。

その日の午後、私はマンタキスに命じて町長に手紙を届けさせた。明朝十時、全住民を教会の外に集合させるようにと命じる手紙だ。その後でアーラが執務室に来て、彼女の祖父の顔の予備観相を始めた。それは任せることにして、私は美薬を持ってベッドに入った。横たわり、ぬくもりが忍び寄ってくるのを待つあいだ、ふたつのことが頭に浮かんだ。司祭の飼い犬がいなくなったのは、おそらく司祭が眠っている夜間に教会が無防備になるよう、誰かが仕組んだのだろうという考えがひとつ。そしてもうひとつは、前日の街路で女が私に観相をせがんだ子供の顔に、確かに見覚えがあるということだった。それからフロック教授がベッドの脇に現われて、硫黄採掘場に関する短い報告をした。「ものすごく熱い」かれは喘《あえ》ぎながら言った。赤くなった顔から汗がしたたり落ち、その背後からは鞭の唸りと怒号が聞こえてくる。「それに臭い。何より耐えがたいのはそれだ。地獄の悪臭そのものだ」かれは呻《うめ》くように言い、姿を消した。その後すぐに、アーラと魔物の出てくる幻覚が始まり、美薬の有効成分がこうして急速に費やされていった。気がつくと二時間たっていて、アナマソビアの大通りに三インチの雪が積もり、グローナス山から吹き降ろす烈風がさらに雪を吹きつけていた。

6．〈旅人〉の観相と力の喪失の次第

理想形態市《ウェルビルトシティ》に雪はない。雪は小さな奇跡のように美しいが、不都合なものでもある。雪という存在がこの世になくても、私はまったく困らないだろう。しかしシャツを着替えたり顔を洗ったりしているうちに、もうすぐ実質的な仕事ができるのだと考えて意欲が湧いてきた。身支度が済むと、私は観相器具の入った鞄と外套を抱え、隣りの執務室に行った。聖教会に戻るとアーラに告げるためだ。階段の上から、熱いお茶を持ってきてくれと宿の内儀《かみさん》に声をかけた。夕食も差し上げますと下から返事が戻ってきたが、これは断った。満腹すればどうしても寛容になってしまうからだ。

アーラは執務室の机に向かい、持参の帳面にしきりに何か書き込んでいた。背を真っ直ぐに立てて、手だけが飛ぶような速度で紙の上を移動している。私が黙って見ているあいだに、彼女は丸一ページを埋め尽くし、次のページへと移っていった。

「お茶が来る」気づかせるために、とうとうこちらから声をかけた。

「あと少しなので」アーラは顔も上げずに答えた。

アーラが私に挨拶しなかったのが少し気に障ったが、彼女がそうして書き物に没頭する様子には抑制されたひたむきさがあり、無理に止めさせる気にはなれなかった。マンタキスの内儀《かみさん》が紅茶を運んできた時にも、アーラはまだ書き物を続けていた。

部屋に入ってきた内儀《かみさん》の眼つきには、私の部屋に若い女客が出入りしているのが気にくわない表情がありありと現われていた。「閣下、町長宅のパーティーはいかがでした」内儀《かみさん》は銀のトレイを私の前のテーブルに置きながら尋ねた。何のつもりかひどく大仰なボンネットをかぶり、天使のアップリケや襞飾りで満艦飾といった按配のエプロンを着用に及んでいる。

「たいしたお祭り騒ぎだったな」私は言った。

「閣下がお帰りになってすぐ、火蝙蝠をバーベキューにしたんでございますよ。皆にひと切れずつ行き渡りました。火蝙蝠を食べると、夜目が利くようになると申しますでしょ」

「吐き戻す前かね？　吐いたあとでかね？」

「まあ、ご冗談ばっかり。火蝙蝠の味は格別ですよ。香料をきかせた兎肉のよう、いいえむしろカレー味の鳩というか。カレー味の鳩はお好きですかね？」

「下がれ」私はドアを指さした。

内儀《かみさん》は両手を組み合わせ、頭を垂れてそそくさと出ていった。

「度し難い女だ」誰にともなく私は言い、ポットに被せた布巾を脇に除けた。

ようやくアーラが来て、テーブルについた。ブラウスの一番上のボタンが外れ、疲労の色を浮かべた眼がかえって美しい。彼女がじぶんの茶碗にお茶を注いでいる時、今夜の観相で助手を務めるつもりがあるかと私は尋ねてみた。

この時、アーラには優れた観相者になる資質があると私は判断した。というのは、誰の観相をするのか質問するという愚を犯さず、即座に承知したからだ。わずかに顔を紅潮させただけで、アーラは私の眼から一インチ離れた空中に焦点を合わせた眼つきで頷《うなず》いた。この技術を習得するのに、私の場合は何年もかかったものだ。

「君の祖父の相から何がわかったかね?」アーラが私にかけている魔法を破るために尋ねてみた。

「典型的な〈従四〉以下で、鳥類の痕跡があります」

「眼―皺―顎間の測定値について、何か気づいたかね。私は気づいたが」

「それが一番興味深い点です。もうちょっとで、壮大比率になるところですね」

「そう、非常に近い。しかしそこには天と地の開きがある」

「全身的に見れば、祖父は〈三〉だと思います」

「おやおや、観相学に身びいきを持ち込んではいけないな。かれが二・七以上だったら、私はじぶんのカリパスを引退させるね。他には?」

「いえ、それだけです。でも理屈では説明できないことですけれど、両手で祖父の顔に触っていると、むかし語り聞かせてもらった話を思い出したんです――〈この世の楽園への不思議な旅〉と祖父が呼んでいた物語です。ほんの少しですけど、とてもはっきりと思い出したので、ノートに書きとめておきました」

「ちょっと話してみてくれ」

アーラは紅茶のカップを置き、椅子の背にもたれた。

「荒野をさまようちに、鉱夫たちは都市の廃墟を見つけました。もちろん、魔物の群れとの壮絶な戦いを繰りひろげた後で、ですけれど——そしてそこに三晩泊まりました。祖父は魔物を二匹仕留めました。一匹はナイフで、一匹はピストルで。そして戦利品として持ち帰るために、ペンチを使って固い角を引き抜きました」

「都市は内海の近くにあり、たくさんの塚で構成されていて、塚のなかには網の目状のトンネルが穿《うが》たれていました。かれらがその都市に泊まった最初の晩、夜空に奇怪な赤い光がいくつも出現しました。ふた晩目には、ヴェールで顔を隠した女の幽霊を見たと、ひとりの鉱夫がひどく興奮して言い出しました。三日目の晩、皆が眠っているあいだに、バタルド町長の叔父に当たるジョゼフが何者かに殺害されました。かれのからだには、ふたつずつ対になった突き傷が百対も残されていました。ジョゼフを殺した者の正体が何だったのかわかりませんが、それはつきりとは姿を見せないまま、執念深く探険隊の人びとを追ってきました。数日に及ぶ逃走の挙句、かれらは川を渡り、やっとのことで追跡者から逃れることができたのです……」

凍えるほど寒い夜だった。アナマソビア聖教会に向かう私たちに、雪は容赦なく吹きつけてきた。町役場の前では、この時刻というのに数人の男の子たちが雪人形をこしらえて遊んでいた。いつもの私なら、その妙なかたちの雪人形のことをこの私にあてつけたものだと思い込んだことだろう。アーラが傍らにいなかったら、そして公用に赴く途中でなかったら、長靴《ブーツ》で蹴散らしていたかもしれない。「まあいいさ」私は機嫌よく心のなかで呟《つぶや》いた。「こいつらは救いがたく無知であるということで、十分に罰されているのだ」

アーラが風に負けまいと声を張り上げて言った。「あの子たちが作っていたのは、旅人の雪人形でしたでしょう。よくご覧になりました？　以前から、ここでは雪が積もると同じものを見かけるんです」

「子供という種族は、奇妙なはみ出し者だからな」

私が答えると、アーラは何か言いながら笑い声をたてたが、風に消されてよく聞き取れなかった。〈歪んだ神殿〉とでも呼ぶべき聖教会に入っていくのを、よもや嬉しく感じることがあろうとは思ってもみないことだった。雪が顔に吹きつけてこない場所でさえあれば、どこでも我慢しようという気になっていたのだ。歪《いびつ》で巨大な扉をアーラが閉めると、一転して私たちは深い静寂の懐に包み込まれた。私はしばらくそこに立ち、外の物音に耳を澄ました。強風が唸っているのが、はるか遠くの音のように微かに聞こえてくる。アーラの濡れた髪の匂いが、入り口付近の暗がりを甘く満たしていくようだった。私の手は勝手に伸びて彼女の髪に触れそうになったが、幸いアーラはすでに橋の方へ歩き出していた。私たちは一緒に橋を渡った。彼女の髪が発散する雨に濡れた森のような香りに惑わされて、私は足取りが覚束なかった。その夜、身長二メートル近い乾いた馬糞のような木乃伊《ミイラ》の観相をする代わりにアーラの相を観られるのだったら、一千ビロウだって私は喜んで差し出したことだろう。

司祭が私たちを待っていた。少しは役に立とうと考えたのか、かれは祭壇である平たい石の上に旅人を移していた。

「閣下、よくお出でくださいました」穏やかな声で言うと、司祭は頭を下げた。午後に会った時よりも、落ち着きを取り戻したようだった。

「むすめや、よく来たね」声をかけられたアーラは近寄っていき、かれの額に接吻した。その時、司祭が爪の尖った小さな手を軽く彼女の腰に当てていることに私は気づいた。

「ここまでどうやって運んだのかね?」ふたりの親密な雰囲気を破るために、私はどうでもいいことを質問した。

「旅人はとても軽いのですよ」と司祭。「紙か、乾燥させた玉蜀黍《とうもろこし》の茎でできているかのようです。遺憾ながら、かれの足を引き摺ることにはなりましたが。それでも何とか息を切らさず、階段を運び上げることができました」

この司祭が息を乱すことなど、ほとんどあり得ないような気がした。

私は祭壇に登り、器具の入った鞄を被検者の頭の脇に置いた。アーラが来て、私が外套を脱ぐのを手伝った。彼女がじぶんの外套を脱いでいる間に、私は使用する順番に器具を並べはじめた。

「お手伝いできることは?」司祭が熱っぽく言った。

「ああ、それなら」私は顔も上げずに答えた。「今すぐ私たちだけにしてくれると助かる」

「立ち会わせて頂けるのだと思っていましたが。お願いしたのは私ですし、興味があるのです」

「下がってよろしい」私は努めて穏やかな声で命令した。

すっかり気分を害した様子で、司祭はじぶんの執務室に通じる廊下に出ていった。しかしすぐには立ち去らず、振り向いて箴言めいた祝福の言葉を口にした。「あなた方がこれから眼を向けるすべてのところに神が在《いま》すように。そしてあなた方が既に見たところには在《いま》さぬように」

「感謝いたします、司祭様」とアーラ。

私は司祭の顔をまともに見て、声をたてずに嘲笑するという技を披露してやった。司祭は黙って廊下に消えた。

「頭蓋半径測定器を渡してくれ」私はひとつめの器具を指さして、アーラに言った。クロム製の輪で、羅針盤の東西南北にあたる四点に捻子《ねじ》がついている。まずはこの器具を使って、私たちは測定を始めた。

何より先に、甲虫の背のように光沢のある旅人の茶色い肌に触れることへの嫌悪を克服しなくてはならなかった。アカデミーで最初に学ぶ基本の一つに、肉質の濃い色素沈着は知性と道徳心の衰えを示す徴候だという原則がある。また鋭い機器を使用することで、頭皮に罅《ひび》を入れてしまわないかという心配もあった。旅人の頭皮は卵の殻と同じで、薄いが硬く、脆《もろ》そうだった。私は革手袋を嵌《は》め、半径測定器を使い始めた。

旅人の頭蓋は常軌を逸して長大だった。これに比べれば、マンタキスの細い頭部も丸く思えるほどだ。だが、母なる自然のこの表現には非常に簡潔で優雅な趣があり、記録簿を使用して――インクに浸した針で数値などを記録するための、革紐で綴《と》じた手帳のことだ——私が計算した結果は、驚くべきものだった。合理的思考の深刻な欠乏と、ある種の最高の聖性との両方を同時に示していたのだ。その数値は私を嘲弄するかのようだったが、しかしそのまま記録することにした。というのは、これまで旅人のような代物を観相したことがなかったからだ。「旅人ははたして人間なのだろうか?」——私は手帳のページの一番下に疑問を書きつけた。

「鼻の測定器を渡してくれ」私はアーラに言った——彼女はすぐ脇で食い入るように作業を見つめていた。連れてきたのは間違いだったと、私はじきに気づいていた。旅人の観相に関する迷いを感づかれたくはなかった。教師の自信喪失を眼《ま》の当たりにする生徒ほど救われない者が他にあるだろうか?

「近くで見ると、ほんとうに変わった顔をしていますね」アーラが口を挟んできた。「肉体的な特徴を見る限り、人間と呼ぶべきではないような——でもこの顔には、何かそれ以上のものがありますね」

「静かに」私は言った。「思考は数字に任せるように」これを叱責と受け取ったのだろう、彼女はそれきり口を噤《つぐ》んでしまった。

旅人の鼻梁はほとんど髪の生え際から始まっていた。そして鼻は鼻腔を縁取るのではなく、先細りになって尖った一点に達し、先端部分の両側に小型ナイフによる傷のような縦の裂け目がひとつずつある。「そんな馬鹿な」私は呟いたが、やはりじぶんが発見したことを正確に書きとめた。有史以前の原人の一種ではないかという私の予想に反し、計算結果は私やアーラと同じ〈星の五芒《スター・ファイヴ》〉という観相学上最高位の比率を示していた。

　旅人の黒くて長い髪は編んであり、アーラの豊かな髪と同じくらい健やかに見えた。三つ編みの部分はあるところで終わっていたが、その先が二十センチ近く伸びている。それを見ると、死後もまだ髪が伸び続けていて、このまま何世紀も伸び続けるのではないかと思わずにはいられなかった。私は手袋を脱ぎ、こわごわ旅人の頭髪に指を通してみた。髪は絹のように柔らかく、生命が感じられるような気さえした。私はズボンで手をぬぐい、すばやく革手袋を嵌めた。

　私は作業を続け、アーラに対しては手渡すべき器具についての指示を次々に出した――ハドリス式口唇用万力、眼球規準器、耳朵軟骨組織計測器などだ。私はたっぷり時間をかけた。細心の注意を払ってゆっくりと作業を進め、いつもどおり正確に記録した。だがそのうち、どうにも承服しかねる気持が腹に溜まっていった。この奇妙な頭部を表現する数字の列は、まるで魔法のような働きをした。それらの数字が意味する相は、私自身の相よりもはるかに優れたものだった。計測が進み、残る器具はカリパスだけになった。これは私がもっとも得意とする器具だ。私は祭壇から離れ、休憩しようとアーラを誘った。

　神経を落ち着かせるために、旅人に背を向けて莨《たばこ》に火をつけた。汗が眉から滴り落ち、シャツもじっとり濡れている。アーラは無言のまま、問いかけるような眼で私を見た。説明してもらえるのが当然だと思っているかのように。

「いや、結論を出すのは早すぎる」

アーラは頷き、私の背後にある長い顔に眼をやった。その視線が意味するものは明白だった——宿を出る前、アーラの祖父について話題になった眼—皺—下顎の輪郭の比率だ。カリパスを使うまでもなく、旅人の数値が壮大比率の域内にあることが私にもすでにわかっていた。

「閣下」ふいに緊張した声でアーラが言った。「旅人が動いていますわ」

私は旅人に向き直った。アーラが私の脇を掠めるように進み出て、旅人の胸に手を置いた。「感じます」アーラは言った。「微かですが、確かに動いています」

私はその手をつかみ、危険物から引き離すようにして無理に引っ込めさせた。「落ち着きなさい。時には眼に見えるものを疑うのもいいことだ、しかし〈死〉を疑うことだけはできない。〈死〉はこの男のなかに千年、あるいはもっと長く住んでいるのだよ」

「でも、鼓動を感じました」アーラの眼には恐怖の色があり、私はその手を放す気になれなかった。

「司祭がこれを移動した時に、内部の構造が影響を受けたのだろう。君が感じたのは、脆《もろ》くなった骨が砕けて粉になったか、石化した組織が動いたか、そういったことだろう」

「そうですね、閣下」アーラは言ったが、それでもなお怯《おび》えた顔つきのまま後ずさりした。

私の計算結果が全て、旅人が偉大な知識と微妙な感性を併せもつ存在であることを示しているなどと、どうしてアーラに告げられただろう。昆虫のような肌と水搔きのある手をしたこの化け物が、人類の進化の頂点にいるなどとどうして認めることができただろう。「こんなものを観てしまった私は、いったいどうなるのだ？」私は心のなかで呟いた。何としてでもじぶんの所見を変更したかった。簡単なことだし、関係者の誰にとってもその方がよいに決まっている。だが、私の計算を狂わせた魔法が私自身にも呪いをかけ、苦い真実に縛りつけていた。

私はカリパスを開き、再び観相の対象に近づいた。幾何学的・代数的推論が通用しない顔を見たのは、観相者としての長いキャリアのなかで初めてのことだった。角度や半径の代わりに私が見て取ったのは、かれが唇を閉じたまま仄《ほの》かな笑みを浮かべていることだった。そして、閉じた瞼の形と眼の位置から、かれが優れた知恵とユーモアの持ち主であることがわかった。私は顔を上げ、教会の内部を見渡した。薄暗い空洞のそこここに鬼火の如く蠟燭の火が揺らめいている。とつぜん何かが接触して火花を散らしたかのように、頭のなかでマスター・ビロウの声が響き渡った。「クレイ、お前は生きながら埋められているのだ」――何かの罠にかかったように感じられ、私は圧迫感を覚えはじめた。不安な気持ちを押し隠して、カリパスの片脚の先端を旅人の額の真ん中に置き、もう一方の脚の先端を長い顎の先に当てた。そして私は数値を読み取ろうとしたが、まさにその時――じぶんが今、いったい何をしようとしているのか――ほんの一瞬前までは完全に理解していたものを、まるきり、針の先ほども思い出せないでいるじぶん自身に気づいた。文化史に磐石の基礎を持つ観相学の知識が、まるで角砂糖を水に入れたかのように、すっかり溶け崩れ、色もかたちも残さず消失してしまったのだ。――意中の女と生ける屍《しかばね》を置いた台とのあいだに立ち尽くし、司祭の言う〈罪の吹雪〉が牙を剝いて襲いかかってくるのを私は全身で受け止めていた。

「ああ、なるほど」私は言った。その口調は我ながらひどく不自然だった。「思ったとおりだ」

「どうしたのですか?」アーラが尋ねた。

「ああ。鼻腔のわずかな裂け目を考えに入れ、額中央―顎中央の測定値をその数値で割るんだ。そうするとフロック要素が働き、この被検者は直立姿勢を取ってはいるものの、動物並の知性しかないという結論を導きだす」

「フロック要素、ですか?」とアーラ。「初めて聞きますけれど」

それは私も同じだった。しかし私はフロック要素の来歴をでっちあげ、わが恩師の偉業について破れかぶれの出まかせを喋りつづけた。

明らかな失望の色がアーラの顔に滲み出ていた。私に失望したのか、それとも偉大な発見に立ち会いたかったのに期待が裏切られたためなのか、よくはわからない。しかし私の頭にあったのは、一刻も早く美薬を打って眠ってしまいたいということだけだった。

器具を片付けていると、ガーランド司祭を呼んできましょうかとアーラが問いかけてきた。私はじぶんの唇に指を当て、もう一方の手でついてくるよう合図した。アーラは驚いた顔をしたが、私が外套を着るのを手伝い、じぶんも外套を着た。立ち去る前に私はもう一度旅人に眼をやった。その表情はどこか変化しているように見えた――そして私はぎくりとしたのだが、この私から観相学の知識を吸いとって満腹したとでも言いたげに、旅人の唇が微かに開いているのだった。

いかに努力してみても、観相学のもっとも基本的な理論すら思い出すことができなかった。喪失があまりに突然で、あまりに思いがけないことだったので、私は混乱し胃が痛くなっていた。もはや私は世界をどのように見たらいいかわからず、拠りどころとなるものを全く失っていた。アーラに支えられてゆらゆらする橋を渡り、ドアを出て外の段々を降りた。雪の渦巻く街路に出ても、アーラはまだ私に手を貸していた。彼女もまた、私の様子がおかしいことに気づいているのだ。

二度三度深呼吸をして、私はアーラの手を押しやった。そして、意志の力だけで地面を踏みしめて歩いた。測定する能力を失った私の眼は、もはや視界にある限りのものに対していかなる意味も見出すことができなかった。世界は何の説明もなくただそこに存在し、不確定な要素に満ちていた。「物理的世界では、構造が存在を決定する」私は呟いてみた——少なくとも、その言葉を思い出すことはできたが、しかしその意味は溶け崩れ、背骨の下に溜まって冷たく凍りついてしまったかのようだった。

私はスクリー荘の前でアーラと別れた。「明日、十時きっかりに」息も絶え絶えに私は言った。「遅れないように」

7．焦燥、グローナス山におけるビロウとの会見

最上階のじぶんの部屋に上がると、私は小壜一本半分の美薬をお気に入りの血管に注射した。過剰摂取すれすれの危険な行為だが、この不安に耐えるには強力な薬が必要だったのだ。ほとんど間を置かずに、紫色の液体の効果が頭や胸で怪しく騒ぎ始めるのが感じられた。完全に支配される前に、私は鞄のなかからデリンジャー銃を取り出した。被検者が敵意を示した時の用心に持ち歩いているのだ。壁際に椅子を置いて座り、膝を抱え込んで、私は耳を澄ました。正体はわからないものの、何か危険が迫っているような気がしてならなかった。

今やアナマソビアは、観相官の私にとっての生き地獄となっていた。観相学についての記憶の喪失が一時的なものであるようにと、私はあらゆるものに――グローナス山に、アーラに、理想形態市《ウエルビルトシティ》に――一心不乱に祈った。もしもこの状態がずっと続くなら、マスターの手前、命の保証はないと思わねばならない。そうでなくとも遅かれ早かれ、私はデリンジャー銃をじぶん自身に向けることになるだろうが。

「フロック要素か。気に入ったよ」フロック教授が眼のまえに立って、暗い亀裂のような口を開けて笑っていた。白衣に身を包んだ今日のかれは、私が初めて講義に出席したころの年齢に見えた。「あの糞忌ま忌ましい木乃伊《ミイラ》めが、全てを消してしまったんだ」今の私には冗談を味わう余裕がな

かった。

「いいことを教えてやろう。お前はまもなく私の仲間になる」

「失せろ！」私は怒鳴った。教授はたちまち姿を消したが、莨《たばこ》の火を消したあとに残る煙のように、愉快そうな笑い声がうっすらと空中に漂っていた。

外の風の音に混じって、低い声が何かの噂をしているのが聞こえてくる。視界の灯りが不安定に揺れ、階下のマンタキス夫婦は唸るか歌うかしている。床が水面のように揺れ動き、一方向に流れ始めていた。浮き沈みしながら私は数字や規則を思い出そうとしたが、心の眼に見えたのは意味のない顔の行列だけだった。判断しようとすればするほど、顔の群れは通り過ぎる速度を増し、ベッドの上の壁へと滝のように吸い込まれていく。かつての私が観相官としてひとつひとつの顔を観た時、私の器具と熟練した眼力の前に、それらはさまざまな度合いの罪の意識を示したものだった。だが、さまざまな意味を担っているはずの顔たちも、今やクレマットの塊も同然だ。私は総計を出すことができなかった。数字に触ろうとしただけで調子が狂い、眼の裏で緑の火花がシャワーのように飛散した。表面と深さの比率を計算するための公式を思い出そうとすると、代わりにバタルド町長が自宅のバルコニーにもたれ、「殴り方も第一級でしたよ」と間抜けづらでにやりとした光景が眼に浮かんでくる。

しかしアーデンの鏡のなかでじっとこちらを見つめ返している私自身の顔に対して、未来の運命を読み取ることは——知識がなくても——充分に可能だった。美薬のもたらす寒けのせいで、手が震えた。長いあいだ美薬を使っていると、神経系が狂って、時おりこうした震顫症状に襲われるようになる。妄想も出てくる。暗い窓の外、降りしきる雪の向こうからこちらの様子を窺《うかが》っている魔物の顔がちらりと見えた気がした。気持ちを落ち着けようと私は立ち上がり、ドレッサーの上から器具を入れる鞄を取った。左手にデリンジャー銃を握ったまま、右手で鞄をあけ、クロム製の器具をひとつひとつ取り出してベッドの上に一列に並べた。脳裏に旅人の呪わしい顔がよみがえり、反射的にカリパスに手を伸ばしかけたその時、誰かが重い足音をたててゆっくり階段を登ってくるのが聞こえた。

今までここで聞いた覚えのない靴音だった。デリンジャー銃をドアに向けて構えた時、何故かまるで無関係な疑問が頭に閃《ひらめ》いた。あの木乃伊《ミイラ》は何故、〈旅人〉と呼ばれているのだろうか。どう見ても、何世紀もの間どこにも出かけていないように思われるのに――秋風に音を立ててそよぐ丈の高い玉蜀黍《とうもろこし》の茎のように、あの旅人が乾いた茶色の皮膚を軋《きし》ませ、大息をつき、埃をたてながら疲れた足取りで階段を登ってくる姿が心の眼に映った。旅人は手摺《てすり》に片手を預け、息をつく暇にもたれる場所として使っているのだろうか。「マンタキス」私は声を振りしぼって叫んだが、口から出たのは掠れた喘《あえ》ぎ声に過ぎなかった。

階段を登りきった足音はそこで止まり、私は撃鉄を起こした。これまで私は一度も銃を使ったことがなかった。弾が間違いなく装填されているのかどうか、それすらよくはわからない。不意にドアが叩かれ、続く静寂のなかに耳障りな息の音が聴きとれた。「入ってこい」私は叫んだ。

緊張に耐えきれず、引き金を引いてしまう衝動に屈しなかったのは幸いだった。他でもない、豚面《づら》の四輪馬車の御者がドアを開けて立っていたからだ――無表情に、夢遊病者のような虚ろな眼をして。

「マスターのご命令で、お迎えにあがりました」口調もやはり妙に平板で、いつもの質《たち》の悪そうな様子は痕跡もない。

「ドラクトン・ビロウがここにお出でなのか？」私は驚きを隠せなかった。

「一緒に来て下さい」

外套を着て、観相の器具をかき集め、急いで鞄に詰め込んだ。御者が先に階段を降り始めるのを見て、さらにデリンジャー銃をポケットに滑り込ませた。心をまだ美薬の海原《うなばら》に漂わせたまま、木の葉のように震えながら、よろよろと戸口に向かった時の私は、何にせよ碌なことにはならないだろうと充分に承知していた。

御者は登ってきた時と同じ、妙にゆっくりしたペースで一段一段降りていく。マンタキス夫婦の寝室の前まで来た時、内儀《かみさん》のほうが――何の話かわからないが――早口でとめどなく喋っている声が聞こえた。神経に障るその声のために力が抜け、私はぐったりと壁にもたれて眼を閉じた。

「閣下」御者が声をかけてきた。

何とか宿の外に出ると、月が明るかった。暖かくなっていたので驚いた。雪はすっかり溶けてしまったらしい。

「こんなことがあるのか?」私は言った。

「マスターがお待ちです」御者が私のために馬車の扉を開け、市《シティ》を出立した日のように私は頷《うなず》き、なかに乗り込んだ。

馬車が大通りを走り始めると、いったいどこに連れていかれるのだろうと私は心配し始めた。訊きたいことが山ほどあったが、じきに私はこの出来事全体が美薬のしわざ、つまり妄想であるに違いないと思い当たった。「そうに決まっている、きっと現実ではないのだ」——馬車は聖教会の前を過ぎ、荒野との境に向かって野原を走っていく。背もたれのクッションに身を委ね、私は眼を閉じた。この次に眼が覚めたら、きっとスクリー荘の自室にいるだろう、いや理想形態市《ウェルビルトシティ》で眼が覚めればもっといい、そう思った。

そのうち本当に眠りに落ちたらしい。馬車が急に止まる衝撃ではっと眼が覚めた。「しつこい幻覚だな」呟《つぶや》きながら窓の外を見ると、いちめんに黒インクを流したような濃い闇だった。灯りひとつ見えない。馬車のドアが開き、御者が火のついた松明《たいまつ》を持って立っていた。松明の炎が風に揺れ、ぱちぱちと音をたてる。お粗末な面《つら》が揺れる炎に照らされて、愚かしいというよりは不吉な存在のように見えた。

「ハロウの尻にかけて《いったいぜんたい》、ここはどこだというんだ?」私は夜のなかに足を踏み出した。左手を外套のポケットに入れてデリンジャー銃を握り、右手は反対のポケットでメスの柄をつかんでいた。

「グローナス山の坑道の入り口でさ」御者は答えた。「ついてきて下さい、閣下」

少し歩いただけで、木材で内側を補強した主坑道《メインシャフト》の入り口に来た。「マスターがこんな所にいらっしゃるのか?」

御者は無言で濃い闇のなかに入り、落ち着いた足取りで下り坂を降りていく。私は慌てて後を追いながらも、マスターに問い質されるかもしれないことをあれこれ想像して気を揉んだ。「どんなにまずい事態になっても、アーラのことは口にしない方が身のためだ」――私はじぶんに言い聞かせた。

私たちは真の闇のなかを長時間歩きつづけた。御者が松明を持っているとはいうものの、あまり役に立ってはいない。松明の光が照らすのはわずか数ヤードの範囲に過ぎず、そのすぐ際《きわ》まで無限の闇が大海のように押し寄せているのだ。黒闇に包まれていることが、私に終始今にも叫びだしたいほどの恐怖を与えていた。どうして耐えられたのかわからないが、とにかく私は歩きつづけた。ひたすら下方へ、深部へ進んでいるとしか思えなかったが、急に坑道は右へ曲がり、私たちは小さな洞窟のなかに入り込んでいた。どこにあるのかわからない光源によって、そこは真昼のように明るく照らされていた。石筍の庭に面して置かれた背もたれの高い椅子に座り、優美に脚を組んで、細巻きの莨《たばこ》を燻《くゆ》らせているのは紛れもなくドラクトン・ビロウその人だった。足元には大型犬のような動物がうずくまり、こちらに背を見せている。全身がふさふさと長い銀色の毛で覆われており、その正体はすぐには摑めなかった。

「お前にまた会えて嬉しいよ、私のクレイ」すぼめた唇から細い紫煙を吐き出しながら、ビロウは呟くように言った。およそ場違いに思われるような凝った身なりだった。素肌に直に纏った絹《シルク》ジャケットは艶やかなライムグリーン、ゆったりしたズボンのほうは濃い赤——葡萄酒のような暗い赤だ。はだけた胸のぬめらかな皮膚は、この場に氾濫する眩《まばゆ》い光のすべてをひとところに吸収して、照り輝いているかのようだった。

「マスター」私は軽く頭を下げた。

「捜査の進み具合はどうだ?」脱毛したばかりらしい右手の甲をしげしげと眺めながらビロウは言った。

「非常にうまく行っています。しかし——しかし、あなたは現実の存在なのですか?」私はついに我慢できなくなって尋ねた。「恥ずべきことですが、美薬を打ったのでこの会見の物質的実在性について確信が持てません」

「現実、ね。お前にとって現実とは何なんだろうね」ビロウは薄く笑った。

「あなたは本当に、ここにいらっしゃるのですか?」

「見てのとおり私はここにいるし、お前の古い友人も一緒だよ」ビロウが足元の生き物を編み上げサンダルの底で押すと、生き物は低く唸って身じろぎした。私が驚いたのは、それが四足獣の姿で起き出したのみならず、さらに上体を起こして後ろ足で立ち上がったことだった。

見覚えがあると思った時、それは振り向き、ラトロビア村の人狼グレタ・サイクスの若々しくも獰猛な顔を私は眼《ま》の当たりにしていた。「——ずいぶん様子が変わっていますね」グレタの全身を観察しながら私は言った。正体を暴いた時よりずっと成長しているのは当然としても、その頭には頭皮と頭蓋の両方を貫く金属製ボルトが二列に並んでいる。歯と爪はあいかわらず鋭そうだが、何よりも以前と違うのは、ふさふさした被毛の蔭に若い女の膨らみかけた白い乳房が露出していることだった。――その眼に深い苦悩と悲しみが宿っているように感じられたのは、私の気の迷いだったのだろうか。

「お前のかわいい人狼だよ」私の顔色を窺いながらビロウは言うのだった。「こいつには少しばかり細工をしてやった。脳をいじって、新しい痛覚中枢を付け加えたのだ。にんげんの娘に戻ることはもはやできない。私の意のままになる強力な兵器なのだよ、今ではね」

「あなたの天才ぶりにはいつも驚かされます」私はどもりながら言った。

座れと命じられたグレタは床に前脚を下ろし、再びビロウの足元にうずくまった。「クレイ、お前も今回の事件を早々に解決して、この私を驚かせるべきだな。私はあの白い果実が欲しい」

「ほどなく第十二戦略を実施する予定です」

私が言うと、ビロウは声をたてて笑った。「失敗したら、サイクス嬢に最終戦略を実施させるとしようかね、お前とあの町の連中全員に対して」

「――」

「聞くところによれば、どこかの若い娘がお前の助手を務めているそうだが」

「ただの事務員です」さっと緊張しながら私は答えた。「観相の被検者があまりに多いので、能率を上げるためには雑務を任せる者が必要だと判断しまして」

「抜け目のない奴だな、相変わらず」かれは言った。「お前が何をしようと、私の知ったことではない。私はただ、果実が欲しいのだ。理想形態市《ウエルビルトシティ》は私が永遠に生きることを必要としている」

「勿論です、マスター」

「さてと」ビロウは私に横顔を見せ、短くなった莨《たばこ》を唇に咥《くわ》えた。「そろそろ、そこに後生大事に握りしめているものを出してみたらどうなんだ。お前の代理ペニスだとでも言わんばかりじゃないか」

「――私に、撃てとでも?」

「いつまでぼさっと突っ立っているつもりだ。つまらぬ質問を受け付けるためにここにいるのではない、やるならさっさとやれ」かれは嘲笑するように口の端を曲げ、そこから声を出すのだった。

私はデリンジャー銃を抜き出し、腕を上げて慎重に狙いを定めた。美薬と私の恐怖と次第に耐え難くなっていくグレタ・サイクスの体臭のせいで、銃口が下がった。片目を閉じて狙い直しながら、もしも撃ち損じたらどうなるだろうと私は考えた。その途端、反動とともに弾が発射され、板のように耳を塞ぐ銃声が洞窟の青い壁いっぱいに轟《とどろ》き渡った。

愕然として私は眼を覚まし、椅子の上で真っすぐに上体を起こした。部屋の反対側にあるアーデンの鏡の真ん中に小さな丸い穴があき、前の床にはまるで雹《ひょう》が降ったかのように鋭い破片が散乱している。ガラスの破片を片付けようとしたが、うまくいかずに私は首を振った。窓に射すまばゆい光が、吹雪が終わったことを告げていた。デリンジャー銃を床に投げ出して、私は莨《たばこ》を一本抜き出した。階下で物音がしていたが、やがてマンタキスが階段を急いで登ってくる足音が聞こえた。扉を叩く音で頭痛がひどくなり、尖ったもので突かれるように眼の裏が痛んだ。

「閣下」マンタキスが大声で言った。「今のは銃声で？」

「ちょっとした実験だ、マンタキス。お前が起きているかどうか確かめるためにな」

「ご冗談を」

「今、何時だ？」

「九時五十分で、閣下」

「バスタブをポーチに出してくれ。それからここでは食べ物だということになっているあの糞のような煮出し汁を椀に一杯、手で持てないくらい熱くして運んできてくれ」

「女房が、クレマットをたっぷり使ったグーラッシュを――香料入りの熱いシチューをこしらえとるところですわ」

「悪い予感が的中したようだな、マンタキス」

バスタブのなかで肌を刺す冷水に身を任せているうちに、私はほとんど意識を失った。凍てつく寒さと風と吹きつける雪に加え、現実にひと晩かけてグローナス山まで行ったかのような疲労感があって、私の頭は混乱し、意識が狭まりはじめた――からだの他の開口部が狭まっているのと同じように。私が水中に沈みかけていた時にマンタキスが現われ、グーラッシュと称する熱い泥で満ちた深皿を私の鼻の真下へぐいとばかりに差し出した。ぱちぱちと音を立てるが如きその強烈な刺激臭は、気つけ薬と同じ効果を私に及ぼした。死にも匹敵する臭いに感謝すると私はマンタキスに礼を言い、皿を持って下がるよう命じた。

からだを凍てつかせたまま私はバスタブのなかに座り、失われた観相学の知識を求めてじぶんの頭のなかを隈なく探した。ひとつの数字も思い出せず、観相学上の特徴の解釈も何ひとつ思い出せない。「表面を取り繕《つくろ》っているものが剝がれて、じぶん自身も転落していく時、一体どうすればいいのだ?」——私はポーチの網戸に吹き寄せられた雪溜まりに眼を向けながら考えた。それから冷たい烈風に吹き寄せられたかのように、マスターのことが頭に浮かんだ。もしかしたら昨夜、マスターは美薬を通して私の妄想に侵入し、ある意味では現実に私と接触してのけたのではなかろうか。だが、グレタ・サイクスが私の前に立っていたことを考えると、私がもっとも不安に思っている要素から作り上げられた悪夢に過ぎないのだとも思われた。とは言え、マスターは魔法が得意だ。魔法という原始的な現象については、私は何も知らない。奇妙な考えが次々に頭に浮かんできたが、私には何よりも心配すべきことがあった。今日、私は観相学上の知識を全く失ったまま、アナマソビア全住民の顔と向き合わねばならないのだ。

8．裸者と愚者の群れ

宿の外の小さな雪溜まりで、バタルド町長が私を待ち受けていた。黒い長外套を着込み、南瓜《カボチャ》頭にはまるで似合わない大仰な黒い鍔《つば》広《びろ》帽子をかぶっている。何を考えているというのか、私を見るなりにやつき始めた笑顔が実に腹立たしく、また思い切り殴ってやりたくなった。

「天気が回復してよかったですな、閣下」

「気をつけろよ、町長。私は機嫌が悪いんだ」

「アナマソビアの全住民が聖教会に集まって、閣下をお待ち申しております」町長の笑みは控えめになったが、消えはしなかった。

私たちは風と雪の止んだ朝の通りを歩いていった。長靴《ブーツ》の下で雪が軋《きし》む音がするだけで、町は墓場のように静まり返っている。町長は歩きながら、じぶんがどのように気を回して手配したかを熱心に述べたてた。

「鉱夫の中でももっとも屈強なカルーという男を選びまして、閣下の護衛役に任命いたしました。住民の誰かが抵抗するようなことがあれば、カルーが苦もなく閣下をお護りすることができますです。ガーランド司祭は、住民が服を脱ぐ時にほかの者に裸かを見られないですむよう、祭壇に衝立《ついたて》を置かせました。ついでに申しますと、じぶんの教会が裸体と科学に同時に侵入されることで、司祭はかなり気が転倒しておるようです」

「司祭を私に近寄らせるな」私は言った。「かれが宗教的な存在としてこの町でどのような地位を持っていようと、私には何の意味もない。もしもかれが私の邪魔をすれば、犬のように鞭打たれるだけのことだ」

「まずはモーガンとその娘のアリスをご覧になるのがよろしかろうと、アーラがさように申しております。この親子は自ら町民に疑われるような原因を作っておりましてな」

「よかろう」

「さてと、ご覧を。閣下、あれが観相を受けるために参った者たちですぞ」

すでに聖教会の近くまで来ていたので、私には入り乱れた列を作って並んでいる人びとの顔つきが見てとれた。いずれも愚かで堕落した連中だ。私たちに気づくとかれらは静かになった。緊張、そしておそらくは多少の恐怖の色がほぼ全員の表情に現われているのを見て、私は少しばかり気を良くした。しかし荒くれ者の大柄な鉱夫たちのなかには、全く感情を示さない者もいた。何しろ落盤の危険や眼に見えない毒ガスが忍び寄る恐怖に曝《さら》されながら、人生の大部分を暗闇で過ごしてきた男たちだ。私など怖くないのだろうが、あからさまに馬鹿にした態度を取らないだけでも良しとしようと思い直した。

聖教会の正面入り口に向かいかけた時、町長が私の腕に手を掛けた。「ちょっとお待ちください、閣下」そして人びとのほうを向き、かれは滑稽な様子で両腕を振り上げた。「さあ、練習したとおりに――いちにの！」

住民たちは声を揃えるつもりがうまく合わず、「おはようございます、閣下」と、てんでばらばらに叫んだ。まるで教師に挨拶する小学生の集団のようだった。

予期せぬ事態に不意をつかれた私は、ぎごちなく礼を返した。どっと笑い声が湧き、バタルドはといえばどう見ても有頂天、得意満面の様子になっている。かっとなった私は、束の間じぶんの立場を忘れた。もしもデリンジャー銃を取り出して町長を射殺していたならば、事件の捜査は滅茶苦茶になっていたことだろう。深く息を吸い込むと私は人びとに背を向け、聖教会の入り口に向かった。ただ、不揃いな階段の一段目で躓《つまず》いたのはどう考えてもまずかった。またしても、私を嘲《あざけ》る笑い声が背後から追いかけてきた。

脇に冷や汗を感じながら、ドアのすぐ内側から始まる危なっかしい橋を渡った。意識のどこをまさぐってみても観相学に関する知識は跡形もなく消失しており、唯一の逃げ道は偽装工作しかないと思われた。有能さの仮面を装着し、頭が空っぽであるという事実を覆い隠すのだ。教会内の薄暗さも私を助けてくれると思われたが、しかしもっとも問題となるのはどう考えてもアーラだった。折りしもアーラが――美しさと、かつては私という人間の拠りどころだった深い知識のオーラを放ちながら――こちらにやってくるところだった。

「基本的な仕事を任せられるか?」観相器具を入れた鞄を手渡しながら、私は厳しい口調で尋ねた。

「昨夜は徹夜で教科書を読み返しました」アーラは答えた。「お役に立てると思いますわ」

アーラは装飾のない灰色のワンピース姿で、ピンを使って髪を引っつめていた。理知的な髪型でもって外見の女っぽさを軽減し、専門家らしく見せるつもりらしい。私の頭のなかでは鴉の群れが旋回するようにさまざまな問題が渦巻いていたが、それでもアーラを見たとたん、心を掻き乱されずにはいられなかった。アーラの肩に軽く手を触れると、たちまち私の心は〈この世の楽園〉へと飛んでいった——それも束の間、ガーランド司祭が間仕切りの蔭から現われるのと同時に、天国は地獄へと変わったのだったが。


司祭は私を認めるなりすばやく近寄ってきた。尖った歯が松明の火を反射して光り、きいきい鳴くオポッサム猿そっくりだ。かれはアーラと私とのあいだに割り込むという無礼を平然と行なった。

「町長からあなた様のお仕事を邪魔せぬよう、きつく申し渡されました。そして私は町のためを思い、この屈辱に耐えることに同意いたしました。しかし、あなた様はいつかきっとこの償いをすることになりましょう。あの世の鉱山には神聖冒瀆の罪を犯した者のための洞窟があって、そこでは現世での孤独や愛を失う痛みをも凌ぐ苦しみが待っているのです」

「そうか」私は言った。「お前の世迷いごとを聞かされる苦痛を凌ぐものがあるとは、とても思えんが」

「昨夜、あなたは旅人の所見を私に教えて下さらなかった」司祭は鋭い歯を見せながら恨めしそうに言った。「お帰りになる前に、声をかけて下さると思っていましたのに」

「あれは人間以前のものでしたから」アーラが取りなした。

「そのとおり」と私。「人類の誕生以前に遡る生き物だ。博物館に陳列するなら目新しく興味深いだろうが、観相学上見るべきものは何もない」

「あなた様の魂のためにお祈りいたします」司祭は私たちに背を向け、石の信徒席の一列目までちょこまかと歩いていくと、やおら跪《ひざまず》いて指を組み合わせた。

「失礼」言い捨てて、私はアーラを伴って祭壇に向かった。従順でない被検者を威圧するために選ばれた男が私たちを待っていた。町長はその仕事にうってつけの男を選んだようだった。カルーという名のその大男は、以前理想形態市《ウェルビルトシティ》を囲む壁の外で見た巡回サーカス団の大人の熊と同じほどの巨軀を持っていた。黒い顎鬚が渦巻くばかりに濃く、髪もアーラと変わらないくらい長い。手も頭も、要するにからだのあらゆる部分が常識を超えていた。たくましさと大きさが並外れていることに加えて、外から見る限りでは人間らしい知性がほとんど窺えない。私が何か命令すると、かれは言葉ではなく唸り声を発して頷《うなず》き、指示を理解したことを示すのだった。私は最初の被検者を連れてくるように命じ、じぶんは前夜と同じように石の祭壇に器具を並べた。

アリスという八歳の少女は、白い果実を父親から与えられて食べたのではないかと皆に疑われているそうだ。この少女がどんな質問にも正しい答をするというのが事実なら、一体誰が質問をしているのか知りたいものだと思った。私は裸かになったアリスの前に座り、針をインクにつけて小型の帳面にメモを取るふりをした。知識の喪失には、この筆記システムについての記憶も含まれていたので、かつてじぶんが書いたものを見ても意味のわからない小さな文字の洪水としか見えなかった。頭蓋の測定はアーラに任せて、アリスに質問することにした。

「アリス、君は白い果実を食べたのかね？」

「しろいみをたべた」少女は私を見つめながら巧みに私の口調をまねた。これと比べればカルーでも立派な学者だと思えるような空虚な眼つきだった。

「君は最近、うんと賢くなったかな？」

「うんと、おかしくれる？」

私は呆れて首を振った。

「白い果実を見たことがあるかね？」

「しろいみ、タコと、がある！」

「何か私が見落としていることがあるだろうか」私はアーラに尋ねた。

アーラは首を振り、私の耳元で囁《ささや》いた。この子供は知力等級ではマイナス2だが、観相学上の測定値から純粋な心の持ち主だとわかる、とのことだった。

次、と私は叫んだ。

アリスの父親も、知力においては娘と大差ない様子だったが、不釣合いに巨きな男性器がその持ち主の無知の証拠であるように思われた。アーラは熱心にこの器官を測定しようとしたが、私は止めさせた。「そこに観るべきものは何もない。次！」

アーラの計算と、もっぱら直感に頼った私の判断によって主要容疑者の容疑が晴れたので、私たちは他の住民たちの観相に移った。助手に実地訓練をさせる体裁でいようという私の目論見は、この段階まではどうやらうまく行っていた。アーラはクロム製の器具を巧みに操り、私の指示に従って読み取った数値を大きな声で告げた。私は片端から帳面に記録するふりを続けた。勿論、私はアーラに盗人《ぬすっと》を発見してもらうつもりでいたのだ。時どきアーラは自信がぐらつくのか、問いかけるようなまなざしを私に向けた。「それでいい、続けなさい。チェックはしている。誤りがあれば、すぐに指摘するから」そのように励ますと、アーラは私の寛大さに感謝するかのようににっこりするのだった。すべてが案外うまく行くかもしれないと私は思い始めていた。

観相を受けるために、住民がひとりずつ入ってくる。永遠に続く悪夢のように、おぞましい人間どもが次々にやってくる。観相の力を失った私にとって、かれらのなかから盗人を見つけ出すことは部屋一杯の弁護士のなかからたったひとりの嘘吐きを探すようなものだった。この連中の丸裸の姿を見せつけられるのは、実に何とも苦痛だった。隠しどころを曝け出した裸体の群れが次々に迫ってくるので、しまいには胃が痛くなった。アーラが町長夫人に屈みこむよう命じた時、私は莨《たばこ》に火をつけた。老朽化した女体の眺めを紫煙がぼやかしてくれればと思ったのだ。

二十一番目の被検者、居酒屋の主人であるフロド・ジーブルに目盛りのついた臍規準器を当てていたアーラが、手を止めて私に言った。「ここはごじぶんで確認して下さいますか」

私は不安を覚えてアーラの顔を見た。気のせいか、彼女は私に疑いを感じているかのように眼を細め、じっとこちらを見つめている。私は帳面を置き、被検者に近づいた。アーラが差し出した臍規準器を見て、この器具の名前を思い出すことはできたが、それがどのような役目を果たすのかはまるで思い出せなかった。受け取ることはせず、私は前かがみになってフロド・ジーブルのでっぷり太った腹部の中央部に左眼を近づけ、望遠鏡を覗き込むように臍の穴を覗き込んだ。フロド・ジーブルは派手な噯気《げっぷ》を洩らした。

「面白い」私は言った。

「どういう数値を出されますか?」

「君が私に答えたまえ」

「濃い眉に堕落の証拠を見出したあと、確信が持てなくなってしまいました」

「自信を持つことだ」私は厳しく言った。

「でもきのう読み返したばかりですけれど、閣下の『欠点とみなされる肥満、その他についての観相学理論』では、確信が持てないまま観相上の判断を下してはならないとありました」

能力を失ったことを彼女に見破られないよう、私は立ち上がってフロド・ジーブルの眼を覗き込み、この男が聖なる果実を盗んだのだろうかと自問した。観相学の知識なしに他の人間について判断を下すには、この方法しかないと思われた。こういう方法の杜撰《ずさん》さを考えると、いかに多くの人間たちが全くの暗黒の世界に住んでいるかが実感されて、私はぞっとした。それでもこの男は果実を盗んではいないという気がした。

「この男の眼ははしばみ色だ」私は言った。「それで君の懸念は帳消しになっている」

「なるほど。では無実ですね」

「閣下、うちの店にお出で下さればご馳走いたしますよ」フロド・ジーブルはもぞもぞと服を着込みながら言った。

次の被検者を連れてくるためにカルーが部屋を出ていこうとしていたので、私は呼び止めた。「次は町長だ」これを聞いて、巨軀の鉱夫はにやりと笑い、初めて明瞭に聞きとれる言葉を口にした。

「畏《かしこ》まりました、閣下」

私もつられて口元が緩んでしまった。

バタルド町長は両手で局部を覆い隠しながら、観相を受けるために進み出てきた。アーラは全く気後れを見せず、他の者たちに対するのと同様に私の器具の全てを使って町長を調べた。アーラが判定結果の数値を言い、私がそれを書き取るふりをするという一連の作業が終わると、私はアーラにちょっとどいてくれと頼んだ。観相学の素養はない筈のバタルドだったが、この時ばかりは敏感にも私の眼に純粋な悪意を読み取ったようだった。分厚い下唇とともに、胸と腹のたるんだ肉の襞がぶるぶる震えだした。

「どうです」かれは不安を紛らすように声をたてて笑った。「こんな良い相をご覧になったことがないのでしょう」

「よく言う」私は言った。「この豚が」

「私は盗人《ぬすっと》なぞではありませんぞ」町長は日頃のユーモア精神を忘れ、必死の形相で叫んだ。

「そうかな。しかしちょっとした性格上の欠陥が見受けられる。私が直してやれるかもしれん」私は立ち上がり、椅子の背にかけた外套のポケットからメスを取り出した。磨きあげた刃を町長の眼から数インチのところでちらつかせてやると、痛快さがこみ上げてきた。「その愚劣なユーモアとやらは、早く矯正してやらないと命取りになりかねん」

「真面目になるように、努力いたせばよろしいのでは」町長は激しくどもった。

「いやいや、これを使ってもほとんど痛くない筈だ。今はどこを切開すればいいか調べるだけだから。そうだな、下の方の、お前の知性の座の近くがよかろう」私は一歩下がって、メスの刃の峰をかれの睾丸に走らせた。

「頼むから何とか言ってくれ」町長は私の背後のアーラに懇願した。

そこでようやくアーラが見ていることを私は思い出した。今日まで溜まりに溜まった恨みを、そしてじぶんの鬱屈をすべてバタルドにぶつけてやりたかったが、しかし怒りに駆られて衝動的にメスをふるうところをアーラに見られたくはなかった。

私は町長を放免した。かれがそそくさと服を着て立ち去ると、代わってアーラが身を寄せるように囁きかけてきた。「閣下のお考えはよくわかりましたわ」

「何のことだ」

「自白に追い込むおつもりだったのですね」

「そう思うかね」

「町長のからだの逸脱を示している箇所に気づかれたのでしょう?」

「具体的に言いたまえ」彼女の判断をテストする口振りで私は言った。

「左臀部に不自然な発毛部分がありましたね。たしかケンタウロス特性と呼ばれるものでは――盗みをしやすい傾向を示す、確かな証拠です」

「よく気づいたな」私は誉めてやった。「むろん奴は容疑者のひとりだ」

私たちは日没までに住民の半数を観た。観相を始めた時点から、実のところ一歩も事件解決に近づいてはいなかった。旅人が目覚めて果実を盗んだとでも考えるしかないような気がした。アーラは容疑者リストを作成したが、そのうちの誰ひとりとして神秘的変化を起こしていると思える者はいなかった。ひょっとしたら、果実を盗んだ犯人は騒ぎが収束するまで食べずに隠し持っているつもりなのかもしれない。私はカルーに賃金として数ビロウを支払い、よく働いてくれたと、我にもあらず感謝の言葉を口走りそうになった。きっとこの一日が終わったことを私自身感謝していたためだろう。私は器具を鞄に戻し、外套を着た。そして、アーラが髪止めのピンを抜いて頭を振り動かすところをうっとりと眺めた。

「一時間後、ホテルに来てくれ」思いついて、私は言った。

アーラは頷き、聖教会から出ていった。立ち去り方がいかにも素っ気なかったので、やはり私の異常に気づいているのではないかと気になった。彼女に気を許してもいいものかよく考えてみる必要があったが、しかし何より私が必要としていたのは美薬の注射だった。長年にわたる記憶にある限り、これほどの長時間を美薬なしで過ごしたことはない。両手が小刻みに震え、頭皮にちりちりと痒《かゆ》みを覚えた。美薬の禁断症状だ。聖教会を出る時、司祭はまだこれ見よがしに跪《ひざまず》いて祈っており、私は正面ドアを叩きつけるように閉めた。木造のグローナス山が崩れて司祭が下敷きになればいいと思ったのだ。残念ながらそうはならず、私はまた入り口の一番下の段で躓き、雪のなかに顔を突っ込んだ。

9．アーラ本性を現わす

宿に戻ると、マンタキスの内儀《かみさん》がフロントデスクの向こうで金勘定をしており、虎挟みにかかった鼬《イタチ》よろしくひとりでぶつくさぼやいていた。私は靴の雪を入り口のマットに擦《なす》ってから近づいていったが、すぐ前に立っても内儀《かみさん》は気づかず、独りごとを続けていた。「明日もまた今日みたいに、寒い外に一日中立たされて、あげくの果てに明日また来いなんて言われるんじゃないのかねえ。まったく厭なこった。おまけに次の日行けば、あいつはきっと物欲しそうな眼であたしの――」私が咳払いをすると、やっと顔を上げた。

「まあ閣下、お帰りなさいまし。朝からずっとお仕事をなさって、さぞお疲れでございましょうねえ」内儀《かみさん》は慌てて金を仕舞い、作り笑顔を向けてきた。「何か召し上がりますか？」

「今日は疲れた」私は言った。「だが明日になればきっと二倍は疲れる。何しろお前たち夫婦の観相をしなくてはならんからな」

「何を仰いますやら」と内儀《かみさん》。「母はよくあたしに申しておりましたよ、お前には取り柄がたくさんあるって」愛想笑いが強張《こわば》り、鼻に皺が寄って鼻腔が膨らんだ。

「お前の母親が獣医だったとは知らなかったな」

内儀《かみさん》は口をつぐんだ。私が疲れているとわかっているなら、最初から黙っていればいいのだ。

「執務室に、ワインを二本持ってきてくれ」私は事務的な口調で指示を出した。「二人前のディナーもだ。何であれ、クレマット料理は出さない方が身のためだぞ。お前の亭主をフライにして出してくれてもかまわん。それから、きょうは早く寝ろ。明日も雪の降る中、長い行列ができるからな」

「仰るとおりに」内儀《かみさん》は眼を伏せて言った。

「攻撃的な愚か者どもの町だ」私は独りごちながら、部屋への階段を重い足取りで登っていった。自室に戻るとすぐ外套を脱ぎ、靴を脱ぎ捨ててベッドに横たわった。私が求めていたのは休息のひとときだったが、むろん事件のことは頭を離れない。今日の被検者を思い出そうとしたが、曖昧模糊とした肉塊の群れのイメージしか思い描けなかった。やがてアーラの姿が私の心の眼に映った。疲れ果てているにも関わらず、私は欲望をかきたてられていた。どうやら私はアーラを愛しかけているらしい——観相能力を保っていたとしたら、おそらく私にこんなことは起きなかっただろう。理性の喪失は加速しつつ進行するものであり、ついには罪深い混沌があらゆる方法論を締め出してしまうということを私は知りつつあった。なおまずいことには、それが生み出す興奮をどこか好ましく思う気持ちが私にはあるのだった。

頭を明晰にする方法がひとつだけある。私は立ち上がり、鞄のなかの消毒済み注射器を取りにいった。アーラは今頃こちらに向かっている筈だ。美薬の強い影響下にあるところを彼女に見られたくはなかったので、量をかなり控えめにした。私にとって美薬は信頼できる唯一のものだった。いつものように、美薬は見事に効いた。右足の親指と人差し指の付け根の間に注射すると、そこから生きた緑の蔓《つる》が出現し、分岐しつつ全身を這い登っていくように暖かい幸福感が広がった。

　この分量では幻覚は起こるまいと思っていたが、部屋のランプが微かに音楽を奏ではじめた。弦楽器とオーボエのようだった。切れ切れに聞こえてくる優雅な旋律のおかげで私は気分がよくなり、身支度をする気力が湧いた。マンタキスは感心にも、カーペットに散乱したガラス片を片づけ、石になったじぶんの兄が永遠に掲げつづける鏡の鏡面を取り替えていた。後で折りを見て褒めてやろうと私は思った。

　三十分後、マンタキスが来て、隣室にディナーが用意されていることとアーラ・ビートンが到着したことを告げた。私は手早くホルマリンの小壜を指先で逆さにし、極微量を両耳の下の脈打つ部分に擦《なす》りつけた。ホルマリンの臭いは、科学者にとっては香水の如く抵抗し難い芳香となる。にわかに気分が高揚するのを感じながら、いそいそと隣室に向かった。

　私が部屋に入った時、アーラは祖父の像の前に立って両手でかれの頰を包んでいた。

「血脈《ファミリーツリー》と交信でもしているのかね?」私は尋ねた。

「木ではなくて、石ですけども」アーラは言うと、くるりとからだごとこちらを向いて私に微笑みかけてきた。

　アーラは事件の捜査のことはしばらく脇に置くつもりでいるらしく見え、それが私には嬉しかった。服装が昼間ほど地味でないのも良かった。アーラは黄色い花模様を散らした緑のドレスをまとい、その裾は膝丈よりかなり短かった。髪は長く梳《す》き降ろしていて、美薬の影響を受けた私の眼には文字通り輝いて見えた。アーラと眼が合うと、私はつい顔の筋肉が緩んでしまうのを我慢するのが精一杯だった。

小さなテーブルにはすでに二人前の料理が並んでいた。驚いたことには、美味《うま》そうな本物の馴鹿《トナカイ》ステーキ、それに私が名を知っている上質な野菜類がたっぷりと皿に盛られていた。田舎臭い圧縮澱粉の気配などどこにもない。料理の傍らには赤と青の葡萄酒の壜が並び、高級品のクリスタルのグラスも二個添えられている。私は片方の皿の前に陣取り、向かいの席にアーラを招いた。

席についたアーラは遠慮なくステーキにナイフを入れ、早速食べ始めた。私はそれぞれのグラスに青葡萄酒を注いだ——青の方が強い酒だと気づかれないよう、密かにそう願いながら。「今日の仕事ぶりはなかなかだった」

「ですから、ちゃんとできると申しましたでしょ」

アーラは旺盛な食欲を見せて肉と野菜を片付けながら言い、しかしその口調はやや敬意を欠いているように私には思われた。また大切れの肉を咀嚼《そしやく》することに夢中になると、嚙み砕く音がここまで聞こえてくるのがいささか気に障ったが、この際些細な不満は忘れることにした。私たちは料理を食べながら冗談を交わし、モーガンと娘のアリスに関する果実の窃盗犯説を大いに嘲笑した。何を聞かれても正確に答えるという噂の正体は、愚かな少女の鸚鵡返しに過ぎなかったのだ。何もかもがうまく運び、私はアーラに二杯目のワインを注いだ。その時、フロック教授がアーラの背後に出現した。この満足感の少なくとも半分は美薬の効果であることを、迂闊にもその時まで私は失念していたのだ。

「クレイ、この私に見逃してもらえるとでも思ったかね」フロック教授の口調には陰気な欠びが滲んでいるようだった。

アーラがふと顔を上げ、蚊の羽音に気づいたかのように周囲を見回した。私の反応につられて反応したに過ぎなかったのだが、しかし恩師に向かって失せろと怒鳴るのもアーラの前では憚《はばか》られ、私は彼女の眼をじっと見つめて教授を無視しようと努めた。

「なかなか美味《うま》そうな胸肉だな」教授は構わず喋りつづけた。「ディナーの話ではないぞ、デザートと言うべきか。な、そうだろう?」フロック教授はいつの間にか襤褸《ぼろ》同然の腰布一枚という姿に変わり、汚れたシャベルを両手で持っていた。口調とは裏腹に憔悴した顔つきで、全身から見苦しいほどの大量の汗を滴らせている。

アーラは青ワインを一口飲んで言った。「あれから、また祖父の旅の話をもう少し思い出しましたの」

「聞かせてくれるかね」

フロック教授のほうはといえば、アーラの背後から身をかがめ、ワンピースの胸元を覗き込んでいるのだった。「第十二戦略を私は強く勧めるね」そして忍び笑いを洩らした。

「ええ、お話ししますわ」アーラは語り始めた。「この世の楽園で、祖父は不思議な存在に出会ったそうです。それが驚いたことに、祖父が話したことはすべてガーランド司祭のところの〈旅人〉の特徴によく当てはまるのです」

「まさか」私は言った。アーラの背後では、教授がこれ見よがしに猥褻な身振りをしている。

「ほんとうですわ。そしてもうひとつ、肝心なことを思い出しましたの」とアーラ。「祖父はその不思議な存在から、他ならぬ楽園の名前を聞いているのです」

不意に、フロック教授が大声で呼びかけてきた。「見ろ、クレイ。これが私の死に様だ」教授の周囲からどっと猛烈な白煙が立ち昇り、たちまち硫黄の耐えがたい悪臭が私の鼻腔を満たした。教授はシャベルを取り落とし、今や両手で喉を掻き毟《むし》っていた。顔が赤くなり、次いでどす黒い紫に変わり、尖った舌と眼球が飛び出してきた。

「ウィナウ——それはウィナウ、というのだそうです」

教授はアーラの真上に倒れ込んだ。アーラの頭が教授の非物質的なからだの胸部を突き抜けた時、私は弾《はじ》かれたように立ち上がっていた。彼女を守ろうとして——しかし幻覚はたちまち薄れ、気づくと私はアーラに覆い被さっていた。

「まあ、名前を思い出した時の私の反応そっくりですわ!」私と椅子のあいだにすっぽりと挟まれたアーラは、驚いたように不明瞭な声で言った。

私は動揺を押し隠しながら席に戻り、その後は招かれざる客に邪魔されることなく食事を終えた。アーラはワイングラスを持ったまま窓辺へと移動していき、雲間に明るく輝く月を眺めながら私に尋ねた。「きょう観たなかに盗人がいたとお考えですか? それとも明日見つかるのかしら」

「現時点の情報だけでは、まだ何とも言えないな。第十二戦略を実施するには、全住民の観相が必要だ」

「理想形態市《ウエルビルトシティ》のことを教えて下さいな」アーラに応えて、私は語りだした。

「クリスタルやピンクの珊瑚、尖塔、蔦の絡まる格子垣。そういうものにあふれた都市だ。見事な公園があり、大通りが何本もある。理想形態市《ウエルビルトシティ》を生み出したのはマスター、ドラクトン・ビロウの頭脳だ。ビロウはあの伝説的天才スカーフィナティの直弟子なのだよ。スカーフィナティはかれに特殊な記憶術を伝授した。それはこうだ——まず、自分の心のなかに宮殿をつくる。それから、記憶しなくてはならない考えを神秘的象徴法によって物体に置き変え、宮殿をそれらで飾る。何かを思い出す必要が生じたら、記憶の宮殿のなかを歩く。そして、その物体——たとえば、花瓶、絵画、ステンドグラスの窓——を見つけるのだ。そうすれば、その考えの内容を思い出すことができる。ビロウは非常に知識欲の強い若者だったので、彼の知識全体を収めるには、宮殿ではなく都市が必要だった。二十歳でラトロビア村に姿を現わした時、すでにビロウの心のなかには細かいところまで完璧につくりあげられた大都市があった。理想形態市《ウエルビルトシティ》の建設にとりかかる以前に、ビロウにはひとつひとつの煉瓦をどこに置くか、それぞれの建物の正面の装飾をどうするかがわかっていた。噂によれば、建設仕事をさせるために集めた男女の耳にビロウが何か囁くと、かれらはまるで陽気な機械のように疲れを知らず、死ぬまで楽しげに働き続けたそうだ。指図をする必要さえなかったのだよ。理想形態市《ウエルビルトシティ》は、私が生まれるよりもずっと前に、ごく短い期間で建設された。そのスピードは、完成した都市そのものと同じく奇跡だった」

「観相学をもたらしたのもマスター・ビロウですか」

「最初の人類がお互いの眼を覗きこんだ時から、観相学はさまざまな形で存在してきた。だが、観相学を体系として整備し、人間性を判断するための数学にしたのはビロウだ。ビロウは自分のつくりあげた都市を統治するための法律を必要としたのだ」

「私、ずっと思っていましたの」アーラは興奮したように顔を紅潮させていた。「いつか市《シティ》に行って、立派な図書館で勉強したり大学の講義に出たりしてみたいって」

「君はほんとうに変わっているな。市《シティ》の女性は誰も大学へ行きたいなどと思わないし、それに女性は図書館も利用できないよ」

「それはどうして?」

「男性間にも優劣はあるが、一般的に言って女性は男性より劣っている。市《シティ》の女性たちはそのことをよく弁《わきま》えているよ。それに女が大学へ行けず、図書館も利用できないのは規則による決まり事でもある」私は滅多に出さない優しい声で話した。

「女が男より劣っているなんて——そんなこと、信じてらっしゃらないでしょう?」

「いや、文献にもあるように女性の脳は男性の脳より小さい。それは単なる科学的事実だよ」

アーラは返答に詰まったらしく、眉を顰《ひそ》めて顔を背けた。

「ああ、どうか理解してくれないかな」私は宥《なだ》めすかす口調になった。「だって、自然を変えることは誰にもできないだろう?」彼女が急速に冷淡になっていくのが感じられ、何か怒りを解く言いかたはないかと懸命に探した。「女性には女性の特性がある。つまり生物学的可能性のことだが、女性は文化的に特有の位置を占めていて……」

振り向いたアーラの顔色が、少し和らいでいるようだった。「あら、仰る意味はわかっているつもりですわ」

「ならば嬉しいよ」周囲のものが回転し、からだがふらついた。私はアーラの肩に腕を回し、接吻できる態勢を整えた。美薬とワインが私の代わりに思考していた。こういう大事な時には必ず使うことにしている革手袋をどこに置いてきただろうかと、頭の片隅でふと思った。

すると、その事態が出来《しゅったい》した――観相学の知識を喪失してしまった時と同じほどの不意打ち、同じほどの衝撃が。アーラが腕を振りほどき、あろうことかこの私の顔に力いっぱいの平手打ちを決めたのだ。

「女性は文化のなかに独自の位置を占めている、ですって?」アーラは辛辣に私の口調をまねた。「ねえ観相官さま、忘れないで頂戴ね、捜査をしているのは今やこの私よ。私は女ですけれど、あなたがどういうわけか能力を失ったことに気づくくらいの頭はあるわ」

「アーラ」厳しい態度を取るべきだったが、実際に出てきた声は哀れっぽい懇願口調だった。

「ご心配なく」彼女は言った。「誰にも言わないし、私は捜査をやりとげます。ただあなたに、事件を解決するのはこの私だということを理解しておいてほしいから――他の人には秘密だとしても」

じぶんがこれほど弱気になるとは信じられなかった。だが私は弁解を始めようとしており、世界はあらゆる方向に引き裂かれていた。「悪かった」ついに私は言ったが、その言葉は一ポンドのクレマットと同じくらい舌に不味《まず》く感じられた。

「悪かった？　それだけ？」アーラは複雑な顔をした。「――いいわ、それでは明日十時に会いましょう。遅れないで、朝までにはもう少し専門家にふさわしい物腰が戻っているといいわね」言い捨てると、彼女は外套を抱えて出ていった。

観相能力の喪失を見破られていたこと、アーラの私に対する評価が地に落ちたことを彼女自身に言明されて、私は文字通り凍りついた。これこそ真の屈辱であり――さらに悪いことには――真の孤独でもあった。じぶん自身と向き合うことに耐えられず、隣室に行って急いで外套を着込むと私はアーラの後を追った。

夜の闇はいつもより恐ろしさを増していた。アーラの冷ややかな平手打ちにも似て、風が私の頬を打つ。人気のない通りを歩いていくアーラの姿が遠くに見えた。私の計画は――それを計画と呼べるとして――アーラと対決することではなかった。そんなことをしてもいい結果が得られるとはとても思えず、私はただアーラについていきたかった。アーラが行ってしまうことに耐えられなかったのだ。建物の濃い影に紛れて走ったが、考えてみれば走ったりするのは子供時代以来のことだった。

アーラは一度足を止め、周りを見回した。私も立ち止まり、彼女に見られないように祈った。アーラが銀行と劇場の間の路地に入っていった後、私は路地の入り口に立ち止まり、彼女が次の角で曲がるまで待った。そして姿が見えなくなると動き出した。そのようにして私はアーラの後を追い、松林を抜け、小さな野原を横切った。長靴《ブーツ》の踵で雪を踏みしめる音がしないよう、爪先で走った。

野原の向こうに今にも倒れそうな平屋が建っていた。アナマソビアの全ての建物と同じく、灰色の木造家屋だ。表の窓から温かい色の光が洩れているのが見えた。アーラは家に入っていき、ドアを閉めた。私は忍び足で家の正面に近寄り、じぶんでも信じられないことだが、犬のように手と膝をついて窓の下まで行った。

覗き込むとそこは居間で、木の枝でつくった粗末な椅子が一脚あった。椅子に腰かけて見つめ合っているのは、一組の老夫婦だ。暖炉の火で、老人の皮膚がはっきりと青みを帯びているのがわかった。あのおぞましい石の英雄になりかけているのだろう。全く退屈な光景だった。アーラが両親の知的能力に関して嘘をついていなかったのは明らかだ。私は顔をしかめ、手と膝をついて家の側面に回った。

幸い、この面にも窓があった。その下まで行くと、私はポケットからデリンジャー銃を取り出した。発見されでもしたら自殺して果てる覚悟だったが、屈辱にだけはとても耐えられないと思った。なかで何かが動き回る物音がし、次いで奇妙な泣き声が聞こえた。アーラが私への態度を悔やんで泣いているのだと考えて、覗き込む勇気がようやく湧いた。

全く予想外なことに、泣いていたのはアーラではなく赤ん坊だった。泣き喚《わめ》くちびを片腕に抱いたアーラが、甲斐甲斐しくドレスの胸元を引き降ろして乳房を露わにするところを、私は呆気に取られて眺めていた。そして思わず深い溜め息を洩らしたが、このような状況だというのに、場違いな欲望が頭をもたげるのを感じたのだ。

まさにその時、私の背後でしゅうしゅうという耳慣れない音がした。反射的に私は振り返り、心臓が激しく収縮するのを感じた。最初は何も見えなかったが、再び同じ音が発生し、上から聞こえていることがわかった。二十ヤードばかり離れた大きな木の下方の枝で、気づくと一対の黄色い眼が闇を透かしてこの私を凝視していた。何か考える余裕はなかった。蝙蝠のような巨大な被膜状の翼が左右に繰り広がり、闇を搏《う》ってゆっくりと動き出したからだ。

頭のなかは真っ白、無我夢中で立ち上がって走り出した。魔物の羽搏きがすぐさま迫ってくる。翼の被膜に煽《あお》られた空気が肌に当たるのを感じたが、運動選手のように雪原を駆けていく私はじきに息が切れるのを覚え、躓いて雪のなかに倒れ込んだ。真上を旋回する気配があったので、仰向けに転がりながらデリンジャー銃を向け、ろくに狙いもつけずに発砲した。硝煙の向こうに、急上昇していく魔物の姿が僅《わず》かに見えた。一瞬のことではっきりと見たわけではないが、それでもアーラの祖父ビートンの描写の適切さがわかった。蹄が割れていて、尻尾に棘があり、角が生えている毛むくじゃらの悪魔——まさに私が学生時代、面白がって蒐《あつ》めた宗教関連書物の挿絵そのままだ。

魔物の姿が闇に消える寸前、脇に抱えていた何かを落とすのが見えた。大きな石だと思った私は、起き上がる余裕もなく雪上を転がった。それはすぐ脇に激しい勢いで落下し、メロンか何かが地面に叩きつけられるような派手な音をたてた。魔物がもう戻ってこないと確信できてから、私はその場所へ這い寄ったが、見るとそれはメロンどころか動物の頭部だった。攫《さら》われたガーランド司祭の飼い犬、グスタフの首だと思われた。

歩いてホテルに帰ったに違いないが、その記憶は全くない。誰も銃声を聞いておらず、調べにも来なかったのが不思議だった。覚えているのは、美薬を大量に打ってから寝床に這い込んだことだけだ。無論ランプは消さなかった――邪悪な夜がその手下の顔を垣間見せたのだから。明け方近く、冷たい汗にまみれて眼を覚ました。私の心は嫉妬による激しい怒りで煮えたぎっていた。「つまり」私はアーデンの鏡に映るじぶん自身に話しかけた。「アーラは嘘をついただけでなく、最初からこの私を裏切っていたのだ」吐き捨てるように私は言った。「――汚らわしい。実に汚らわしい」

夜が明ける頃には、アーラに謝罪したことだけをひたすら後悔していた。

10. 告発

その朝聖教会で直面することになる事態を思えば、スクリー荘の殺風景な部屋もこの世の楽園、アーラと顔を合わせるくらいなら魔物と格闘する方がよほどましだった。アナマソビアの邪悪な魔法のせいで私が今や詐欺師に堕してしまったことをアーラは知っており、アーラが知っていることを私は知っているのだ。あの擦れっからしの嘘つき女は、住民全体の前で私の秘密を暴きかねない、そのように私は固く信じていた。それに問題なら他にもある――今日の予定を無難にこなすことが仮に出来たとしても、このままでは事件の解決など望める筈がない。尻尾を巻いて市《シティ》に逃げ帰りでもすれば、マスターが私に与えるだろう苦しみは今の百倍にも勝るのだ。まさしく八方塞がりだった。

それでも私は起き上がって入浴し、いつものように身支度を整え、観相用器具を揃え、外套を着込んで仕事に出かけた。外に出るとちらほら雪が舞っており、あの馬鹿げた黒い帽子をかぶったバタルド町長がいつもの満面の笑顔で待っていた。まるで繰り返し見る悪夢のようだった。

「閣下」昨日のことは根に持っていないというのか、あるいは根っからの間抜けなのか、町長は久しぶりに会った旧友同士のように手を振った。

罵り言葉も品切れになっていたので、ただ頷《うなず》いてやった。

「わが町民のなかでもよりぬきの面々が、閣下の学識豊かなご意見を待ちかねておりますぞ」町長は私と並んで歩きはじめた。

　こいつを撃ち殺すことができないのなら、せいぜい利用することだと私は考えた。「アーラ・ビートンは子持ちだと、何故教えなかった?」

「おやおや」町長は困惑した様子をわずかに見せて、降る雪を眺めた。「重要なことだとは思いませんでしたので」

「結婚もしていないのに、どうして子供ができたんだ?」

「閣下」町長は絶句し、ついに笑い出した。「科学者である閣下に、どういうふうにしてそうなるか説明せねばならんのですかな?」

「馬鹿な。つまり、どういう状況だったかと訊いているのだ」

「アーラはキャナンという名の若い鉱夫と恋仲でした。かれはあなたが仰るような状況を作ったあと、別の状況によって命を失いました。つまり落盤ですな」

「結婚はしていなかったのか?」

「閣下、アナマソビアについてご理解いただきたいものですが、前にもお話ししたように私どもは邪悪なもののすぐそばで暮らしております。私どもの社会は中央の洗練された社会を規範としてはおりますが、そこにいささかの逸脱をも許容しないほどには堅苦しくないのです——とは言え、ふたりはいずれ結婚するつもりだったと、私は固く信じておりますぞ」

「なるほど」私は言った。「子供は男か？　それとも女か？」

「男の子です」町長は答え、私たちは聖教会への道を辿り続けた。

「節操のない女だ」

「節操がないのは、むしろ頭の中身のほうでしょう。あのむすめはさまざまな考えを相手に愛を交わします、こういう言い方ができるのでしたら。昔から、確かに反抗的ではありましたな」

「住民にそういう傾向があるのを、どうして見逃しておくのだ？」私は足を止め、厳しく質問した。

「市《シティ》とは違って、ここではそういう性質は必ずしも害にはならんのです」と町長。「あれは善良な人間ですぞ。どちらかと言えば生真面目過ぎるんじゃないかと、私などには思えますが」

「お前と比べれば、誰だって真面目だ」断言して私は会話を打ち切ったが、聖教会に着くまで町長はずっと思い出し笑いを続けていた。

アーラは祭壇のところで私を待っていた。私はいかなる感情をも込めずに朝の挨拶をし、アーラも同じように素っ気ない挨拶を返した。私は器具を出して並べ、すぐに作業が始まった。

カルーに第一の被検者を呼びに行かせ、やがてマンタキスの内儀《かみさん》を連れて戻ってきた時ほど人生の悲哀を感じたことはない。この老いた有袋類の裸かをまともに見る度胸はなかったので、服を着たままでよいと私は言った。

「でも閣下」とアーラ。「〈生物学的可能性〉をお調べになりたいでしょう？」

私は莨《たばこ》に火をつけ、できるだけ無表情に「好きなようにやりたまえ」と答えた。アーラはマンタキスの内儀《かみさん》に検査に必要な動きをさせ、あらゆる種類の見るに耐えない姿勢をとらせた。その間、私は腕組みをして、壁と向き合っているかのように虚空の一点を見つめていた。アーラがカリパスその他の器具を当てて測定数値を読み上げても、私は手帳に書きとめるふりさえせず、すべてを記憶するかのようにただ頷いていた。アーラが耳たぶを計測した時、マンタキスの内儀《かみさん》の唸る声が聞こえた気がした。

「明らかに盗癖があります」マンタキスの内儀《かみさん》が服を着て出ていくと、アーラが言った。

盗人だが、嘘つきではない、と私は心のなかで呟《つぶや》いた。

生まれつき欠陥だらけのどうしようもない愚か者たちが私のまえを次々に通り過ぎ、漠然とした嫌悪感だけをあとに残していった。アーラはてきぱきと仕事を進め、皮肉な物言いもほとんどしなかった。だが彼女が私に対して怒りと軽蔑の感情を抱いていることは、痛いほど感じられた。

何とかして今の危機を脱したいと思うなら、私は白い果実を盗んだ罪で誰かを告発しなくてはならない。それが絶対条件であることはわかっていた。そしてまた、かかる重大犯罪に対する処罰が死刑であることもよくわかっていた。マスターが施行している効果的な裁判制度によれば、理想形態市《ウェルビルトシティ》の歩道に唾を吐くことよりも重大な犯罪はすべて極刑に値するのだ。誰を犠牲者に選べばもっとも都合よく運ぶだろう――次々に前を通り過ぎていく被検者たちを検分しながら、私はそのことばかりを考えていた。そしてカルーがついにガーランド司祭を連れてきた時、アナマソビアに復讐する計画は私の裡で花火のように炸裂した。

小柄な聖職者を前にして、アーラははっきりと動揺を示した。司祭が〈楽園の装い〉で私たちの前に立つと、アーラの染みひとつない肌が真っ赤に染まった。私は司祭の萎びた性器がかれの歯や爪のように鋭く尖っているかどうか確かめたくて、さりげなく眼をやった。もしやと思っていたことが実際に確認できた時の、私の驚きを想像していただきたい。司祭は何も言わず、手を上げて私とアーラに祝福を与えた。暴れてくれればカルーを呼んで痛い目に遭わせられるのにと、私はいささか残念に思った。司祭の顔やからだに器具をあてがうアーラの手は震えていた。彼女がハドリス式口唇用万力を用いた時、私はもう少しで「そのままにしておけ。全人類の福祉のためだ」と口に出して言うところだった。

服を着て立ち去る前に、司祭は私の方を向いて重々しく告げた。「愛するという罪以外に、わたくしは罪を犯した覚えはありません」

「あの男の退屈さこそ、犯罪ものだな」司祭がいなくなってから、私はアーラに言った。そして、果実を盗んだのは司祭だということをどうすれば住民たちに納得させられるか考えた。私の計画の大部分は、弁舌の巧みさにかかっていた。高尚な弁舌などというものはアナマソビアでは滅多にお眼にかかれるものではないので、その新奇さで人びとを魅了できる筈だと私は確信していた。

「次！」私の指示で、カルーは再びドアに向かった。あと二十人か三十人ほどに検査を受けさせ、その間に演説の内容を練るつもりだった。

引き止めたのはアーラだった。「しばらく外で待っていて。次の人を連れてきてもらう時には、こちらから声をかけるから」

「休憩か？」私は素っ気なく言った。

アーラは腰を下ろし、今にも泣き出しそうな顔で私を見た。打って変わってしおらしげなその様子を見ると、彼女に対する怒りが少しは和らいだ。ようやくじぶんの誤った態度に気づいたかと私は思った。

「何か話したいことがあるのかね？」私は親切にもこちらから尋ねてやった――教師が些細な過ちを犯したお気に入りの生徒に声をかけるように。

「あのかたです」

「何だって？」

「ガーランド司祭です。あのかたが犯人です」アーラの頰を大粒の涙が伝った。

「確かなことか？」

「相に出ています、間違いありません。ゆうべ私の家の窓にあなたの顔が現われた時のように、見間違いようもなくはっきりと――」

私は口を噤《つぐ》んだ。しかしこの悪夢を生き延びられるかも知れないと思うと嬉しくて、覗き見が露見した恥ずかしさはほとんど感じなかった。アーラは観相学理論を用いて詳しい説明を始めた。今の私にはさっぱり理解できないが、非常に説得力があるように思われた。

「これがほんとうでなければいいと思います。でも、司祭様の顔から読みとった結果を否定することはできません」アーラは眼の涙を拭った。「あなたも、こんな制度も大嫌い」

「よくやった」私は囁き、それから大声でカルーを呼んだ。かれが来ると、町長に言って町の住民たちを教会に集めさせるようにと命じた。

アナマソビアの全住民が聖教会に詰めかけてきたようだった。信徒席がいっぱいになると、松明のともる壁の下に点々と立っている石になった英雄たちのあいだが順に埋まっていった。ひそひそと憶測を語り合う声がどよめきとなって漂い、時おりどっと笑い声が起きたり、見るからに悪党づらをした連中が「俺はやってない」と声高に宣言したりしていた。

町長が祭壇に寄ってきて、私に握手を求めた。盗人が発見されたと聞いて、心からほっとした様子だった。「閣下、おめでとうございます」興奮した口調で町長は言うのだった。「閣下の捜査方法についてはさっぱり理解できませんが、実にすばらしいものですなあ!」

私は鷹揚に賛辞を受け、容疑者が逃げ出そうとした時の用心に警備の者をドアに配置してくれと頼んだ。町長はカルーを手招きして、かれの耳に何か囁いた。カルーは人ごみを掻き分けていき、出入り口の脇に立った。

アーラが間仕切りを片付け、観相器具を鞄に仕舞いこんでいるあいだに、私は場内を見渡してガーランド司祭の姿を探した。かれは信徒席の一列目に陣取り、上目遣いに私を睨《にら》みつけていた。私はかれに笑顔を向け、しばらく睨み合いになったが、結局私の方が先に眼を逸らすことになった——聴衆に静粛を求める必要があったからだ。飼い犬を呼ぶように手を叩くと、話し声は囁きになり、それもやんで静かになった。

今度は私が喋る番だ。演説の準備のために私は聴衆の前を行ったり来たりして考えを練り、人びとは固唾を飲んで私の一挙一動を見守っていた。私は数日振りでじぶんに力があると感じた。聴衆の緊張を高めようと、わざと彼らに背を向け、祭壇の後ろにかけられた鉱夫の神の奇妙な肖像を見上げるという芝居がかった素振りまでしてみせた。思えばこの二日間、この神は捜査の進行をじっと見つめてきたのだ。私が魔物と闘った話から始めようかという考えが、ふと頭に浮かんだ。そうすれば、聴衆は私が優れた知性の持ち主であるだけでなく、行動力のある男だということを知るだろう。

歩いたりポーズを取ったりしている私の脇で、アーラはまだクロム製器具を片付けていた。私はアーラが仕事を終えて舞台から去るのを待つつもりだった——人びとが気を散らすことなく、私が発表する真相に注意を集中できるようにと。最後にひとつ残ったカリパスをアーラが手に取ろうとした時、それは滑って床に落ち、洞窟のような場内に大きな音が響きわたった。アーラは身を屈め、すると灰色のワンピースの裾が一インチないし二インチ上がったので、私の眼はごく自然に彼女の魅力的な脚の線をなぞっていた。ほっそりした踝《くるぶし》から腿に至るまで——そして、私はそれを発見した。

左の腿の後ろに大きな黒子があって、長い毛が一本生えている。フロック教授が特に注意を促した特徴だ。大勢の聴衆が待っているのも忘れて、私は思わず歩み寄り、アーラもまた気配に気づいたのか、かがみ込んだまま私を見上げた。私とアーラの視線が真正面からぶつかり合い、まさにその時、私の頭のなかでシャンパンの壜からコルクを抜くような小気味よい音が弾けた。観相能力がだしぬけに丸ごと戻ってきたのだ。――以前と同じように叡智にあふれた眼で見ると、アーラは〈星の五芒《スター・ファイヴ》〉などではまるでなかった。若い女性としての魅力につい惑わされて、そう思い込んだに過ぎなかったのだ。新しく見えてきた顔立ちは、フロック教授がアカデミーの講義で述べた犯罪者たちのプロフィールを思い出させた。「窃盗の傾向、奇跡に対する宗教的・心理的依存」――思い起こせばつい先日、町の通りで若い女に赤ん坊の観相をせがまれたが、後になってその子の顔に見覚えのあるような気がしてならなかったものだ。今やその理由がわかった。あの赤ん坊には、ようやく見えてきたアーラの顔つきと共通する点がたくさんあった。あの顔を隠した若い母親はアーラだったのであり、今まで気づかなかったじぶんが間抜けに思えるほどだった。

私は聴衆に向かって話し始めた。「アナマソビアの諸君、我々の只なかに盗人がいる」一歩後退し、私は真っ直ぐにアーラを指さした。彼女は俯《うつむ》いて、鞄の留め金を掛けようとしているところだった。「市《シティ》の名と第一級観相官の名において、私はここに告発する。奇跡の果実を盗んだのは、アーラ・ビートンだ!」

アーラは呆気にとられたように私を見つめた。司祭が弾かれたように立ち上がり、長い爪の生えた手を前に突き出して祭壇に駆け寄ってきた。すっかり自信を回復した私はおもむろに進み出て、私に襲いかかろうとする司祭の顔を長靴《ブーツ》で蹴り飛ばした。かれは登壇用の階段を後ろざまに落ちていき、床に倒れた。次にポケットからデリンジャー銃を取り出した私は、威嚇のために天井に向けて一発撃ち込んだ。信徒席の最前列にいる人びとの上にばらばらと木片が落ちてきた。暴動になりかねなかった険悪な雰囲気がそれで徐々におさまり、おおむね静かになった。

アーラはのろのろした動作で、私がこの二日間使っていた椅子に腰を下ろした。そして放心したように、観相学的情報の海——つまり薄暗い場内を埋め尽くした群集の顔に眼を向けていた。

町長が立ち上がり、静粛を求めた。それからかれは私に小声で言った。「閣下、これは重大な告発ですぞ。私ども観相学の詳細を知らない者にも納得できるように、説明してやって頂けませんか。正直なところ、閣下の発表は皆にとって衝撃的なものだったのです」私は初めて、この男の真剣な顔を見た。

解説は私も望むところだった。「アナマソビアの善良なる諸君——朝になれば日が昇り、ドラクトン・ビロウが我々の寛大なマスターであるように、知識階級のあいだで観相学の科学的信頼性は明白な事実として受けとめられている。訓練された眼の持ち主が分析すれば、人間の肉体の外観的特徴から、その人間の人格的長所・短所が詳しくわかるのだ。たとえばこの被検者を見てみよう」

私はアーラに近づいた。彼女はすべての神経が死んでしまったかのように大きく眼を見開き、微動だにしなかった。私はアーラの鼻筋を指で撫で、下唇の下の小さなくぼみに触れた。「この顔立ちを大まかに説明するならば、無謀な行動を起こしやすい性格を示す特徴が幾つも組み合わさったものだ」

私はアーラの反対側に回り、弧を描いた眉を指さした。「専門家のあいだで〈スケフラー効果〉と呼ばれているものが、ここに見受けられる。〈スケフラー効果〉とは、もちろん観相学の草創者のひとりであるカースト・スケフラーに因んだ名だ。盗みをする傾向と、神秘的出来事に関与したいという欲求の両方をこれは意味している。それに加えて、左の腿に長い毛が生えた黒子がある。この千載一遇の組み合わせこそ、この事件を余すところなく解明する決定的な証拠だ」そして私は前に進み出て、犯罪の穢れを落とすかのように両手をはたき合わせた。

聴衆はみな、ぽかんと口をあけていた。私の演説は絶大な効果を上げたようだった。軽く頭を下げると、信徒席からも壁沿いからも拍手が湧き、それは次第に会場全体を包む興奮の渦へと膨れあがっていった。ようやく意識を取り戻したガーランド司祭が這って元の席に戻ったところ、「盗人に死を」という叫びが上がり、賛同の叫び声はたちまちあらゆる方角に派生して留まるところを知らず、木造のグローナス山の深部に広がる空洞いっぱいに響き渡った。

11. 愚行の結末

「これからどうなるのでしょう?」バタルド町長が言った。

私たちは聖教会の外、夕闇のなかにいた。いつの間にか雪は降りやみ、雲間に夕月が出て、星が瞬《またた》きはじめていた。住民たちはすでに家路についていた。犯人が見つかって有り難いことです、と帰り際に私に声をかけた者も大勢いた。ここの単純な連中が——それぞれの理由で——アーラに対して常に一種の恐れを抱いていたことが私には感じられた。アーラはどうなったかと言えば、アナマソビアにある唯一の独房に連行されていた。町役場のなかの、外から鍵をかけることのできる窓のない小部屋のことだ。

「裁きが行なわれねばならない」私は重々しく答えた。

「閣下、申し上げてよろしいでしょうか。犯人は捕まりましたが、白い果実はまだ見つかっとりません。アーラが処刑されてしまったら、いったいどうやって果実を取り戻すことができるので?」

「囚人を尋問しろ」と私。「口を割らせる方法がいろいろあるのは、知っているだろう。あの女の住むぼろ家を捜索しろ。おそらくあの女は果実の一部をじぶんの産んだ父なし子に食べさせたのだろう。明らかな観相学上の欠陥を帳消しにしようという、女の浅知恵でな」

町長は頷《うなず》いたが、その悲しげな表情が私を驚かせた。

「笑わないのか、町長?」

「拷問は苦手です」町長は言った。「しかしそれを言うなら、処刑も苦手ですな。閣下、他の方法では駄目なのでしょうか、たとえばアーラが謝罪して、悔い改めるとすれば?」

「マスターはそのような寛容さを喜ばれないだろう。お前がそんな寛大な処置をすると、この町全体の存続が危うくなる」

「それは重々わかっとります。ただ、あれを子供のころから知っているもので——祖父も知っていたし、両親も知っとります。あのむすめの成長を私はずっと見守ってきましたですよ。知りたがり屋の、可愛い、よい子でした」町長は私の眼を覗き込んできた。かれが今にも泣き出しそうなのがわかった。

私は黙っていたが、町長が心を打ち明けて語ったことから、この数日間ずっと私の心を捕えて離さなかったアーラの魅力を思い出さずにはいられなかった。私には今、はっきりとわかった——私の能力を封じたのは旅人でなく、アーラだった。その独特な美質と知性が、私に惑わしの魔法をかけたのだ。

私が何の反応も示さないので、町長はすっかり落胆した様子で背を向けて歩き出した。すると何故か悲しみにも似た感情が私の胸を捉えた。アーラが処刑されることに耐えられなかったからか、それとも他の理由からか、じぶんでもよくわからなかった。

待てと声をかけたが、町長はその場に佇《たたず》んだまま私に背を向けていた。

「試してみてもいい方法がある」

振り向いた町長は、ゆっくりと戻ってきた。

「効果の定かでない実験的な方法だが」私は言った。「数年前、私はある論文を書いた。専門家のあいだでの受けは悪く、数週間にわたって白熱した議論が行なわれた末、その理論は葬り去られた」

「はあ、そうですか」町長は曖昧に相槌を打った。私は記憶をたぐり寄せ、詳細を思い出してみた。それは無謀ではないにしても、かなり大胆な理論であるように思われた。だが、能力と自信を回復してからだに力がみなぎるのを感じている私は、まだ一度も試されていない方法を試す絶好の機会が到来したのだと考えた。

「よく聴いてくれ」私は町長に言った。「彼女の顔の肉体的特徴が、心の奥深くにある性格的特徴をその由来とするのだとしたら、反対の方向に論理を辿ってみることも可能ではないかと私は思う。つまり論理的に完璧な内面を示す顔立ちを私のメスで作り出すことによって、罪を犯しやすい傾向を正し、彼女を新しい人間に生まれ変わらせることができるのではないか？　もしそうなれば、彼女は喜んで果実のありかを白状するだろうし、また善良な人間になったのだから、もはや処刑の必要もないというわけだ」

町長は信じられないというように眼玉をぐるりと動かした。「それはつまり、こういうことですかな――手術によって、あのむすめを善良にできると？」

「おそらく、できる」

「ならば、是非ともお願いしたいものですな！」町長は言った。そして獅子と仔羊が睦《むつ》みあうかのように、私たちはそれぞれの理由でにこやかに微笑みかわした。

翌朝十時きっかりにホテルの執務室までアーラを連れてくるよう私は指示した。町の居酒屋で夕食を一緒にと町長に誘われたが、むろん断った。アーラをアーラ自身から救うには、しかるべき準備が必要なのだ。

アナマソビアに来て初めて、私は心から寛《くつろ》げる気持ちになっていた。宿に帰る道すがら、周囲のすべての人びとが私の地位にふさわしい敬意を込めて挨拶してきた。マンタキスの内儀《かみさん》までが、私がロビーに入ってくるのを見るなりただちに駆け寄ってきた。露骨に意を迎えるような態度は、今までになかったものだ。面会希望者はすべて断ることにして、私は青ワイン少々と軽い食事を頼んだ。すると内儀《かみさん》は、特別料理をすでに用意してあります、それにはクレマットなど少しも入っていませんと恭《うやうや》しく答えた。有り難い心づかいに礼を言ってやると、相手はすっかり満足して猫のように喉を鳴らした。

もしも未だに事件の捜査について方針が全く立っていなかったとしたら、美薬のストックが鞄の底に残りわずかなのを見てさぞや不安を感じたことだろう。通常の量を摂取するならば、あと三回か四回分しか残っていないのだ。しかし私は明日の夜までに事件を全面的に解決する自信があったので、ためらわず小壜一本分を使いきった。

それから服を脱ぎ、ガウンとスリッパという姿になって莨《たばこ》をのんだ。十分な量を打ったので、美薬はよく効いた。以前の力を取り戻した私には、美薬の助けを借りてアーラの顔を意想内に現出させ、彼女の命を救うために必要な変化をその上に加えるのは容易なことだった。私はすぐにペンと紙を取り、新生アーラの顔をスケッチし始めた。

ようやく手術のプランが練りあがった時には、マンタキスの内儀《かみさん》が夕食とワインを持ってきてから何時間も経っていたに違いない。夜更けの町は静まり返っていた。市《シティ》から来た私にはどうしても慣れることのできない静けさだ。美薬はまだ効いていて、すばらしい幻覚を絶え間なく私にもたらしていた。仕事をしているあいだ、おぞましい幻影はひとつとして頭に入り込んでこなかった。チョットル川の岸辺で遊んだ楽しい子供時代の思い出が繰り返し鮮明によみがえっていた。

仕事を終えた私は充実した気分で寝台に腰を下ろし、明日の手術が成功した暁にもたらされるだろう名声のことを考えて陶然としていた。その時、フロック教授が現われた。

「またあなたか」

「他に誰がいるかね」寝台の脇にひっそりと佇む今夜のフロック教授は、何のつもりかアカデミーにおける最高の礼装で身を固めていた。房つきの学帽に長いマント、象牙の握りのついた礼装用の杖まで小脇に抱えている。象牙の握りは猿の頭をかたどったもので、公式行事に出る時には必ずこの杖を持つのが生前のフロック教授の習慣だった。

美薬による幻影の分際で、いやに勿体をつけた様子が私の癇《かん》に障った。

「あなたは反逆者だ」私は言った。

「犯人を捕まえる正しい方法を教えてやったじゃないか」頬にかかる房を揺らしながら、教授は仄《ほの》かに微笑した。

「確かに。だが、もはやあなたに用はない。私の頭から追い出してやる」

「それは少々難しかろうな――何故なら、私はほんとうは君なのだから。ドラッグで朦朧として、じぶんでじぶんに話しかけている君自身だ」教授は言った。「私はただ君が望むことを言ったりしたりする、君が望むとおりの存在だ」

「じゃあ、私の明日の計画をどう思います?」

「あの娘から、知性の一部を切り取ることを忘れるな。あの賢さは、本人のためにならない。そして必ず、顎の真ん中に切れ込みを入れることだ。世界の果てのこのけちくさい町で、惨めに暮らす以外の可能性がじぶんにあると思い込むのを防ぐためにな!――他の点では、君のプランはなかなかのものだ。私だって、君よりうまくやれる自信はない」

「ええ、その点について異議はないですね」

「私が今日やってきた目的は、実を言えば君に別れを告げることだ。何だか残念な気がするよ、そうじゃないかね? 私が君に会うことは、もはや二度とない」そして大きな身振りで教授は杖をかかげたかと思うと、握りの猿の頭を私に向けた。ちっぽけな象牙の猿は眼を閉じたまま うねうねと顔を歪め、かっと口を開くや、金属的なかん高い声で喋りはじめた。「――我ハ猿ニ非《アラ》ズ! 我ハ猿ニ非《アラ》ズ!」高笑いを残してフロック教授は姿を消し、私はかれと縁が切れてせいせいした。

その晩、私はひどく深い眠りに落ち、そこから逃れようと懸命に足掻《あが》いた。再びじぶんの子供時代を訪れていたが、今度は父親がいつまでも怒っていたり、そのせいで母が早死にしてしまったりといった場面ばかりが現われた。夜明けとともに眠りから覚めた時、私は幼い頃よくしたように枕に顔を埋めて泣いていた。眼を開けて、今はもうそんな生活からは解放されているのだと思い出すと、心の底から安堵した。

入浴を済ませて軽い朝食をとり、身支度を終えたころ、町長がいかにも屈強そうなふたりの鉱夫に手伝わせてアーラを連行してきた。私は心を込めて——ほとんど愛情を込めてと言いたいほどだった——朝の挨拶のことばをかけたが、昨日の服装をわずかに乱したままのアーラは私と眼を合わせようともしないのだった。私は実験台にベルトを取り付けておいたが、これはもちろんアーラが暴れないように固定するためのものだった。

「成功を祈っておりますぞ」声に不安を滲ませながら町長が言った。

私はアーラの前に行き、まともに顔を見た。「私は君のために最善を尽くす」

アーラは私の顔を見すえ、頬を膨らませてから、唾を吐きかけてきた。反射的に私は一歩後ろに下がり、アーラが隙《すき》を見て鉱夫のひとりの股間を膝で突きあげたのはこの時のことだった。腕を振りほどいたアーラはホールを横切って逃れ、私の寝室に飛び込んだ。後を追うもうひとりの鉱夫の鼻先でぴしゃりとドアを閉めようとしたが、当然ながら男の力のほうが強い。中から錠を下ろすより早く、鉱夫は体当たりを食らわせており、そして私たちは部屋に雪崩《なだ》れこんだ。

アーラは朝食についてきたナイフを右手に構え、迫る男に向かって私の鞄を振りかざしていた。「人殺し！　あなたたちみんな、ひとでなしの人殺しよ！」アーラは叫び、町長が近づこうとすると鞄を投げつけてきた。鞄は町長の頭にまともに当たった。ナイフを突き出す隙を狙って、股間を膝蹴りされたほうの男が飛びかかり、やっとのことで取り押さえた。鉱夫たちは助けを求めて暴れるアーラを執務室に引き摺っていった。私は全身麻酔用の強力な薬品を手早く布に染みこませ、泣き叫ぶアーラの顔にかぶせた。

鉱夫たちに手伝わせてアーラの胴体をベルトで固定していると、町長が瘤《こぶ》のできた頭を痛そうに擦りながらやってきた。「まったく元気がいい」町長は口では笑いながら言ったが、今の騒ぎにショックを受けているのが見てとれた。

「心配するな」私は言った。「この女から反抗的な性格を取り除いてやる。取り除かなくてはならないものは、他にもいろいろある。眼を覚ましたら、まったく新しい女性に生まれ変わっている筈だ」

「アナマソビアはこんな奇妙な場所ではなかったんですが」町長は床に眼を落として言った。

私はかれら全員に立ち去るように命じ、明日の午後また来るよう言いわたした。

アーラの頭の下にパッドを数枚敷いた。メスを入れたところから流れ出る血を受けるためだ。それから長い木綿布のついたヘアバンドをさせた。手術中は布を頭頂部の方に上げておき、切開部分が出血のために見え難くなったら下ろして、血液を吸い取るのに使うのだ。これだけの下準備を済ませたのち、私はメス類や先の尖った器具類、締め金類などを使いよい順番に並べ、さらに新生アーラのスケッチを取り出した。美薬の影響下でスケッチを描いていた間じゅう、絵のアーラは創造者である私に向けて愛の言葉を囁きかけてきたものだった。今や私は新生アーラを現実のものにしようと固く決心していた。

私のメスは、まずアーラの左頬の皮膚に赤い線を引きながらなめらかに動き出した。最初の段階で私が感じていたのは、この実験的手術は必ず成功するという揺るぎない自信だけだった。理想形態市《ウェルビルトシティ》を出てくる時に流行っていた愛の歌、無条件の献身を歌った曲を口笛で吹き鳴らしつつ、私はアーラの意志の強さを示す下唇のふくらみを削った。「空しい知性をなくしてあげよう」眠っているアーラに優しく囁きかけ、上瞼に切開線を入れた。鼻については、厄介な好奇心の源泉である軟骨組織をかなり削り取った。高慢さを表わす頬骨は、クロム製の槌で叩くしかなかった。非常に集中していたので、私にはアーラの顔しか見えていなかった。その顔は未だ誰にも真の美質を発掘されていない未開の土地の地形の如くであり、繊細な芸術性と完璧に卓越したビジョンをもって私はそこに手を加えることができた。手術はすべて引き算の工程を辿るもので、この心躍る算術をずっと続けていたい気持ちにかられたほどだった。

朝から熱心に働き、昼になっても食事抜きで仕事を続け、かなりの時間が経った頃、私はふとじぶんの行くべき方向を見失い始めていることに気づいた。最終的な目標を示す地図が確かに頭のなかにあったのに、それが次第にぼやけていた。自信が風のなかの炎のように揺らぎ、美薬を切実に必要としている証拠に頭皮がむず痒くなってきた。美薬が私の天賦の才をさらに強化してくれたなら、夕食時までに手術を終えることなど容易な筈だと私は考えた。しかし、そもそも美薬なしではやっていけそうになかった。寒気が全身を捕え、視界が揺れ、手が震えていた。そこで一旦メスを置き、注射を打つために私は寝室へ行った。

鞄は床の上にあった。町長の頭に当たってそこに落ちたのだ。思い出した私はいそいそと留め金を外して蓋を開けたが、中から取り出した未使用の壜はガラスが割れ、中身がなくなっていた。血相を変えてもう一本取り出したが、それも同じ状態だった。見ると、鞄の底にべとべとした紫色の染みができている。小壜はすべて割れており、美薬は今やアナマソビアの全土を探そうが発見される当てなどないのだった。――私は呻《うめ》き声を洩らしたが、パニックに駆られた私の心はすでに絶体絶命の悲鳴をあげ始めていた。禁断症状による心悸亢進やめまい、混乱と恐怖の荒海にまっすぐ飛び込んでいきつつも、気を失わなかった唯一の理由は、アーラを今の状態で放ってはおけないという事態への認識のみだった。

よろめきながら私は執務室に戻った。意識を失う前に何としてでも手術を終えねばならなかったが、すでに立っているのも難しかった。私は実験台に片手をつき、もう一方の手にメスを握った。内臓の痙攣《けいれん》に耐えながら集中しようとしたが、わなわなと震える手で切開線を入れたとたん、間違いに気づいた。元に戻すことなどできる筈もない。ならば、今入れた切れ目を帳消しにするような切れ目を入れればいいと考え直し、新たにメスを入れた。出口のない迷路に頭から突っ込んでいくじぶんの姿が頭に浮かんだ。どんどん深みに嵌《は》まっていくのをどうすることもできず、気づくともはや手の付けようもないほど出鱈目《でたらめ》に切り刻んでいた。どくどくと血が流れだし、私のシャツにも飛び散った。血しぶきが眼に入り、アーラの血の味を唇に感じてがっくりと力が抜けたが、死力を尽くして立ち直り、絶え間なく訪れては私の頭を空白に変えようとする無意識の瞬間を追い払った。

　こうして、時おり意識を失いながら私は手術を続けた。やがて、どこか遠くでじぶん自身が苦痛の叫びを発しているのが聞こえてきた。吐き気、凍てつくと同時に灼けつくような感覚をもたらす寒気、頭がまっぷたつに割れるような激痛、そして心の沈黙を経て、私はどこか深い場所へと真っ逆様に落ちていった。落ちていく先は死の世界かと思ったが、不運なことにそうではなかった。

12・混乱

最終的な判断を下す前にぜひ観相していただきたい者がいると、緊急の要請がバタルド町長からあったという。「こんな夜更けに?・」私は羽根ばたきを持ったマンタキスに言った。

外套を着て観相器具の鞄を持った。外は再び激しい吹雪になっていた。通りに出ると、すさまじい風が顔にまともに当たり、ろくに前へ進むこともできない。悪天にもかかわらず子供たちは外に出ていたらしく、旅人の雪人形がいくつも出来ていた。激しい吹雪のなかに次々と出現する雪人形は、笞《ち》刑《けい》で罪人を両側から鞭で打つ処刑人のように冷たい眼で私を見た。いつまでたっても行き着けないような気がしたが、ふと気がつくと到着していた。

入り口の段の一番下で躓《つまず》いて転ぶだろうと思っていたら、やはりそうなった。形の歪んだ大きなドアをあけると、軋《きし》んでやけに賑やかな音をたてた。私は中に入り、そろそろと吊橋を渡った。吊橋はそれまで以上に危なっかしく感じられた。祭壇のある部屋では、松明の半数だけがじりじりと陰気な炎を上げていた。「誰か」呼びかけたが、虚ろな谺《こだま》が遠ざかっていくだけで返事は戻ってこない。壇上には間仕切りが再び立てられ、観相に使った椅子が同じ位置にぽつんと置かれている。

「誰か」私はまた呼びかけた。松明のぼんやりした火明かりのなかで、石になった英雄たちの腕や顔も影を持って共に揺れ動き、それは生身であるようにも見えた。外の風の音か、それとも私自身の呼吸の反響なのか、まるで聖教会の建物自体が生きて呼吸しているかのような微かな息遣いが聞こえてくる。絵に描かれた神がじっと私を見下ろしていた。

間仕切りの向こうに誰かがいて、ひっそりと咳払いをした。

「そこにいるのか?」私は声をかけた。「なぜ返事をしない?」

鞄を置いて外套を脱ぎ、私は被検者を見に行った。間仕切りの向こうに足を踏み入れたとたん、松明が消えて、一瞬のうちに暗黒が落ちてきた。私はとまどいながらも闇のなかを一歩踏み出した。だしぬけにふたつの手が私の手首をつかみ、前に引っぱった。私の両手は何者かの顔の上に置かれ、その目鼻を無理やり撫でさせられた。最初は異常な成り行きに驚いたが、手首をつかんでいる手の持ち主は私に対して害意を持っていないのだった。そして観相学の出番が来た。観相学という名の数学が、無味乾燥な数値の羅列を極彩色のイメージに変換し、私の脳裏のスクリーンに映し出した。にわかに私の肉体はエネルギーに満たされ、熱を帯びてわなわなと震えだした。まるで馬力の強い機械になったかのようだった。

とつぜん松明の炎が息を吹き返し、あたりに鈍い明るさが立ち戻った。私はじぶんが両腕を突き出して、馬鹿げたことに何もない虚空を撫でまわしていたことを知った。激烈な怒りに捕われ、私は怒り狂ったまま外套を着て鞄をつかんだ。吹雪のなかに戻り、アナマソビアを罵りながら宿へ戻ろうとしたが、道は永遠に続くかと思われるほど遠く、どこまでもどこまでも……


―――

私はふいに夢から覚めた。窓から射し込む光線の具合で、早朝らしいと見当がついた。まず感じたのは虚脱感とひどい吐き気で、頭痛のために眼が見え難いほどだった。私が座ったまま眠っていたらしい場所――つい先日アーラと夕食を共にしたテーブルの椅子――そこから、アーラの横たわる実験台の様子が真正面に見えた。ヘアバンドの木綿布は顔にかかっており、乾いて固まった血のためにまだらの赤茶色になっている。胸が微かに上下しているので、まだ息はあるらしい。立ち上がって、じぶんがアーラに何をしたのか確かめたかったが、力が入らず動けなかった。

最初、それは私の空耳かと思われた。次に、じぶんがたった今聞いた叫び声は階下のマンタキス夫婦のものでなく、外の街路から聞こえてきたのだとわかった。どうやらどこかで大変な騒ぎが起きているらしく、聞き間違いでなければ銃声か花火のような音も聞こえてくる。真っ先に考えたのは、白い果実がまもなく聖教会の祭壇に戻ると信じて住民たちが祝っているのだろうということだったが、しかし手術が失敗してなおかつ万事うまくいくなどということがあるだろうかと私はぼんやり自問した。すると階段を登ってくる足音が聞こえた。

立ち上がる暇もなく、勢いよくドアが開いた。ガーランド司祭だった。

「ああ、何ということを」司祭は横たわるアーラを見るなり叫んだ。アーラの頭の下のパッドは大量の出血をすべて吸い取ることができず、なまなましく膨れあがっていたのだ。

ズボンの隠しにデリンジャー銃を探したが、外套に入れたままだと気づいた。出ていけと怒鳴ろうとした私は、そのとき別の誰かが戸口に現われる瞬間を目撃していた。背が高いのでカルーかと思ったが、違っていた。聖教会の地下室で見たあの旅人が、頭を下げてゆっくりと戸口をくぐろうとする驚異の光景を私は眼《ま》の当たりにしていたのだ。この信じ難い眺めに一点のアクセントを加えているのは、茶色い鞣《なめ》し革を張ったように痩せたこの異形の人物が、毛布にくるんだ赤ん坊を抱いていることだった。

「これはサーカスか何かの見せ物か?」縺《もつ》れる舌で私は言った。禁断症状のせいで頭に厚い雲が覆いかぶさっているようで、虚勢を張るのにもひと苦労が必要だった。

司祭が険悪な雰囲気でつかつかと私の前にやってきたが、私の眼はやはり旅人に釘づけになったままだった。旅人の不思議な歩きかた、三つ編にした長い髪、この世ならぬ静けさをたたえた表情にすっかり心を奪われていたのだ。

「あなたたちのマスター、ドラクトン・ビロウがアナマソビアに来ています」

「何だって?」私はようやく司祭の顔を見た。

「ビロウの兵隊が住民を片っ端から虐殺しているのですよ、クレイ閣下。そしてビロウの連れてきた狼のような化け物が、女や子どもの喉笛を噛み切っているのです! 町は今や地獄そのものだ」

「それにしても、これはほんとうに生きているのか? どういう訳だ?」私は旅人を指さした。旅人はその長大な顔をこちらに向け、穏やかなまなざしで私を見つめているようだった。

「果実のせいに決まっているでしょうが、まったく!」癇癪《かんしゃく》を起こしたように司祭は言った。「何週間も前に私は祭壇から果実を盗み、旅人にひとかけら与えたのです。それ以来、このかたは少しずつ回復し始めていたのです。あなたが観相の器具をあてがった時には、すでに生き返り始めていたのですよ」

「では、アーラは正しかったのか！」私は言った。「観相学はやはり正しかったのか」

「祭壇に登ろうとしてあなたに蹴られた時、私はじぶんの罪を——禁断の誘惑に負け、そのうえじぶんの弱さを認めることができなかった罪を、皆の前で告白しようとしていたのですぞ！　アーラを救ってやりたかった。あのむすめの苦境が、あなたに、いやお前などに自ら望んで関わった愚かさゆえだとしても」司祭ははげしく顔を歪めた。「ああもう、このように相手をしている暇などない。私たちはアーラを連れて、今からウィナウをめざすつもりです。あなたは下に降りて、弾にでも何でも当たればよろしい——クレイ、あなたは自惚《うぬぼ》ればかり強い愚か者だ。私がこの手を下してもいいのだが、それよりじぶんのマスターに殺してもらうがいい」

　事態のめまぐるしい展開に、私は反駁することはおろか、椅子から立ち上がることもできなかった。旅人を間近に見ているうちにどうしようもない恐怖心が湧き起こって、身も心も竦《すく》んでしまっていた。危険を感じたという訳でなく、ありのままに受け入れることがなかなかできなかったのだ。司祭と旅人は実験台のアーラの両脇まで移動していた。赤ん坊が泣きはじめ、旅人が額をそっと指で撫でて落ち着かせた。

「愚かな行為がどれほど恐ろしいものをつくりあげたか、見てみよう」司祭はアーラの顔を覆う木綿布をつまんで、持ち上げた。すると、旅人が反射的な動作でじぶんの眼をかばった——あたかもアーラの顔が破壊的な光線を発射する灯台ででもあるかのように。しかし司祭は旅人ほど機敏ではなかった。木綿布の端を持ち上げたまま、だしぬけにかれは大きく仰《の》けぞった。その勢いは、まるで見えない爆弾に顔を直撃されたかのようだった。そして床にくずおれるや、ガーランド司祭は苦悶の呻きをひと声だけ振り絞り、驚いたことにはただちにその場で息絶えた。鼻腔や大きく開いた口の端からのろのろと血液が溢れ、床に滴り落ちた。司祭の死に顔は、言わば究極の恐怖の表情のまま固く凍りついているのだった。あまりの無残さに、顔を背けずにはいられなかった。

旅人は赤ん坊を抱いていないほうの手を腰に下げた袋に入れ、中から白い果実を取り出した。おもむろにひと齧《かじ》りしてから元どおりに果実を仕舞うと、口から果実のかけらを取り出し、アーラの唇のあいだに押し込んだ。その間じゅう、旅人はアーラの顔から眼を背け、代わりにこの私の眼を覗きこんでいた。そのまなざしは、私が創りあげたのが死神そのものの顔だと口で言うのと同じくらい明確に物語っていた。

私は怯《おび》えた子供のように身を縮めていた。すると旅人はアーラの顔に再び木綿布をかけ、片手で彼女を持ち上げると、軽がると肩に担いだ。細い体軀のどこにそんな力があるのか、赤ん坊を片手で抱いてアーラを担いだ姿の旅人は、しなやかな身ごなしで窓際まで歩いていった。そして水搔きのある大きな足を持ち上げると、どこを蹴ったらいいかよく心得ている様子で、二度蹴って窓ガラスを外した。四階下の板張りの歩道にガラスが落ちて、粉々に割れ砕ける音がした。アーラと赤ん坊をしっかり抱え直すと、かれは窓敷居に上がり、窓の大きさに合わせてしゃがみこんだ。

「やめろ」何をしようとしているか悟って、私は叫んだ。

最後に旅人は私に顔を向けたが、その奇怪な顔はうっすらと微笑んでいるように思われた。

私は椅子から飛び出し、たちまち司祭の死体に蹴つまずいた。転ぶ寸前、旅人が飛び降りていく後ろ姿が見えた。地面に何かがぶつかるような音は全く聞こえなかった。ようよう立ち上がって窓際まで行き、壊れた人形のように三人が手足を広げて倒れている姿を予想しながら真下の街路を見たが、何もなかった。旅人とアーラと赤ん坊は消えていた。

私がアーラの顔に与えた何ものかがガーランド司祭を殺したという事実は、私には受け入れがたいものだった。よろめきながら私は実験台のところまで戻り、そこで吐いた。頭がぐらついて我慢できなかった。そんな状態でも、司祭の言葉の正しさは身に沁みてわかっていた。今ではもうマスターは——属領《テリトリー》の住人たちと同列であるかのように——少しもためらわず私を殺すだろう。私にとって唯一のチャンスは、町から逃げ出して周囲の森に隠れることだが、今のからだの状態を考えるととてもできることではない。何もかもがお終《しま》いだった。わずか一週間のうちに、どれほど転落したかを思うと泣きたいほどみじめだった。司祭が言ったとおり、私は自惚ればかり強い愚か者だ——怪物に仕えていながら、じぶんだけは食われる筈がないと思っていたのだから。気を取り直して、顔や手を洗いながら私が思ったのは、硫黄採掘場に送られるなら死んだほうがましだということだった。理想形態市《ウエルビルトシティ》に連れ戻されて裁判を受けるはめになったら、何としてでも自殺の方法を見つけねばなるまいと私は覚悟を決めていた。

部屋を出て、よろよろと階段を降り、ロビーに出た。壊れた吊り燭台の真下、床のちょうど真ん中にマンタキス夫婦が倒れていた。混じり合ってできた血の海に浸るようにして、夫婦は仲良く抱き合って死んでいた。どちらも二十発以上撃ち込まれたようだ。折り重なった死体の脇を通り抜ける時、じぶんでも信じがたいことだが胸が締めつけられるように痛んだ。良心の呵責だと気づいた時、さらに信じられないことには涙まで込みあげてきた。夫婦の横を走りぬけ、玄関から飛び出した時、たった今逃がれてきた光景は司祭がアーラの顔に見出したもののほんの一部であることを私は悟っていた。

外に出ると朝日と積雪の照り返しが眩《まぶ》しくて、しばらくは眼がよく見えなかった。為《な》すすべもないまま私は通りを歩いていった。頭と関節の痛みのせいで足取りが覚束《おぼつか》ず、美薬が切れたための苦痛がずっと続いていたのだが、あまりつらくて弾が当たれば楽になると思うほどだった。眼が慣れてくると、通りの至るところに死体が転がっているのがわかった。積もった雪さえ鮮血で赤く染まりつつある。聖教会のそばに軍服姿の市《シティ》の兵士たちがいた。銃声が轟き、軍服姿ではない人びとが雪に顔を突っ込むようにばたばたと倒れていく。どの建物の上部でも炎が大波のようにうねり、灰色の木材を貪り喰らっていた。銀行の破れた窓から、黒い煙が勢いよく噴き出しているところも見た。

「クレイ」聞き覚えのある声が背後で鋭く呼んだ。振り向くと、百ヤードばかり先にマスターがいた。破壊と殺戮《さつりく》の風が吹き荒れる辺境の町角で、殺伐とした現実の名のもとにありありと——毛皮のコートを羽織った今日のドラクトン・ビロウは、見間違いようもなく邪悪な歓喜の表情をその顔に漲《みなぎ》らせていた。短く持った金の引き鎖の先には人狼のグレタ・サイクスが繋がれ、ぎりぎりまで強く引っぱっている。「お前と一緒に仕事をしてきて楽しかったよ、クレイ」ビロウは片手を振り動かしながら、陽気に呼びかけてきた。その声は引っ切りなしの銃声や悲鳴にも紛れずよく通った。それからしゃがみこんで、人狼の耳に何かよからぬことを囁きかける様子だったが、グレタ・サイクスの外観がグローナス山の坑道深くで見たのと全く同じであることは遠くてもよくわかった。首輪の留め金がかちりと外される音を空耳に聞いたように思い、そしてグレタは猛然と飛び出してきた――他ならぬこの私をめがけて。

くるりと背を向けて私は逃げ出し、そのとたん銀行と劇場の間の路地から四輪馬車が飛び出してくるのを見た。前後を挟み撃ちにされたと思った私は、一瞬のうちに絶望し、グレタ・サイクスの鋭い牙と長年抑えつけられていた復讐心とに身を委ねる覚悟を決めた。

「クレイ」聞き覚えのある別の声が呼んだ。見ると、意外や馬車を御しているのはマスターの手下の豚男でなく、バタルド町長だった。馬の蹄か車輪に巻き込まれると思ったが、間一髪のところで馬車は脇に逸れて、急停止した。「乗って下さい、早く」町長が叫んだ。

咄嗟《とっさ》に反応できず、振り向くと、ちょうど残り十五ヤードの地点でグレタが地面を蹴るところだった。私の喉元めがけ、血に飢えた最後の跳躍に入る瞬間が眼に飛び込んできたのだ。馬車のドアが開いてカルーが降りたち、片手で私をつかむや馬車の方へ突き飛ばした。そして信じられないほど優雅な動きで振り向きざま、人狼の側頭部へ拳を叩き込んだ。金属製のボルトのひとつが、頭蓋の奥深くまで撃ち込まれた。グレタは私の眼のまえでショートを起こし、痙攣して、空中に激しく火花を撒き散らしながら黄色い液体を吐いた。カルーが私を引き摺って馬車に押し込んだ。馬車は弾丸の飛び交う音と人びとの悲鳴のなかを飛ぶように走った。私の頭のなかには、マスターの哄笑がいつまでも響いていた。

13．逃走、仲間たちの死

私たちは銃や弾薬、防寒用コート、毛布などを持ち出すため町長の家に立ち寄った。カルーは馬車の車輪を壊し、馬を解き放った。カルーの話では、魔物は家畜の肉が非常に好きで、家畜の臭いは魔物を磁石のように引き寄せるのだそうだ。バタルド町長はぼろぼろ泣きながら部屋から部屋へと走り回り、カーテン、本棚、寝具、家具などに片端から火をつけてまわった。

外に出た私たちは、つかのま森との境に立ち、開いたすべての窓から煙が噴き出すのを見ていた。町長は、大通りでドラクトン・ビロウの人狼がかれの妻の内臓を引きずり出し、貪《むさぼ》っているのを目撃したと私たちに告げた。

「どうして私を助けた？」涙を拭っている町長に私は尋ねた。

「閣下、いや、もうクレイと呼ばせてもらいますよ——誰がどんな人間だったかなんて、もはやどうでもいい。私だって、罪深い人間だ。みんなそうだ。私たちはこれから楽園をめざそうというのですぞ。憎しみを引きずっていてはいけない」

カルーは頷《うなず》き、大きな手を町長の背中に当てた。町長を慰めると同時に、出発をうながす仕草だった。

私たちは広大な森に入っていった。アーラの祖父ビートンが加わっていた探険隊が〈彼《か》の地〉と呼んだところだ。私は依然として美薬の禁断症状の苦痛と吐き気に苦しんでいたが、しかし足手まといにはなるまいと固く決意して走り続けた——疲れを知らないカルーから数ヤード以上は遅れないよう努めながら。背の高い裸木のあいだを抜け、凍った雪の上を走っていくことには紛れもない爽快さがあった。子供に返ったように、罪の意識が遠ざかっていく。凍死しようが魔物に引き裂かれようが、マスターの軍隊に捕えられて殺されようが、もうどうでもよかった。ウィナウに行くというのは雲をつかむような話だったが、それでも目指す場所があるからこそ逃げる気にもなるので、もしも目標がなかったら、私はきっと座ったままグレタ・サイクスが来るのを待っていたことだろう。

一時間ほど走り続けると、町長が雪の上にうずくまった。肩を上下させて荒い息をしている。町長を休ませるために、数分だけ足を止めることにした。そのまま走り続けていたら、私だってそう長くは保たなかっただろう。私たちは木立ちの多い丘の上にいた。振り返ると、アナマソビアの町の方角から煙が高く昇っていくのが見えた。これだけ離れてもまだ、黒い灰が私たちのまわりに降っていた。

つい先刻通り抜けたばかりの谷に、追跡隊がいるのが見えた。ライフル銃を持つ者もいれば、ドラクトン・ビロウの発明した特殊な火炎放射器を持つ者もいる。ビロウはやはりかれ自身の発明品である自動化された乗り物に乗っていた。ふたり乗りのそれは歯車で動き、蜘蛛の脚のように節のある八本の脚を持っており、岩も倒木も跨《また》いでどんどん進んでいく。兵士の持つ引き綱に繋がれたグレタ・サイクスが、少しでも前に出ようと逸《はや》る姿を認めたので、私は指さしてカルーにそれを教えた。グレタの回復の速さに私は驚いたが、カルーは大きな肩をすくめて唾を吐いただけだった。私たちはバタルド町長に手を貸して立ち上がらせた。

「私をここに置いていきなさい。足手まといになるのが眼に見えている」町長は顔を紅潮させて言った。洗い熊の毛皮の礼装用コートはあちこち裂けて、小枝やイガがたくさんついていた。

カルーは町長の背後に回ると、尻を蹴飛ばした。町長は飛び上がり、それからふたりはげらげら笑い出した。何が可笑しいのかわからなかったが、私も一緒になって笑った。

「わかった」町長は言った。私たちは丘の頂を越え、反対側の斜面を下りはじめた。町長が力尽きてしまうのを恐れて、走るのはやめて急ぎ足で北をめざし、〈彼《か》の地〉の懐《ふところ》深く侵入していった。森のなかを行くと、一マイルごとに文明人の眼に触れたことのない自然の驚異に遭遇したが、しかし足を止めて観察している余裕はなかった。

裸かの枝を腕のように振り回して、飛ぶ鳥を撃ち落とそうとする木があった。鳥たちは算を乱して逃げ惑い、枝の届かないところまで懸命に飛んでいくのだった。集団で移動していく草色の鹿を林の遠くに目撃したこともあったが、私たちに気づくと、群れは髪に火がついた女の悲鳴そっくりの金切り声をあげてただちに走り去った。蜻蛉《とんぼ》のように木から木へと飛び移る、翼のはえた赤くて小さい蜥蜴《とかげ》——空の非常に高いところを飛んでいるので姿は見極められないが、人間の歌声そっくりの忘れがたい声で鳴く鳥のこと——私たちはそれらについて、ひと言も話さず歩きつづけた。やがて小川のほとりにたどり着き、カルーが休憩しようと言った。私たちはすでにアナマソビアで死んでいて、死後の世界を歩いているのではないかと、町長が独りごとを洩らした。

　私はからからに乾いた喉を潤そうと、流れに身を乗り出した。魔物たちが樹上から襲いかかってきたのはその時だった。思ってもみない雪溜まりのなかからも、何匹か飛び出してきた。町長が真っ先に銃をつかみ、発砲した。弾は当たらなかったが、銃声が脅しの役目を果たした。地上の連中も頭上を飛んでいたやつらも、急いで高い木の梢に逃げた。魔物たちはこちらの様子を窺いながら、威嚇するように歯の間から鋭く息を吐き、木の枝を千切って落としてきた。

　カルーがライフル銃で狙いを定め、一匹の魔物を撃った。それは私がかつて聞いたことがないような恐ろしい悲鳴をあげ、勢いよく雪の地面に落ちてきた。その異様な悲鳴は、どういうものか私にとっての現実にいわば穴を開ける役目を果たしたようだった。魔物は派手に雪を撒き散らしながら悶え苦しみ、棘のある尻尾で裸木の幹を叩いた。私たちは急いで逃げ出し、まず私が、じぶんでも不思議に感じるほどの機敏さで小川を飛び越えた。カルーも軽く飛び越えたが、バタルド町長は土手を蹴った拍子に足首を捻り、水に落ちた。カルーと私が振り返った時には、すでに二匹の魔物が町長の腕をつかみ、樹上に連れ去ろうとするところだった。そのうちの一匹は町長の顔面いっぱいに届こうかという裂けた口を開き、覆い被さるように咬みついていた。

　カルーがすばやくライフル銃に弾を込め、肩にあてて発砲した。弾は町長をつかまえている二匹の一方の背中に当たった。殺すには至らなかったが、そいつは町長の顔から血塗れの牙を抜き、背中を丸めて悲鳴をあげた。それが手を放すと、もう一匹もじぶんだけでは町長の体重を支えきれず、ついに取り落とした。

「逃げろ」カルーが私に言った。しかし私は動かず、かれが大急ぎで次の弾込めをするところを見ていた。カルーは慎重に狙いを定めたが、魔物を狙ったのではなかった。弾は町長の額の真ん中に命中した。黒い穴からわずかな血が噴きだしたのと、魔物の鉤爪がふたたび町長の襟首をつかもうと伸びてきたのが同時だった。

カルーと私は二匹の獣のように森のなかを走った。頭上から魔物の羽搏きが聞こえてくるようで、今にも硬い鉤爪が私の頭をつかみ、卵を割るようにして握り潰すのではないかと思った。かなりの時間が経過して、もう逃げ切ったとカルーが言った時、私は初めて振り向いて何も追ってきていないことを確認した。私たちは走るのをやめ、日暮れまで黙々と歩きつづけた。

カルーは火の起こし方を知っていたが、私たちのどちらも暖を取るために危険を冒す気にはなれなかった。林のなかに格好の空き地が見つかった。頭上で木の枝が絡まりあっているので、上空から発見されて襲撃を受ける恐れはなさそうだった。見張りをするから先に寝るようにとカルーが勧め、私は町長の家から持ち出してきた毛布にくるまり、雪の上に横になった。近くに座り込んだカルーは、私たちの身を護ったライフル銃を抱いて手入れをする様子だった。荒野の音——荒野の生き物が発する不気味な求愛の叫びや、断末魔の悲鳴——それらは私を怯えさせ、同時に耐えがたい心の苦痛から気を紛らすための役に立っていたが、やがて深い眠りが訪れた。

当然のことだが、アーラの夢を見た。朝露に濡れた花のように新鮮な吐息を感じ、瞼を開けて私がそこに認めたアーラの顔は不思議な金いろの靄《もや》に包まれ、今も美しいままだった。私たちは夢の荒野にいて、丘陵の斜面から谷間を挟んだ向かいの山のごつごつした峰を見ていた。平らな頂には夜明けの雲に包まれて金いろに光り輝く美しい庭があり、アーラの顔に射す輝きはその反映なのだとわかった。

「見て」風を受けながらアーラが指さした。「あともう少しよ」

「ああ、急ごう」私は言った。

「あそこに着いたら、私、あなたを赦《ゆる》してあげられるわ」

それから私たちは子供のように手をつないで急斜面を駆け下りていき、楽園に通じる長さ一マイルもの吊橋の方へといっさんに走っていった――

不意に私は眼を覚ました。朝の眩《まぶ》しさ、いや、あたりはまだ夜で、松明の炎が私たちの潜む林を照らしているのだった。話し声が聞こえ、私は何事か確かめようとそっとからだを起こした。そのとたん、銃口が背中に押しつけられた。空き地の向こう端にカルーがいたが、猿ぐつわを噛まされて後ろ手に縛られ、首にロープを巻きつけられている。軍服姿のマスターの兵士が二人がかりでかれを連行するところだった。

「立て」背後の声が言った。言うとおりにすると、今度は両手を頭の後ろに当てるように命じられた。背中に銃を突きつけられたまま、私は松明を持ってカルーを護送する兵士たちの後ろを歩かせられた。

　夜の闇のなかを三十分ばかり歩くと、野営地に着いた。木々に取りつけられた多くの松明がその場をあかあかと照らしていた。焚きつけを山ほど積み上げた大きな焚き火の前で、手をかざすマスターの姿も見える。その近くにあるのは、生け捕りにされた魔物の檻だ。魔物は歯の隙間からしゅうしゅうと息の音をたて、興奮して吠えたり、檻に角をぶつけたりしていた。蜘蛛型の歯車自動車は、大きなテントの脇にとめてあった。野営地内には百人ばかりの兵士が犇《ひしめ》きあっており、さらに五十人ばかりの兵士が火炎放射器で武装して周囲に立ち、見張りを務めていた。

　私は引ったてられて、マスターの前に出た。ビロウは焚き火で暖を取りながら溜め息をつき、私の方はちらりと一瞥しただけだった。「クレイか？　お前には全く失望させられた。この胸はお前のために張り裂けそうだ。何か申し開きができるか？」

「殺せ」私は簡潔に言った。

「生憎だが、そうはいかない」ビロウは身にまとっているマントをさらに引き寄せ、身震いした。「まったくここの気候は、お前の将来と同じように寒々としているな！　第一級観相官クレイ、お前は市《シティ》に戻され、裁判にかけられる。この凍えそうな空気をよく覚えておくといいと思う。硫黄採掘場の灼熱地獄に行けば、気を紛らわすのに役立つだろうから」

　しばらくして、後ろ手に縛られたままのカルーにグレタ・サイクスをけしかけるという見世物が始まり、ビロウは私にその成り行きを無理やり見物させた。兵士たちはカルーとグレタを取り囲み、大男のカルーが機敏な人狼に蹴りを入れる毎に、大いに囃《はや》したてた。グレタはカルーの両脚から肉を食い千切り、大男がよろけて前のめりになると、その胸に飛びついた。金属ボルトが激しく火花を散らした。前肢による死の抱擁を与えたまま、グレタはカルーの肉を裂いてめりめりと骨を砕き、心臓に牙を突き立てた。私が眼を閉ざそうとすると、そのたびにビロウが私の頬を平手打ちし、見ることを強要した。哀れなカルーは、猿ぐつわのせいで苦痛の叫びをあげることすらできないのだ。私はかれのかわりに悲鳴をあげた。私が大声を出すたび、ビロウは私に合わせてより大きな声で叫んだ。

マスターとその一行は、私を歯車式自動車に同乗させて出発した。自動車が森を抜け、アナマソビアの町の焼け跡に差しかかった頃、東の方角から夜明けが始まった。私たちの乗り物は軍服姿の兵士たちに囲まれ、兵士たちは機械のペースに合わせて駆け足で行進していた。私たちの後を、檻を少なくとも三つは載せた荷馬車が追っていた。

「クレイ、お前の失敗は実に嘆かわしいことだ。お蔭でこの町をすっかり焼き払わなければならなくなった。グローナス山のスパイアを掘るために、新たに鉱夫を雇わなくてはならんのだぞ。裁判の時に、この冬の燃料費がかさむのはお前のせいだと証言してやろう」

私は返事をしなかった。

「これを見ろ」ビロウは片手で乗り物を操り、もう一方の手をマントのなかに入れて白い果実を取り出した。霜を吹いたような新鮮な肌に噛み跡が二箇所あったが、そのほかは無傷だった。果実が取り出されると同時に、空中に甘い香りが漂った。

「どこでこれを?」私は恐れている答を聞かされるのではないかと怯《おび》えながら尋ねた。

「町を離れる前につかまえた。女と赤ん坊と茶色いのっぽだ」

「生きているんですか?」

「ああ、全員生かしてある」ビロウは答えた。「お前が与えた結構な顔のおかげで、あの女には今や体重分の黄金の値打ちがある。顔を向けるだけで、あの女は私のよりすぐりの部下十人を倒したのだぞ。頭に袋をかぶせて、やっと捕獲した。もうひとりの奴は、女が捕まったのを見ると素直に投降した。あれはショッピングモールに展示して、ひとり二ビロウとって見せたらいいと思う」

「その果実をどうするつもりです?」

「まず、徹底的に調べさせる。毒性がないことが確認され、噂されているような効能がほんとうにあるという証拠が出れば、私自身が果実を食べる——芯だけ残してな。そしてその種を播く」マントの内側に果実をしまいこむと、かれは莨《たばこ》入れを出した。「一本どうだ」以前同じことがあったと思いながら、私は言葉に従った。

ビロウが乗り物を走らせながら操作盤のボタンを押すと、ガラスの円蓋がするすると後ろへ開いた。私たちは属領《テリトリー》の冷たくかんばしい早朝の空気のなかで莨《たばこ》を吸った。しばらくは会話を交さず、乗り物の振動に身を任せていた。ビロウは口笛を吹き、私は硫黄採掘場でじぶんを待っている運命について考えていた。ビロウはふいにまたマントに手を入れ、紙束で膨れた書類ばさみを取り出した。

「クレイ、これをお前にやろう。私からの餞別《せんべつ》だ」ビロウは私にそれを手渡した。

「何です?」

「お前にあてて書かれたものだ。ざっと眼を通させてもらったが、悪く思うなよ。笑い過ぎて腹がよじれた」

私は文書の一枚目を手に取った。アーラの流れるような美しい筆跡で書かれたその書面は、「観相官クレイ様」という名指しの呼びかけで始まっていた。アーラが祖父から聞いた探険の話を思い出して書き綴った覚書だと、すぐに気づいた。彼女はこの覚書に『この世の楽園への不思議な旅の断片』という題をつけていた。


私の裁判は一週間を要した。十四人の観相官がこの事件を担当したが、そのなかには私の教え子もいれば知己もいた。しかしかれらは、私が属領《テリトリー》での経験によって堕落したということを大衆に信じさせようとした。私の観相学は邪悪さの象徴に変化しており、従って私の人格は修復不可能なまで破壊されていると、そのように全員がこぞって証言したのだ。理想形態市《ウエルビルトシティ》の大衆は私の血を求めた。私は処刑されることになり、その方法はマスターの発明した不活性ガスを頭に注入して、葡萄の実のように破裂させるというものだった。

処刑場にドラクトン・ビロウがやってきて私の減刑処分を行なったのは、実に刑の執行寸前のことだった。私は死刑になる代わりに、国の南端にあるドラリス島の硫黄採掘場へ送られることになった。

Ⅱ

14. ドラリス島の夜と昼、双子の伍長

ドラリスに着いたのは真夜中のことで、私は頭も心も空っぽだった。国にとって、私はすでに死んだも同然の人間だった。硫黄採掘場での私の苦役は、人を痛めつけることを担当する役所が執り行なうお決まりの手続きとして単に消化されるに過ぎない。生あたたかいその夜は月も星もなく、島に近づいても外観は全くわからなかった。ただ、私と私を護送する四人の兵を乗せた渡し船が激しく上下していることから、新しい住みかを囲む海が荒れていることだけはわかった。護送兵たちは面白がって私を脅した――お前は何箇月かかけてこんがりと焼け、ある日ふいに燻《くすぶ》りはじめるだろう、それからお前のからだは分解して塩になり、島風に吹き飛ばされてしまうのだ――そのようなことを、げらげら笑いながら言うのだ。

私たちは松明がぼんやりと照らしだす石造りの船着場に入った。歓迎委員会もいなかったし、罪人を受け取る兵士もいなかった。護送兵たちは私を桟橋に立たせ、身の回り品を入れた小さな鞄を放り投げてよこした。私は後ろ手に手錠をかけられたまま、ひとり取り残された。

「じきに誰か来て、連れてってくれるさ」桟橋を離れていく船の上から、護送兵たちのひとりが言った。「お前、糞の臭いは好きか?」

「こいつなら、気に入るかもしれんな」もうひとりが言い、そしてかれらは笑いながら遠ざかって

いった。

私は石灰岩を切ってつくられた桟橋の上に立っていた。顔を撫でる潮風のなかに、もしや楽園の果実の微粒子が含まれていはしないかと私は深く息を吸いこんだ。改めて失望するまでもなく、ドラリス島はどんなわずかな希望も持てない場所だった。

理想形態市《ウェルビルトシティ》の独房で裁判を待っている間に、私は山ほど持ち合わせていた自己憐憫をすっかり使い果たした。私は泣き喚《わめ》き、独りごとを言った。私は欺かれてしまった、欺かれて無知に陥り、その結果ほかの人々をも欺いてしまったのだ、と。疲れ果てて、絶望の岸辺にいる今の私には、意志の力はかけらも残っていなかった。私はかつてのじぶんが人を貶《おとし》めるためによく口にした言葉のとおり、ただの肉塊になっていた。

十分ほど待ったが、私を連行しに来る者はなかった。逃げようかという考えが頭を掠《かす》めたが、行き場所がないことにすぐ気づいた。護送兵の話によれば、島を取り巻く海には鮫《さめ》や巨大な触手を持つ海妖《クラーケン》がうじゃうじゃいるそうだ。そしてドラリス島の無人の部分は、獰猛な野犬たちの棲みかになっているともいう。鮫やクラーケンにやられるにせよ、野犬に食われるにせよ、硫黄採掘場で働くよりはましな運命だと思われたが、すっかり無気力になっていた私は行動を起こす気になれなかった。

その時、桟橋の上を足音が近づいてきた。顔を上げると、白髪を肩まで伸ばした軍服姿の男が闇の奥から現われるところだった。左胸には勲章や徽章がぎっしり並んでいる。反射的に観相学を適用してみたくなったが、私はその衝動を抑え、かれの顔の垂れた頬、下瞼のたるみ、窪んだ眼、大酒飲みである証拠の赤い鼻などをあるがままに見てとった。男は抜き身のサーベルを右手に持っていたが、危害を加えそうな感じは全くなく、むしろひどく疲れているように見えた。

意外にもにこにこしながら男は近づいて、握手の手を差し出した。私が後ろ手に手錠をかけられていることに気づくと、「馬鹿だな、私は」かれは呟《つぶや》いてサーベルを鞘に収め、私に後ろを向くように言った。言われたとおりにすると、あっさり手錠を外してくれた。「これでよし」

その口調から、私が振り返っても咎《とが》めないだろうと思われた。向き合うと男が手を差し出し、私たちは握手を交わした。

「マターズ伍長。夜の見張りだ」

私は黙って会釈した。

「君はクレイだね？　観相学なんてものがどんなに下らないか、よくわかっただろう？」伍長は私の返事を待つ様子だったが、私はどのように答えればいいか判断しかねていた。「ドラリスへようこそ」伍長は疲れた声で笑った。「ついて来なさい」かれは再び剣を抜いて構え、私はその後について船着場を離れた。私たちは砂地の道を辿り、やがてひねこびた松林のあいだに出た。私は〈彼《か》の地〉のことをぼんやりと思い出していた。

「剣を抜いたままで悪いな」伍長は首だけ振り返って、声をかけてきた。「野犬が暗闇に潜んでいることがあるんだ。いや、心配は無用だ——私は野犬との戦いには慣れている。それにやつらは、一年のこの時期は島の反対側にいるのが普通だ」

私たちは歩きつづけた。松林を抜けると、大きな砂丘がいくつもあった。私たちはその間を縫うように歩き、そこを過ぎるとふいに眼の前が開けて白い砂浜と海が現われた。私たちはさらに一マイルほど海岸に沿って歩き、再び砂丘に入った。砂丘群の真ん中あたりに、思いがけず老朽化した大きなホテルらしい建物があった。

「ハロウ・ハウスだ」指さして伍長が言った。

私はかれの傍らに立ち、装飾的なつくりの二階建ての建物を眺めた。老朽化の程度は場所によってさまざまだった。

「ハロウの尻にかけて《いったいぜんたい》、という言い回しがあるだろう?」伍長は言った。「これはそのハロウによって建てられた。言い回しの由来は、私にも見当がつかないんだが。いずれにせよ、ハロウはずっと昔、ここにこのホテルを建てた。市《シティ》からの観光客を当てにしていたのだが、誰も来なかった。そしてある日の午後――それは午後のことであって、午前でないことだけははっきりしているのだが――ハロウは海に泳ぎ出て、それっきり戻らなかった。溺れたのか食われたのか、何かほかの事情があったのか、それは誰にもわからない」

「これが監獄なのか?」

すると伍長はどういう訳か、ホテルの建物でなくじぶんの頭を指さした。「これが監獄だ」

「私はこの建物に寝泊りするのか?」

「そうだ。もっとひどいものを予想していたんだな」と伍長。「残念ながら現在、収監者は他にはいない。もっともそのおかげで、君はどこでも好きな部屋を使える。夜明け前に――というのは、君に与えられる罰のひとつは、二度と日の目を拝めないことだからな――私の弟、つまり昼の見張りの伍長がやってきて、君を叩き起こし、地下の硫黄採掘場に連れていく。君はそこで日没まで働く。わかったな？」

私は頷《うなず》いた。

「君はサイレンシオに会うだろう。サイレンシオはホテルの管理人だ。裏のポーチに面して、いい酒の揃ったバーがある。そして実を言うと、サイレンシオはバーテンごっこをするのが好きなんだ」

「わかった。ありがとう」私は言った。

「クレイ、これだけは忘れるな。弟は私ほど甘くない。夜の見張りが眠りなら、昼の見張りは死だ」それだけ言うと、かれはにっこり笑って手を振り、砂丘の道を遠ざかっていった。

森閑とした薄暗いホテルの中を私は手探りで歩いた。メイン・バーを横切り、手摺《てすり》の古びた階段を登っていった。宿泊用の部屋があるのは二階だろうと思ったからだ。案の定、長い廊下の左右に扉が並んでいた。中ほどのドアがひとつ開いていて、そこから淡い光が廊下の床に射していた。

部屋は七号室だった。中に入ると、空気の感じから清掃されたばかりだとわかった。寝台のシーツは皺ひとつなく整えられ、カーテンもこざっぱりとして洗濯済みらしい。木の床にはわずかな砂粒のざらつきさえ感じられず、静かに燃えるガス灯があたりを照らしている。ガス灯の炎は、鍵のようなつまみを回すことによって、大きさを調節することも消してしまうこともできた。

ベッドと小机、化粧台、中くらいのクローゼット。小さな浴室はドアの代わりにカーテンで仕切られ、奥には洗面台と鏡もある。私の好みからすると鏡が大きすぎるが、壁紙は海のような落ち着いた青緑色で、眼の休まるものだった。私はベッドに横になり、長靴《ブーツ》を脱いだ。

ふたつある窓は開いたままで、レースのカーテンが風を孕《はら》んでゆっくりと膨らんだり萎《しぼ》んだりしていた。絶え間ない波の音と潮の匂いはどこにでも入り込んでくる。私のからだは潮風を吸いこんで鉛のように重くなり、ほんの一瞬だけのつもりで眼を閉じて、我が身の行く末に思いを馳せた。

数分とは寝ていないように思われたが、だしぬけに私は背中を殴られて叩き起こされた。尻を蹴飛ばされ、私は板張りの床に音をたてて転げ落ちた。あたりは真っ暗で、外のどこかで夜鳥が甲高い声で鳴いていた。

「下着だけになれ」軍務口調の声が怒鳴った。「一分以内に表に出ろ」

私は疲れきっていた上に、殴られたところが痛かったが、仕方なく立ち上がって服を脱ぎ、誰かわからないその男の後についていった。階段の最後の段で足元が狂い、私は男の背中に顔をぶつけた。すると男は振り向いて私を突き飛ばし、それだけでは足りずに手にした杖で殴った。

「俺に触るな、このくそ馬鹿」男は口汚く罵った。

男が先に通った出入り口の網戸が、私の鼻先で音を立てて閉まった。砂丘に至る小道で、私はやっと無愛想な道連れに向き合うことができた。夜明け前の寒さにからだを擦りながら、私は暗がりに眼を凝らし、昼の見張りの伍長の顔を見た。長髪の色が黒っぽいという一点を除けば、かれは夜の見張りの伍長に瓜二つだった。おまけに同じ勲章や徽章のついた同じ軍服のコートを着ている。時おり頬をひくひくと痙攣させているのがわかり、その癇《かん》走った様子には、怒りだけでなく不安も混じっているように思われた。

「そこにしゃがめ」

私は言われたとおりにした。

「砂に円を描け」

また言われたとおりにすると、伍長は私を杖で殴った。「もっと大きく」

私は大きな円を描いた。

伍長は私の前にしゃがみ、右の掌に載せた二個の骰子《さいころ》を見せた。普通とは反対に、赤地に白の点々のあるものだったと思う。それを掌に包み込み、じぶんの口元に運んで息を吹きかけると、伍長は慣れた手つきで揺すりたててから円のなかへと投げ込んだ。四と三を示す白い点が暗闇に浮き上がった。

「七ポンドだ!」満足げに叫ぶと、伍長は地面の骰子をさっと掬《すく》い取った。「今日のノルマは七ポンドだぞ」

私たちは立ち上がった。

「両手を頭にあてて、前に進め」伍長は私の背後に回って声をかけた。言われたとおりに歩き出してすぐ、私は背中にかれの剣先が触れているのを感じた。

ゆうべとは別の道をとって、砂丘のあいだを歩いていった。手足を蚊に刺されながら半マイルほど歩くと、私たちは硫黄採掘場の入り口に来ていた。

板張りされたシャフトから胸の悪くなるような黄色い光が洩れているので、ガスが出ているのがわかる。私はその臭いに吐きそうになった。耐えがたい腐敗臭だった。

「深く吸い込め」昼の見張りの伍長が喚《わめ》いた。「何週間か経てば、貴様自身がこの臭いそのものになるんだ。今から鶴嘴《つるはし》とシャベルを支給してやる。それから採取した硫黄を入れて運ぶ袋と、水をひと壜。この水はひどく臭うが、文句は言わせん。それに湿気たクレマット丸煎餅もくれてやる」伍長は暗がりの中に入っていき、すぐに今言った品々を持って戻ってきた。

私はシャベルと鶴嘴を肩に担ぎ、もう一方の手に壜の紐をかけ、食べ物の入った茶色い包みを持って、伍長に言われた内容を理解していることを示した。

「俺の囚人たちが知っておかねばならんことがいくつかある」伍長は苛々と私の前を行ったり来たりしながら言うのだった。

ふたりのマターーズ伍長がほんとうに双子の兄弟なのか、それとも性格の歪んだひとりの男が鬘《かつら》を取り替えているだけなのか、私はどちらとも判断しかねていた。ふたりの顔はあまりにも酷似しており、どうにも居心地悪い思いを掻きたてられるのだった。

「昼の見張りの伍長、マターーズ様のお言葉、そのいち!」伍長は高らかに宣言した。「鉱夫はそれぞれじぶんの穴を掘らねばならない。つまり、まだ誰も掘っていない岩壁に専用の坑道を掘るということだ。そしてここに来て半年経ったら、穴の入り口の上にじぶんの名前を彫ること。貴様の死骸は――それがどういう状態になっているかは別として――そのなかに葬られる。それが貴様の結末だ。貴様は、貴様自身の坑道なのだ。理解したか?」

私は機械的に頷いた。

「マターズ様のお言葉、その二！　坑内は頭のなかだ《ザ・マイン・イズ・ザ・マインド》」そう言うと、伍長は杖を突き出して私の肩をぴしりと叩いた。「復唱しろ」かれは怒鳴った。「復唱だよ、このくそ馬鹿野郎」

「坑内は頭のなかだ《ザ・マイン・イズ・ザ・マインド》」囁きに近い声しか出なかった。

「もう一度」伍長に怒鳴られて、私は繰り返した。

すると、伍長は私の鼻先から一インチと離れていないところにぬっと顔を寄せ、酒臭い息を私に吐きかけた。「坑内はすなわち俺の頭のなかでもある。貴様が働いている間、貴様は俺の頭のなかにいる。貴様は俺の脳に坑道を掘っているんだ。だから、俺には貴様がいつも見えている。貴様が掘り進んでいる間じゅう、俺の頭は貴様を少しずつ殺していく。気合を入れて掘れよ。闘志というものの何たるかを教えてやる」

私はまた頷いた。そして次の要求事項を待ったが、伍長は杖と剣を振りかざし、歯を剝いて私を脅すのだった。「とっとと仕事にかかれ、ノルマは七ポンドだからな。わずかでも欠けたら、貴様を干潟のクラーケンに食わせてやる」

私は踵《きびす》を返して逃げ出したが、すでに杖であちこち殴られていた。シャベルと鶴嘴、臭い水の壜とクレマット丸煎餅を持って、私は胸の悪くなるような黄色いガスのなかに入っていった。硫黄の臭いで気絶するかと思ったが、伍長が追ってこないのがわかったので、身をかがめて頭と眼がはっきりするのを待った。

「硫黄七ポンドか」呆然としながら私が考えたのは、何よりまずそのことだった。「硫黄七ポンドとは、一体どれくらいの量なんだ？」

15. 悔恨、管理人サイレンシオ

私が入っていった洞窟は、おそらく硫黄と混じりあった燐を含む発光性の物質のせいで、周囲の岩壁全体がぼんやり光っていた。靄《もや》のような光のなかで眼を凝らすと、十フィートばかり前方に木造の橋があった。その橋は小さな谷の上にかかっていて、向こう側には坑道の入り口がある。肩に担いだ道具でバランスを取りながら、私は橋を渡りはじめた。一歩足を踏み出すごとに橋が揺れたが、なんとか渡り終えた。その間じゅう、向こう側に尖った爪のガーランド司祭が待っているのではないかという気がしてならなかった。

私の足が止まった。悪臭に吐き気がこみあげ、からだが震えた。悪臭は常に存在しているが、たまに臭いに対する意識が希薄になる時があるようだ。すると、たちまち悪臭は波のように押しよせて私を襲う。この臭気がどのようなものか知りたければ、ウィルス性の熱で炙《あぶ》られた糞尿に顔を突っ込むことを想像してみればいい。坑道のなかは狭苦しくて暗く、とぐろを巻いた蛇のように内側に向けて螺旋状に下降しているように思われた。鶴嘴が何度も坑道の天井にぶつかり、裸足の足は地熱のせいで焼けるように熱かった。このままでは気が変になってしまうと思ったころ、ようやく前方に光が見え、私は足を速めた。

やがて地下の大きな空洞に出た。理想形態市《ウェルビルトシティ》の観相アカデミーの建物がすっぽり入るくらいの空洞だった。足元には巨大な穴があって、私は細心の注意を払って縁に立ち、なかを覗きこんだ。反対側の縁がよく見えないくらい大きな穴だ。穴全体が鈍い黄色の光の靄《もや》に包まれている。穴の内壁を螺旋状に下降していく道があるのが辛うじて見分けられた。その道に沿って、点々とガスが立ち昇っている箇所がある。よくは見えないが、壁に穴があけられて坑道への入り口になっているらしい。フロック教授や、へぼ詩人バーロウなどが穿《うが》ったものだろう。採掘場全体の大きさから見ると、それらの穴は蟻の掘ったトンネルのように思われた。

私は危なっかしい螺旋通路を降りていった。一歩ごとに熱さも悪臭もひどくなっていく。そろそろと足を進めながら、多くの人間が躓《つまず》いて下に落ちていったのではないか、いやおそらくもっと多くの人が自ら身を投げたに違いないと私は思いを巡らした。通路が非常に狭いので、早めにじぶんの坑道を掘る場所を見つけるのが得策だと思われた。

まだ手をつけられていない壁を探して下りつづけ、求めていたものが見つかった頃には私は汗びっしょりになり、はあはあ喘《あえ》いでいた。眼はガスにやられてきりきりと痛み、おまけに霞んでいた。通路の壁寄りの方に道具を投げ出し、上にクレマット丸煎餅の包みを置いた。そして水の壜を手に座りこむと、あまりの情けなさに私は思わず泣き出した。涙が眼を洗ったので少し楽になり、水をひと口飲んだ。確かに臭かったが、一度に飲み尽くしたい衝動を抑えるには強い意志が必要だった。

もうひと口飲んだあと、頭を壁にもたせかけると、右手にある坑道の入り口に彫られた名が眼に入った。黄色く輝く硫黄に深く彫りこまれた文字は——ＦＥＮＴＯＮ——だった。最初はぴんとこなかったが、その時、硫黄採掘場がその悪臭をひとまとめにして私に叩きつけてきた。

強烈な眩暈《めまい》のなかで、私は「凶悪犯フェントン」のことを思い出していた。フェントンをここに送りこんだのは私の観相能力であり、罪名は理想形態市《ウェルビルトシティ》に対する反逆心といったことだったと思う。かれはグルリッグ事件の一斉検挙の折りに捕えられた。共謀者のほとんどは頭部を破裂させられたが、かれらのほうが幸運だったことが今の私にはよくわかる。

私は立ち上がり、フェントンの坑道に入ってみた。内部の光は弱かったが、それでもいちばん奥に胡座《あぐら》をかいて座った姿の骸骨があるのがわかった。かつて膝だったところに、鶴嘴が横に渡して置かれている。かれの裁判の最中に、フェントンの妻と息子が声高に国を批判した時のことを私は思い出していた。ある日私が法廷に出るとフェントンの妻子の姿はなく、ふたりはそれきり戻ってこなかった。後になって、美薬による恍惚感のために抑制をなくしたマスター・ビロウが私に打ち明けたところによれば、経済企画大臣グルリッグの首を斬って殺害したのは何とマスター自身であり、そしてまたフェントン家を――本人の表現を借りると――「永久的に構造改革した」のもやはりビロウだった。すべてを私が知ったのはその時のことだった。ビロウは私への個人的好意のために、裁判がスムーズに進むよう配慮したのだと言ってのけたのだったが。

低い天井の出っ張りを避けつつ、この気の毒な男の骸骨が潜在的な危険を孕《はら》んでいるかのように私はおそるおそる前へと進んだ。それから骸骨の上に身をかがめ、気づくと無意識に口走っていた。「申し訳ない。申し訳ない」――私のおののく手は、わが犠牲者の骨の一部に触れた。その部分から骨はさらさらした塩粒の流れとなって崩れだし、音をたてて地面へと落ちた。私は一歩退いて、じぶんが始動させたプロセスがまるで伝染病のように肋骨から背骨の下へと広がっていくのを眺めていた。フェントンの骸骨は徐々にかたちを無くして崩れていき、最後に頭蓋骨が地面に落ちると、一瞬だけほの明るい原子のシャワーとなってから消え去った。後に残ったのは、小さな塩の山のみだった。

ここにいれば外の悪臭からは逃れられるが、フェントンの坑道に留まることはできかねた。私は通路に戻り、じぶんの場所と決めた壁に向かって鶴嘴を持ち上げた。以前にも増してしっかりと握ることが必要だった、というのは全身から噴き出す大量の汗で、柄の部分が魚のようにぬるぬるしていたからだ。自己嫌悪を込めて、私は担いだ鶴嘴を力任せに振り下ろした。

約二十分間狂ったように働くと、削ったばかりのごつごつした岩肌に向けて、私はふらりと倒れかかった。じぶんが息をしていないことに気づいて、さすがに動揺したが、鶴嘴はすでに手を離れて地面に落ちていた。眼は燃え殻と化したかのように何物をも映さず、頭は白熱する痛みの塊だった。からだが岩壁を擦りながら倒れていき、ぎざぎざの岩が手や顔に傷をつけるのが感じられた。

不運なことに、私はしばらくして意識を取り戻した。呼吸はいくらか楽になっていた。食べ物と水を置いたところまで這っていくと、クレマット煎餅の袋は岩壁から落ちた硫黄の下敷きになって平たく潰れていた。丸煎餅というのは適切な呼び名ではないに違いない――紙袋を破ってみると、かたちらしいものはそもそも存在しなかったようで、ただ茶色のクレマットが紙にこびりついているだけだったからだ。私はそれを意地汚く齧《かじ》って舌で舐《な》めとり、水で喉に流しこんだ。

それが済むと私は紙を丸め、通路の縁から穴のなかへ放り投げた。昇ってくる蒸気のせいで紙の玉は私の眼の前にふらふらとしばらく浮かんでいたが、結局は上昇気流の力が勝ったのか、やがてどこか見えないところへ飛ばされていった。この現象は何かを象徴しているように私には思われた。坑内がマターズ伍長の頭のなかだというなら、伍長の頭は臭くて熱い穴だらけの採掘場で、砕けやすい骸骨を擁していることになる。私はこの比喩に意地の悪いユーモアを感じたが、ふたたび黄色い壁を掘り始めると、かれの言葉がいかに正確であるか身に沁みて理解されてきた。

昼の時間は永遠に続くように思われ、私はさらに二回気を失った。そして一度は、血液がほんとうに沸騰していると思った。脳内で何かがじゅうじゅう焼ける音がずっと聞こえていた。それに加えて、クレマットを食べてまもなく、魔物が爪を立てているような痛みが胃を襲っていた。持続する激しい痛みは片時も止むことがなかった。こうした各種の責め苦に加えて、岩壁で擦れてできた傷に有毒ガスや汗の塩分が沁みて、ずきずき疼《うず》いた。

ついに――天国からの声のように――私の名を呼ぶ声が降ってきた。「日没だ。日没だぞ」はるか高みで伍長が呼ばわっていた。私は支給されていたズック地の袋に集めた硫黄の塊を入れ、背中に負った。反対側の肩にはシャベルと鶴嘴を担ぎ、水壜の紐は歯で咥《くわ》えることにした。帰路の登攀は困難をきわめ、腕と背は荷物の重さに耐えかねて痛み、脚は疲れのためにがくがく震えた。何度も息を整えなくてはならなかったが、何とか外気のなかへ出ることができた。

外界はすでにとっぷりと暮れて、日没の名残もなかった。しかし夜風が運んでくる清冽な海の香りがひときわ強く感じられ、美薬の小壜十本分よりもこの空気ひと口分のほうがよほど価値があると私は思った。伍長は地面の穴に松明を立て、錘《おもり》の石で発条《ばね》を加減するようになっている古めかしい秤で硫黄を量った。私が七ポンドではなく十ポンド取ってきたことを知ると、伍長は私を杖で殴りつけた。

『七ポンド』が『十ポンド』に聞こえるか?」伍長は怒鳴った。

「いいえ」

「ここに観相官が来るのは貴様が初めてではない。フロック教授とかいう奴を覚えている。散々痛めつけてやったが、実に面白かったぞ。ある日、思い切り殴ったら奴の眼が見えなくなった。蝿《はえ》から羽をもぎとるようなものだったな、あの時の有りさまは。そしてとうとう奴がくたばった時、俺は記念にこいつをいただいた」

伍長は杖を差し出し、今まで見えていなかった握りの部分を私に見せた——猿の頭部をかたどった象牙の握りだった。「いつか、夜になってもハロウの尻が貴様を吐き出さない日がやって来る。そうしたら俺は下に降りていって、貴様を見つける訳だ。苦悶のポーズで、肉の焼ける臭いに包まれている貴様をな」伍長は言葉を続けた。「今日のところはこれで放免してやる。明日の夜明け前、また迎えに来るからな」

伍長は松明を持ち、採掘場の前に私を残して行ってしまった。中天には月が明るく輝き、星も多く数えられた。重度の日焼けにやられたようにからだ全体がひりひり痛み、いつしか冷たい夜風に私は身を震わせていた。新鮮な空気が豊富にありすぎて、眩暈《めまい》がした。よろめきながら砂丘の間を通るくねくねした道を辿ったが、ホテルを見つけるまでに長時間かかった。

私の部屋には灯りがともっていた。誰かが私のためにベッドを整え、浴槽にぬるま湯を張ってくれていたのだ。湯に浸かりたい気持ちと、眠ってしまいたい気持ちの間で揺れ動いたが、結局入浴することにした。私は下着を着けたまま浴槽に身を横たえた。芳香剤入りの温かい湯が疲れを溶かしてくれるのを感じるうちに、眠りこんだらしい。やがて階下から微かな音が聞こえたような気がして、私は眼を覚ました。眠り直してアーラの夢の続きを見ようとしたが、蚊の羽音のように執拗な音はいっかな頭から離れようとしない。諦めて耳を澄ますと、誰かがピアノを弾いているのだとわかった。

ズボンだけを身につけて、私は裸足で階段を降りていった。ピアノの音を頼りにメイン・バーを横切り、食堂を通って、建物の裏の方に歩いていった。暗い廊下に椅子が並んでいるのに気づかず、爪先をぶつけた。声は出さなかったが、その椅子が別の椅子にぶつかってさらに大きく音をたて、音楽はぱったりとやんだ。

食堂の奥のドアをあけ、網戸のある広いポーチに出た。ふたたび海の波音が聞こえ、微風が肌を撫でるのを感じた。網戸越しに見る砂丘は月光に照らされて、不思議な生き物のようだった。小型の黒いピアノは玩具のピアノとあまり違わない大きさで、ポーチの向こう端には磨き上げられた木造りのバーカウンターがある。酒瓶が並ぶ棚があり、奥は鏡張りだ。暗がりを透かして見ると、誰かがカウンターの後ろに坐っているように思われた。

今晩は、と私は呼びかけた。

黒い人影は片手を上げて応えた。私がカウンターに近づくと、ふいに燐寸《マッチ》の火が勢いよく燃え上がった。人影が蠟燭に火を移し、椅子に坐ろうとしているところだった。

「サイレンシオだね？」私は尋ねた。

相手は頷《うなず》き、私はその顔を蠟燭の火明かりのなかでじっくりと観察した。管理人のサイレンシオはほっそりとして、皺だらけの顔に長い顎鬚をたくわえた小柄な老人に見えた。私はかれの背後で何かが動いているのに気を取られたが、ふいにじぶんの見ているものが長い尻尾であることがわかり、思わずはっとした。サイレンシオは人間でなく、猿なのだ。

私が気づいたことを、サイレンシオは眼の表情から読みとったようだった。かれはカウンターの下に手を伸ばし、ひと罎の〈甘き薔薇の耳《ローズ・イアー・スイート》〉を取り出した。私が政治的な催しや社交の集まりでいつも飲んでいたカクテルだ。サイレンシオはもう一方の手でグラスを取り、罎のコルク栓を歯で挟んで引き抜いた。咥えたコルクの周りに笑みを広げながら、サイレンシオは私のために酒をダブルで注いだ。

「サイレンシオ」私が声をかけると、かれは黙って頷いた。

私たちは長い間、見つめあっていた。もしかしたら私は今日、硫黄採掘場で死んだのかもしれない。これはきっと死後の世界だ——昼間は硫黄を掘って、夜は猿の相手をする。それが永遠に続くのだ——私はそう思った。すると、サイレンシオもまた深く頷くのだった。同じことを考えているかのように。

「私はクレイだ」

サイレンシオは拍手をするように両手を二度打ち合わせた。揶揄《からか》っているのか、私の言葉を理解していると言いたいのかわからなかったが、そんなことはどうでもいいと気づいて、私はグラスを手に取った。ゆったりと椅子に座ってひと口飲むと、サイレンシオは私が腰を据える気になったことを喜ぶ様子だった。

「美味《うま》いよ」

私が言うと、サイレンシオは急に椅子から飛び降り、バーカウンターの端の戸口から出ていった。数分後、かれは料理を載せたトレイを持って戻ってきた。パイナップルのスライスをまぶした豚の脛《すね》肉が主献立のディナーで、バターつきパンともう一皿、大蒜《にんにく》風味の馬鈴薯料理がついていた。

じぶんがどれほど空腹だったか初めて気づいて、私が動物のようにがつがつと食べていると、サイレンシオは椅子から降り、カウンターの横を通ってピアノの前に坐った。パイナップルと音楽の組み合わせは楽園を連想させるものだった。私は〈甘き薔薇の耳《ローズ・イアー・スイート》〉をどんどん飲み、馬鈴薯を喉に流し込んだ。私を迎え入れるために金色の門が開くのが見えた。

昼の見張りのマターーズ伍長が私を連れに来た時、私はまだバーにいた。伍長に叩きのめされたが、私はひどく酔っぱらっていたので何も感じなかった。砂の上に指で輪を描いたあと、ふたつの骰子《さいころ》が示した数字はいずれも六だった。私の耳には伍長の笑い声が一日じゅう聞こえていた。伍長の笑い声は採掘場の螺旋状の通路を伝い降りて、鶴嘴を振るっている私のところまで降りてきた。私が気を失って、涼しげな救済の夢の奥深くに入り込んでいた時さえ、伍長の笑いはそこにあった。それは今にも孵化しそうな卵のなかの蟋蟀《こおろぎ》のようだった。

16 流刑者たちの坑道

ドラリスの昼は無限に続くように思われ、肉体的苦痛に満ちていた。夜は今にも消えそうな蠟燭の炎——絶え間ない海のつぶやきと、時おり聞こえる野犬の吠え声が際立たせる暗い孤独のひとときだった。月光に照らしだされる痛みは、時にはあからさまに、時には象徴的に私の罪悪感が表現される夢のなかから、泡のように生まれ出る心の苦悩に等しかった。昼の見張りの伍長に叩き起こされる時、アナマソビアで私がしたことにまつわる記憶から助け出してくれたことに感謝したくなることもしばしばだった。

ドラリスにおいて変化していると思われるものは私自身だけだった。数週間のうちに、私は採掘場の労働によって以前より肉体的に逞《たくま》しくなっていた。叩きのめされたり、ひどい火傷を負ったり、煙で頭がおかしくなったりして採掘場から戻ってくると、サイレンシオが魔法使いのように癒してくれた。かれは水に漬けた大きな緑色の葉を肌に貼って火照《ほて》りを冷《さ》ましてくれたし、体力を増し頭を明晰にする煎じ茶を用意してくれた。伍長の杖に殴られて皮膚が破れると、甲に毛の生えた手でそっと軟膏をつけてくれたりもした。だが、サイレンシオが懸命に手当てしてくれ、私の筋肉が岩のように固くなってきているにもかかわらず、じぶんがからだの内側で死にかけているのを私は感じていた。そして、しつこくつきまとう記憶から解放されて何もかも忘れてしまう時が来るのを、昼も夜も待ち望んでいた。

最初に痛い目を見て懲りたので、バーに下りていくのは控えていた。疲れ果ててホテルに戻ると、真っ直ぐじぶんの部屋に行ってずっとそこにいた。サイレンシオは私のために夕食のトレイを運んできてくれた。サイレンシオがどういう種類の猿なのか知らないが、非常に賢いことは間違いなかった。そのうえ見た目もよかった。からだの大部分は場所によって色合いの違う艶やかな茶色の毛で覆われ、胸は白く、その白い部分の半ばまで黒く長い顎鬚が垂れている。サイレンシオはもう一本の手のように巧みに尻尾を使った。からだつきはほっそりしているが、筋肉が発達していて力も強かった。サイレンシオは私の言葉のニュアンスの細かいところまで理解していたと、私は確信を持って言うことができる。

私が食事を終えたあとも、サイレンシオが化粧台の上に座って、毛繕いをしつつ取ったダニを歯で潰《つぶ》していることがあった。私はベッドに横たわり、じぶんはかつてひどく傲慢な人間であって、そのためにここに送りこまれることになったのだとありのままを物語った。話が聞くに耐えない部分にさしかかると、サイレンシオは首を振ったり、小さな鳴き声をたてたりした。だが、決して私を見下すような態度はとらなかった。私がアーラの物語を、つまり私がアーラに何をしたかを語った時、サイレンシオは拳を眼にあてて涙を拭う様子だった。

ある日、伍長の振ったふたつの骰子がどちらも一の目を出した。採掘場に降りても、私にはじぶんの自由になる時間がたくさんあった。そこで私の前にここに来た人びとの坑道を探険してみることにした。坑道に掘られた名前のなかには、『理想形態市新聞《ウェルビルトシティ》』で読んだか私自身が告発に加わったかして、聞き覚えや見覚えのあるものも多かった。ほとんどは政治犯だった。強盗、強姦、殺人などの罪を犯した者は、電気椅子にかけられたり、射殺されたり、頭を破裂させられたりして即座に処刑されるのが普通だ。ドラリスに送り込まれたのは皆、何らかの意味でマスターの権威や考え方に異議を申し立てた人びとだった。つまり口頭や書き物によって、理想形態市《ウェルビルトシティ》の厳しい社会管理を非難したり、観相学の有効性に疑いを差し挟んだり、ドラクトン・ビロウの精神状態を疑問視したりした人びとだ。

私は坑道の入り口に彫られた名前のなかに、ラスカ、バーロウ、セリアンの名を見つけた。かれらはいずれも異常な思考に惑わされていた。市《シティ》の限界を見たと思い、社会を統制するのに残虐さと恐怖を必要としない場所がある筈だと考えたのだ。ラトロビア村など、市《シティ》を囲む壁の周りの村の貧民に食物を与えるべきだというセリアンの計画を、マスターが嘲笑したことがある。マスターは私に言った――「ただの不満分子だ、あれは。飢餓が不要人口を減らす有効手段だということが、馬鹿にはわからんのだ」そして私は何をしただろうか？　私はセリアンに観相を施し、国にとっての危険人物だという判断を下した。問題にしたのがかれの顎だったか、鼻梁《びりょう》だったかは思い出せない。どちらでもよかったのだ。今、かれの顎と鼻梁は他の部分とともに塩の山になり、私の前にある。がらんとした坑内の黄色い光は薄暗くて、うっかりしていると塩の山に気づかないくらいだった。

医師バーロウの坑道は文字だらけだった。どんな道具を使ったのかわからないが、バーロウは硫黄の壁に詩を彫りこんでいた。残念ながらかれはこの地での苦しみを経てもなお、詩人として少しもましにならなかったようだ。「亡霊」と「用例」、「希望」と「脂肪」などという実に下らない韻がたくさん散らばっていた。むやみに調子はいいが、イメージは貧困であり、「愛」や「愛しい」といった言葉が頻出する始末だ。採掘場の熱気と悪臭のなかで私は考えた――こんな詩は取るに足りないものではないか。それとも、バーロウが文字通り命を燃やした情熱について、何か私が見落としていることがあるのだろうか。マスターにとって、バーロウがいかなる意味で危険だったのか、私には遂にわからなかった。

次々と坑道を探険して死者の遺骸を確かめたことで、蓄えておけた筈の多くのエネルギーを使ったが、この調査には私の心を惹きつけるものがあった。この日、採掘場を下から上へと吹き抜ける熱風はいつもの倍くらい熱かったが、私は坑道を調べ続けた。眼球から湧き出る熱い汗をぬぐい、私は霞んだ光景に眼を凝らした。まるでこれらの人びとを直接訪問していているかのよう、私もかれらのひとりであるかのようだった。ここに私の同胞がいる――そう思うと、わずかに心が慰められた。私は坑道を探険しながら降りていった。じぶんの坑道の入り口を通り過ぎ、しばらくしてフロックの名を見つけた。

この日、私が訪れた永久《とわ》の棲みかの中で、もっとも感銘を受けたのは恩師フロック教授のものだった。すべてが厭《いと》わしい硫黄から切り出されたものであることを忘れることができたら、そして悪臭を無視することができたなら、教授の坑道を美しいと表現しても差し支えはなかっただろう。教授には芸術的な才能があったようだ。空洞全体がひとつの庭園に設《しつら》えられていて、草花や茂みや木が岩壁に浮き彫りにされていた。巻き髭や蔓、葉やつぼみが繊細に表現され、細かいところまで丁寧でバランスもいい。長い坑道の行き止まりには小さなベンチが置かれていた。硫黄の大きな塊を削って造ったものらしく、ただそれは見事な出来の庭園のほうではなくて、奥の岩壁に対面するように位置していた。

私はベンチに座り、眼のまえの黄色い壁に三つの実物大の顔が浮き彫りにされているのを見つめた。それらは紛れもなく、教授を迫害した人間たちの顔だった。ひとりはマスター・ビロウ――神業と言っていいほどそっくりだ。美薬を注射したばかりのビロウを表現しているのか、白目を剝いて狂気じみた顔つきをしており、怪しげな微笑を口元に刻んでいる。その次は昼の見張りのマターズ伍長。憎々しげな眼の下が袋のように弛《たる》み、こけた頬が不機嫌そうだ。私は最後のひとつに眼をやった。よく知っている顔だということはわかっているのに――誰なのか思い出せない。その顔にはひたすら卑しげな悪意が凝《こご》っていた。マスターの狂気の一部がそこに反映しているようでもあった。

どこでその顔を見たのか思い出せないまま、私は三つの邪悪な顔ひとつひとつの下に同じ文字が彫られていることに気づいた。後から付け足したのか、そこには「赦《ユル》ス」という言葉が――、私は鶴嘴を持つと、力まかせに振り下ろして最後の顔を叩き壊した。地面に落ちた塊をさらに粉々に打ち砕き、小さな黄色いかけらになると全部を掻き集めて袋に入れた。「今日の二ポンドだ」私は伍長の残忍そうな顔に向かって言った。

その夜、入浴を済ませたあと、私はベッドに横たわって虚空を見つめていた。他人の坑道を覗くべきではなかった。死者たちをそっとしておくべきだったのだ。流刑者たちの坑道で見たもののせいで、私にわずかばかり残っていた生きる意志はすっかり消失していた。後はどうやって命の終わりを早めるかということだけだった。――採掘場の大穴に飛びこもう、私はそのように思いめぐらした。優雅なフォームで飛び込んで、まばゆく輝く黄色い炎熱の中心に向かって落下しつづけるのだ。私のからだは途中で細かい粒子に分解されてしまうだろう。それとも、今は亡きこの館の主人ハロウを真似て海に泳ぎ出そうか。

「クラーケンを見たことがあるか?」私は心配そうな顔つきで化粧台に座っているサイレンシオに話しかけた。その夜、サイレンシオはじぶんの持ってきた夕食を食べてくれるようにと、眼つきや手まねでずっと私に懇願しつづけていた。

サイレンシオは毛の間から虱《しらみ》の卵を取り、もう一方の手でそれを弄《いじ》ってから口に入れた。

私は何とはなしにがっかりして、視線を落とした。サイレンシオが化粧台から飛び降りる音が聞こえ、そのまま部屋を出ていくのかと思ったが、クローゼットに入っていく気配がした。すぐにサイレンシオはベッドの上に現われ、私が島に来る時に持ってきた旅行鞄を示した。留め金を外してなかに手を入れる様子を私は無関心に眺めていたが、やがてサイレンシオが取り出したのは紐をかけた青い紙包みだった。最初、それが何なのか私は思い出せなかった。するとサイレンシオは鞄を床に蹴り落とし、包みを両手で持って私に投げてよこした。それからさっさと旅行鞄をクローゼットに戻し、あっという間に姿を消した。

私はベッドに横たわったまま、その包みがクラーケンの触手であるかのように不安と驚きの入り混じった気持で見つめていた。おそるおそる手に取って包み紙の一部を破ると、二種類の香りのまじりあったものが微かに匂いたった。ひとつは紙とインクの匂い、もうひとつは明らかにアーラ・ビートンの――懐かしい――香水の香りだった。アーラが祖父の旅の物語を思い出して書いた覚書だ。私は紐の結び目を苦労して解き、幾重もの包装紙を取り除いた。そうするうちに、本土からの旅のあいだに損傷を受けることがないよう、じぶんの手でこのような梱包をしたことを思い出した。以前には、この文書を見ると必ずどうしようもなくからだが震え出したものだった。裁判が長引いて拘置所に囚われている間じゅう、私はこの文書をベッドから一番離れた片隅に置いていた。そしてうっかり視線を向けてしまうと、幽霊でも見たかのように急いで眼を逸らしたものだ。だが今はもう、避けたい気持ちはない。私は分厚い文書を手に取って、以前にいちどだけ眼にした冒頭部の書き出しを再び見出していた。――「クレイ観相官様」

優しげなピアノの音が裏手のポーチから湧き出し、海からの微風がカーテンを持ち上げていた。私は『この世の楽園への不思議な旅の断片』を読み始めた。

「クレイ観相官様

数日前、あなたの要請により私は亡き祖父ハラッド・ビートンの観相学的特徴を詳しく調べ、祖父の個人的価値及びはるか昔に参加した探険について祖父が打ち明けようとしていたかもしれない秘密を探ろうとしました。スパイア石となった祖父の顔を観相して判明したことは、祖父がごく凡庸な人物で、観相学上の指数はかなり低いということだけでした。けれども興味深いことに、固くなった祖父の額を撫でているうちに、私は子供のころ祖父から聞いたあの旅の話を少しずつ思い出したのです。あなたのお役に立つかも知れないと思い、それを文章として記録し始めました。

書き出すと、もう止まりませんでした。記憶は白昼夢に変わっていきました。それらを記録している間、私は神秘家たちの言う自動書記の状態になっていたのだと思います。私は手もとを見る必要すらなく、驚くほど速く書くことができました。まるで私の手に誰かが眼に見えない手を添えて、助けてくれているかのようでした。私は旅の全体を自分で体験したわけではありませんが、かなりの部分を体験しました。おそらく将来も埋まることがないだろう空白部分はあります。でも旅が私のもとに立ち現われる時には、まるで私が実際に坑夫たちとともにいて、目撃者としてかれらの冒険に立ち会っているかのようでした」

アーラの筆跡を見ていると、彼女のほっそりした手が紙の上を動いているのが感じられるような気がした。ライラックとレモンのトーンが微かに感じられる彼女の残り香を吸い込むと、まるでアーラが私とともにベッドに横たわっているかのようだった。私は気持ちが寛《くつろ》ぐのを感じ、読み進むうちに一日の疲れが出てきた。アーラが最初に記しているのは〈彼《か》の地〉の情景だった。町長とカルーと私が入っていったあの忘れがたい森を、さらに奥へ奥へと進んでいった鉱夫たちが眼にしたもの、人の手に損なわれていない自然の美しさと奇妙な動植物の様子がそこには詳しく描写されていた。鉱夫たちが蠟燭のカンテラのついたヘルメットをかぶり、鶴嘴を肩にかつぎ、冗談を飛ばしたり笑ったりしながら一列に並んで歩いていく姿が私の心の眼に映った。そのうちの何人かの名がはっきりと私の耳元を掠めた。一群の白子《アルビノ》の鹿が林の空き地になだれこみ、すぐまた樹々のあいだを縫って駆け去る時の蹄《ひづめ》の響き、枝が擦られる音、踏みしだかれた小枝の先が折れる音さえ聞こえた。空には昼の白い月が出ていて、ハラッド・ビートンは遠く残してきた我が家を恋しがっていた。

はっと我に返ると、私は昼の見張りの伍長が振り下ろす杖のもとで、這いずりながら苦悶していた。しかし私の頭は〈彼《か》の地〉のことで一杯で、伍長に罵られようが殴られようが、砂丘のあいだの道を進んでいてさえ、梢が見えないほど巨大な北方杉《シーダー》や緑濃い下生えの情景が私の頭から消えることはなかった。採掘場に入る前に、私は今日の賽《さい》の目が何と出たのか忘れて、訊き直す始末だった。

「十ポンドだよ、低能めが、この役立たず」伍長は喚き散らした。「六と四で十だ」伍長は改めて私を叩きのめすつもりだったようだが、すでに夜が白み始めていたので、急いで私を採掘場に押し込んだ。「お前は今日、死ぬかもしれんな」坑道に入っていく私の背中に向けて、伍長は厭味たっぷりに叫んだ。

私はじぶんがまさに死ぬつもりだったことを思い出した。しかしどうやら、自ら命を断とうという気持ちは薄れたようだった。汗にまみれ、荒い息をして坑道の岩を削りながら、少なくともアーラの手記を読み終えるまでは生きていなくてはならない、そう思った。その日、私は熱心に働いた。フロック教授の坑道には架空の庭園が広がっていたが、私の頭のなかにはほんものの荒野があった。私は硫黄を掘りながら、ビートンは果たして楽園に到達したのだろうかと考えた。この考えは鶴嘴をふるうたびに飛び散る硫黄のかけらのようにささやかなものだったが、やがて花咲く可能性をもつ種として私の頭のなかに撒かれた。

17. この世の楽園への旅

私はベッドに横たわり、アーラの『断片』のなかから、鉱夫たちが急な斜面の松林で魔物に襲撃される場面をサイレンシオに読み聞かせていた。私の足元に座ったサイレンシオは片手で尻尾を握り、大きく見開いた眼をもう一方の手で覆っていた。アーラの文章には、ミラーという名の鉱夫が三匹の魔物にはらわたを抉《えぐ》られる場面が細かく描写されていた。血が飛び散り、裂けた腹腔から十二指腸が垂れ下がり、地獄の底から聞こえてくるような呻《うめ》き声が洩れて荒野に響きわたったというところへ差しかかった時、半開きのドアをノックする音が私の朗読を遮った。

その音に私は怯《おび》えた。少し前に読み始めたばかりなのに、早くも朝が来たのかと思ったのだ。サイレンシオはベッドから飛び降り、二度跳ねて高く飛び上がった。入ってきたのは白髪の双子の片割れ、夜の見張りの伍長だった。サイレンシオは巧みに伍長の左肩に飛び降り、その首に襟巻きを巻くように尻尾を巻きつけた。

「こんばんは、おふたりさん」夜の見張りのマターズ伍長はにこやかな顔で愛想よく言った。

この島に到着した最初の夜以来、私はかれを見たこともなければその声を聞いたこともなかった。存在自体がまったくと言っていいほど感じられないので、夜の見張りと昼の見張りは同一人物に違いないとすでに私は断定していた。ひとりの男が黒と白のふたつの鬘《かつら》を持ち、何か狂気じみた理由からふたりの人物を演じ分けているのだろうと——しかし今、サイレンシオを撫でる伍長の嬉しそうな笑顔を見ていると、どうも考えを変えざるを得ないようだった。

「クレイ、会えて嬉しいよ。もっと早く君の様子を見に来なくてすまなかった」

私はさり気なく手記の束をベッドの後ろに落とすことに集中していた。規則違反として取り上げられるのではないかと懸念したのだ。

伍長は何も気づかない様子だった。「裏のポーチで、一緒に一杯やらないか?」それを聞くとサイレンシオは伍長の肩から飛び降り、すばやくドアから出ていった。

私は起き上がり、シャツを着て長靴《ブーツ》をはき、伍長に従って階下に降りた。暗いホテルの中を通り抜けていくうちに、ピアノの音が聞こえてきた。

ふたりでバーカウンターに座り、〈甘き薔薇の耳《ローズ・イアー・スイート》〉を飲み始めると、伍長が片側の耳に白い髪の毛をかけながら言った。「弟は相当なものだろう?」

「はばかりながら、いくぶん怒りっぽいようだ」

私が答えると、伍長は物憂げな様子で笑った。「はばかりながら」とかれも首を振って、「あれは私の知る限り、もっとも怒りっぽい人間だ」

「採掘場ではひどい目に遭っている」私はこの相手には本音を出していいように感じた。

「ああ、私だったら、君に硫黄を掘ることなど要求しないね。君がこの島でのんびりして、残りの人生を好きなように過ごせるようにしてやるだろう」そして伍長はじぶんが言おうとしていることの重みを量るかのように、少し間を置いた。「でも残念だが、君は採掘場で死ぬ。君自身、もうわかっているると思うが」

私は頷《うなず》き、玩具のピアノを弾いているサイレンシオに眼をやった。

「国は腐っている」伍長は言った。「芯まで腐っている。この島で、私は多くの死を見てきた。それでも、採掘場の方がビロウの近くよりも苦しみが少ない」

「マスターに会ったことがあるのか？」私は驚いて尋ねた。

「会ったことがあるかって？　ハラカンの野で共に戦った間柄さ。覚えているかい、歴史の授業で農民蜂起のことを習っただろう？　市《シティ》を囲む壁の外の貧民たちが、反乱を起こした時の戦いだ。弟も私も戦った。血の海に膝まで漬かってな」

「どこかで読んだ記憶がある」私は言ったが、実はほとんど何も覚えていなかった。

「一日で三千人が死んだ。五百人が我が方で、残りは向こうだ」伍長は喉を鳴らして酒を飲み、口をぬぐって言葉を続けた。「弟の部隊と私の部隊とで、ラトロビア村のすぐ南にいた農民の集団を包囲した。反乱軍で生き残っているのは、すでにかれらだけだった。私たちはその大多数を殺し、五十人あまりを捕虜にした。反乱を完全に終わらせたのは、この戦いだった。私たちは翌日、捕虜を市《シティ》に連れていくことになっていた。捕虜たちは記念公園で処刑される運命だった。だがその晩、弟が眠っているあいだに私は番兵を任務から外し、貧民全員を逃がしてやった」

「それでよく命があったな」驚きながら私は言った。

「ビロウは私たち両方の責任を追及した。弟は激怒し、私を殺したがった。普通なら私たちは裁判にかけられ、処刑されていただろう。しかし私たちの勇敢な戦いぶりが反乱の再燃する可能性をなくしたとして、ビロウはこのドラリス島での勤務を私たちに命じたんだ」

「ここに来てどのくらいになる?」私は尋ねた。

「丸まる四十年」伍長は答えた。「ここに来た日以来、弟には会っていない。波止場で下船すると同時に、私たちは役割を分けた。弟が昼を支配し、私が夜を支配することになった」

「弟の姿を見たこともないのか?」

「私にとって弟が存在する証しは、囚人が苦しめられているということだけだ。もしも私たちが再会したら、その時にはきっとどちらかが死ぬまで戦うだろう。いつかそういう日が来ることを私は知っている。いつもそのことを考えて生きているんだ」

私たちは長いあいだ黙って座っていた。サイレンシオがピアノを弾くのをやめて、私たちのグラスを満たしにきた。海からの夜風が快くて、私は一晩じゅうここにこうしていられたらと願った。

「変わった猿だろう?」グラスを渡してよこすサイレンシオを顎で示して、伍長が言った。

「変わった、なんてものじゃない」私は言った。「一度ならず命を助けられたよ」

「サイレンシオは市《シティ》からここに送られてきた」と伍長。「マスターの知性移植実験の産物のひとつだ。連中はサイレンシオを処分したくなかったんだろう。人なつっこすぎて、役に立たなかったんだ。サイレンシオと私はもう何年も親友同士だが、弟はサイレンシオに採掘場の監督をさせることができなかった」

「もう動物を以前のような眼で見ることはできないよ、今では」

「サイレンシオはどの囚人とも仲良くなった。囚人が夜になっても戻ってこないと、サイレンシオはひどく悲しむ。そういう時、かれは〈三本指《スリー・フィンガーズ》〉に〈ペリック湾《ベイ》〉を混ぜたものをしたたか飲んで酔っ払う。そして、丸一週間は手がつけられないほど落ち込むんだ」

「そう聞くと、いくらか気持ちが慰められるな」

伍長は笑った。「馬鹿な話さ。だが、もう寝た方がいい。二、三時間もすると『坑内は頭のなかだ《ザ・マイン・イズ・ザ・マインド》』がやってくるからな」

私はグラスを置いて立ち上がった。夜の見張りの伍長が手を差し出し、私たちは握手した。私はホテルのなかを通り抜けて、階段を登り、部屋に戻った。酔いは感じられず、気持ちが穏やかになり、眠気を感じていた。昼のあいだ、私は『断片』を枕の下に隠してあった。そうすれば、ひと晩じゅうアーラの香りに浸っていられるからだ。

続きを読みはじめた私は、いつの間にか鉱夫たちと共に〈緑人〉が存在することに気づいた。緑人は緑の人、植物と人間の中間の存在であるらしい。鉱夫たちはかれをモイサックと呼んでいた。鉱夫たちがどのようにしてモイサックと出会ったかは書かれておらず、かれは何の前置きもなく、とある長い断片の最初に登場する。モイサックは鉱夫たちに親しみを示し、内海に近い古代都市の址《あと》に案内してやろうと申し出たのだ。ハラッド・ビートンは、その廃墟で楽園に至る道筋を示す手がかりが見つかるかもしれないと考えていた。

モイサックは鉱夫たちに触れることで意思を伝えた。人間たちの頬に蔦《つた》そっくりの手を触れることで、澱《よど》みなく語りかけることもできた。その顔は葉が茂り花が咲く生垣のよう、遠くで燃える火のようなふたつの眼が奥に見えるのだったが、枝や根が縺《もつ》れ合っていて、眼がほんとうはどういう具合になっているのか誰にもわからなかった。樹々や下生えのあいだを移動する時、モイサックの姿はほとんど周囲と見分けがつかなかった。

この時点で、ビートンの他に残っている鉱夫はただ四人に過ぎなかった。拓《ひら》けた空の下にいてさえ、かれらは落盤に閉じこめられたような気がしていた。それまでの数週間、仲間が魔物に食われたり、自殺の衝動に屈したり、崖から落ちたりするのを見てきたのだ。だが、じぶんたちが神聖な使命を担っているという気持ちは辛うじて持ち続けていた。かれらは広大な〈彼《か》の地〉を蟻のように移動していた。

空っぽの都市遺跡に入る前に、モイサックはこの都市の名はパリシャイズだと教えた。それ以外に教えられることは何もないようだった。離れたところから眺めると、パリシャイズは打ち寄せる波で崩れつつある巨大な砂の城に似ていた。都市全体を囲む壁の内側に大きな塚が並んでいて、戸口とも窓ともわからない原始的な開口部が数多くあった。人間の文明の産物というよりは、むしろ巨大甲虫の巣のように見えた。

鉱夫たちはライフル銃を引き寄せ、鶴嘴をしっかり握り、そして都市の入り口に位置する砂と貝殻でできた巨大な柱のあいだを通り抜けた。モイサックが先に立ち、鉱夫たちに物音を立てずに移動するように合図した。都市のなかは廃墟特有の死の静寂で満たされていた。影の多い街路には二枚貝の貝殻が敷き詰められ、その隙間に雑草がびっしりと生えていた。

土の塚がパリシャイズの建物であり、その内部には入り組んだ通路が張り巡らされていた。虚しく打ち捨てられた小部屋が無数にあったが、それらが何に用いられていたのかを示す手がかりはない。鉱夫たちはヘルメットの蠟燭に火をともし、さらに探険を続けた。ほどなくかれらは建物と建物のあいだが長い地下通路で結ばれていることを発見した。

「ここには何もない」迷路のようなトンネルを一日中歩き回ったあげく、ビートンは仲間に言った。「いるだけ無駄だ、ここを出てよそへ行こう」

全員が同意し、モイサックも強く賛成した。この場所の澱んだ空気に何か不吉な気配が感じられるとかれは言うのだった。一行は街路で夜営する支度を整えた。皆、塚の中に留まらなくていいことにほっとしていた。がらんどうの暗い塚のなかは墓所のようだとビートンは思った。

夜明け前の未だ暗い時刻のこと、日頃からほとんど眠ることのないモイサックが皆を起こした。かれの指さす暁闇の空の一劃で、奇妙な赤い光がいくつも水溜まりで泳ぐ魚のようにゆっくりと動いていた。鉱夫たちは驚き、跪《ひざまず》いて祈りはじめた。かねて疑っていたこと――じぶんたちはすでに死んでおり、天国と地獄のあいだにある無明の世界で救済を求めて足搔《あが》いているのではないかということ――それはやはりほんとうだったのだと皆が思ったのだ。かれらの眼のなかを赤い光が泳ぎ回り、かれらに催眠術をかけた。そのため、朝が来た時には誰もパリシャイズを去りたいとは思っていなかった。ただひとりモイサックだけが、何かがおかしいと鉱夫たちに触れながら懸命に訴えた。

ビートンは、何も心配することはない、もうひと晩とどまってあの光を見るだけだからとモイサックを宥《なだ》めた。かれらは再びあらゆる通路を歩き回って、かつて人間がここにいたという証拠を探し求めた。都市はまるで最初から廃墟として存在するかのようだった。夕暮れ近く、鉱夫のひとりジョゼフが――バタルド町長の叔父にあたるのがこの男だった――通路のひとつで思いがけない拾いものをした。それは小さな金貨で、片面にとぐろを巻いた蛇の意匠が、裏面には花の意匠が印刻されていた。仲間に見せたあと、ジョゼフは金貨を大事に仕舞いこみ、皆と一緒に塩漬けの馴鹿《トナカイ》肉と蕪の夕食をとった。

――

アーラの手記を読み続けるうちに、疲れが出たのか私の頭は次第に重く垂れはじめた。そして、いつしかうつ伏せて眠ってしまったのに違いない。文字の並ぶ暗い水面に顔を浸し、溺れて引き込まれていくように深く深く沈んでいった私は、気づくと寂しげな月の射すパリシャイズの街路に立っていた。私の足は冷ややかに死んだ貝の殻を踏みしめ、身を寄せ合って眠る鉱夫たちを見下ろしつつ我が手に射す月影を認めることさえできた。鉱夫たちは深く麻痺したように眠っており、見張りを務める筈の緑人さえ夢のなかに根を下ろしている。私は身をかがめて、若き日のビートンの顔を覗き込んだ。

「クレイ」通りの先で呼ぶ声がした。敷きつめられた貝殻が塚の基部を取り囲むあたりに、影のように立つ女がいた。私の心は我知らず轟いた。頭からヴェールを被り、顔を覆い隠したその姿は亡霊じみてはいたが、それでも心を掻き乱すほどたおやかに、ほっそりとして——

「アーラ?」震える声で私は尋ねた。

かつて私が深く傷つけた女は私を手招いた。鉱夫たちのそばを離れ、信じられない思いで近づいていくとアーラは手を差し伸べ、衝動的に私は彼女を抱きしめていた。ヴェール越しに唇に触れ、確かな息遣いを感じながらそっと口づけた。「どうしてあなたがこんな寂しいところにいるの。可哀想にもう死んでしまったのか、眠って夢を見ているのね」「黙って」ヴェールの薄布に覆われた顔が悲しげに言うのがただ哀れで、私は恍惚としてアーラを腕に抱いたまま塚の斜面に倒れた。

時が過ぎ、手を取り合ったアーラと私は再び鉱夫たちの眠る街路に立っていた。やはりヴェールを被ったままのアーラは片手を伸ばし、ジョゼフの姿を指さした。

「この人が私のコインを持っているの」

「コイン?」

「私の子供を動かすコインよ。マスターがあの子を奪って、自動化してしまったの。私に四枚だけコインをくれたわ——背中のスロットに入れると、あの子は一時間だけ生き返る。動きはぎこちないし、時どき歯車の音が聞こえるけれど、それでもやっぱり私の大事なあの子なの。私は考えなしに三枚も使ってしまって、最後のひとつはこの人が持っているの。ああいうコインは他にはないわ、マスターがじぶんで金を溶かしてつくったのだから」

私は長靴《ブーツ》の先でジョゼフに触ろうとしたが、無抵抗にからだを突き抜けてしまった。

「私たちには何もできないようだ」

「いいえ、明日になればきっと手立てが――もう一度、夜明けに赤い光を空に出すわ。そして明日の夜、私たちはこの男をつかまえる」

「つかまえるとは?」

アーラは黙って私の手を取り、ヴェールの裾に息づく胸元へと運んだ。その冷ややかさに愕然と瞬《まばた》くと、時はすでに翌日の夜になっており、今しもアーラは熱心に計画を語っているところだった。私が縦笛を吹き、その音でジョゼフを目覚めさせ、通りから角を曲がったところへおびき寄せようというのだ。横道ではアーラが待ち伏せすることになっていた。

「笛なんて吹けない」

「息を強く吹き込んで」

言われたとおりにしたが、音は出ない。困惑していると、ジョゼフが眠りから覚め、夢遊病者のようにこちらへ歩き出してくるのが見えた。私は横道への曲がり角を意識しながら後ずさりを始めた。途中でモイサックが起き上がり、胡座《あぐら》をかいて座り直すのが眼の隅に映ったが、じっとこちらを見つめるだけで何もしようとはしなかった。

アーラは塚と塚とのあいだに隠れていた。私に引き寄せられてジョゼフが角を曲がると、アーラは月下の街路にその不吉な姿を現わした。

「私のコインを返して」アーラは掌のひらを出して言った。

驚いたことに、ジョゼフはからだの向きを変えてアーラを見た。甥に当たるバタルド町長とよく似ていると思ったが、旅の苦労のせいか町長のように太ってはいない。

「持っていないんだ」ジョゼフは怯えた顔で跪《ひざまず》くと、祈るように両手を合わせた。

「どこにあるの?」

「なくしちまった」ジョゼフは啜《すす》り泣いた。「今日、トンネルのなかで何度もポケットから取り出して見たから、きっと落としたんだと思う」

アーラは石でできた女神の彫像のように佇《たたず》んでいた。微かな夜の潮騒が聞こえた。両手をあげたアーラがヴェールの裾を持つのが見え、私は眼を閉じて顔をそむけた。

哀れなジョゼフは激しい音をたてた。猛烈な勢いで体内からすべての空気が抜けていく音だ。そっと眼を開けると、ヴェールがひらひらと地面に落ちていくところで、私の足元ではジョゼフがすでに息絶えて倒れていた。かれのからだはパリシャイズの塚と同じくらい穴だらけだった。アーラはどこへ行ってしまったのか、それきり姿を見なかった。

翌朝、ビートンたちがジョゼフのいないのに気づく頃になっても、私は消え残った幽霊のようにこの世界にとどまっていた。じぶんでじぶんの姿を見ることすらできないが、かげろうのように浮遊する視点となって、どこまでもかれらの行動に寄り添っていた。鉱夫たちがジョゼフを探し始めて間もなく、モイサックが死体を発見して皆を呼んだ。赤い光が探険隊にかけた呪文がどのようなものであったにせよ、ジョゼフの恐ろしい傷口を眼《ま》の当たりにすると、呪縛はきれいに消えてしまった。

今すぐ逃げるよう、モイサックはビートンの頬に触れて伝えた。

「逃げろ！」ビートンが大声で叫び、みな一斉に走り出した。パリシャイズの門を駆け抜け、何かひどく恐ろしいものが後から追ってくるのを感じながら森に入った。倒木を跨《また》いだり下生えの茂みを抜けたりしながら、かれらは追われる鹿のように何日も逃げつづけた。凍った川に出会い、ついに氷上を渡りはじめた時、眼に見えない脅威がふとじぶんたちから視線を逸らしたのをかれらは感じた。ようやく向こう岸に着くと、土手に横たわり、息を弾ませた。その一方で、私の背中には何度も何度も氷がぶつかっていた。凍りついた川の真ん中で、動き続ける氷は荒々しく闘争を繰り広げるかのように押し合って軋《きし》みあい、呻き声にも似た音をたてるのだった。——「クレイ、この穀《ごく》潰《つぶ》しの蝿の糞め」氷の塊は喚きたてた。「起きろ、硫黄を掘りに行く時間だぞ！」

18．逃亡、野犬との戦い、裏切り

　ガス灯のつまみが捻《ひね》られたのか、光が急に眩《まぶ》しくなって闇を追い払った。罵詈雑言を浴びながら私は何とか立ち上がったが、そのあいだも伍長は怒りに任せて杖を振るい続けた。下着だけになると、腕や胸に血が滲んでいるのがわかった。「ふざけやがって、これはいったい何だ?・」背後で伍長が言い、振り向くとかれはベッドの上にあった『断片』の何枚かを手にしていた。

「こんなことが許されるとでも思っているのか」伍長はすっかり興奮して顔を紅潮させていた。「罰としてこれから一週間、賽の目の二倍ぶん掘るんだぞ。わかったか馬鹿野郎」

「ドラクトン・ビロウが私に渡したんだ。これをドラリスに持っていってもいい、いや是非持っていけと」

　伍長は杖で私の首筋をしたたかに打った。よろめいて片膝をつくと、今度は私の耳をつかんで容赦なく引っ張った。危うく千切れるかと思った。

「そんな話は俺には通用せんぞ。今夜の焚き付けにするのを止められるとでも思ったか?・」乱暴に全部の紙を掻き集めながら、伍長は激しく顔を歪めた。「まったく触るのもけがらわしいぞ。貴様の頭にこんな浮《うわ》ついたものを入れるスペースがまだあったとはな——いいか、坑内《ザ・マイン・イズ・ザ・マインド》は頭のなかだ!　余分なものの持ち込みはいっさい認めん」伍長は杖を握り直し、振り下ろそうとした。

私がすばやく動いたので、手元を狂わせた伍長は体勢を崩した。アーラの手記を奪われたくない一心で威力が増したのだろう、私の拳は相手の腹にみごと食い込んでいた。伍長の口から激しい苦悶の息が飛び出し、他ならぬ〈甘き薔薇の耳《ローズ・イアー・スイート》〉の匂いを私が嗅いだのはその時のことだった。反対の拳で側頭部を殴ると、伍長は一、二歩よろめき、寝台の柱にぶつかってゆっくりとくずおれた。反射的にその黒髪をつかんでいた私は、倒れ伏した伍長をさらに二度ほど蹴りつけて、完全にかれを気絶させた——私の右手に残った忌まわしい鬘《かつら》は、その顔の上に投げ捨てた。

急いで服を着込み、伍長のからだをひっくり返してどかすと、私は散らばっていた文書を集めた。もともと結んであった紐で結わえ、それから猿の頭のついた杖をもらっていくことにした。象牙の猿を握ると、力が湧くようだった。ぐったりと伸びている伍長を打ち据えたいのは山やまだったが、私はそのまま部屋から飛び出し、転げるように階段を降りてホテルを後にした。

波の音を頼りに砂浜に出るつもりだったが、砂丘には目印がないので堂々巡りをしてしまったらしく、道に迷った。砂地を走り続けて疲労困憊し、伍長が意識を回復して追いかけてくるのではないかと心配になってきた。私は足を止め、波音に耳を澄ました。するとサイレンシオの小さな姿が飛び跳ねながらやって来るのが見えた。

「私はここから脱出するんだ!」疲れてはいたが、意気揚々と私は叫んだ。

サイレンシオは私の前で立ち止まると、決意を称えるように手を叩き鳴らし、次いで後方宙返りをした。

「砂浜に連れていってくれないか。助かる道があるとすれば、海に出るしかない」

サイレンシオは私の手を取り、私たちは急いで歩き始めた。短時間のうちに二回曲がると、さっと視界がひらけ、砂浜のずっと向こうに巨大な生き物のような海が見えた。すでに空は白み始めており、脚の長い海鳥の群れが遠い波打ち際を行ったり来たりしていた。

海に向かって砂浜をかなり歩いた時、微かな呼び声が背後から聞こえた。振り返ると、つい今しがた別れたばかりのサイレンシオが手を振っている。折しも水平線が赤く輝く太陽を生み出そうとしており、芳醇な美酒にも似た無辺の自由に酔うあまり、私の頭はくらくらしていた。実に数週間ぶり、いや数箇月ぶりの陽光だった――太陽の光の下でなら、じぶんの苦境についてもっと明晰に考えられるだろうと私は思った。わずか数秒の決定的な行為のために、もはや後戻りはできなくなっていた。マターズ伍長の息に〈甘き薔薇の耳《ローズ・イアー・スイート》〉の匂いを嗅ぎとり、紛いものの黒髪をこの手につかんだ今、私はふたりの伍長が同じ人間だということを知っている。私はかれを殴り倒しただけでなく、化けの皮を剝がしてしまったのだ。下される罰は死以外にはないだろう。

世界はどんどん明るさを増しつつあった。早朝の海岸から四分の一マイルばかり沖で島の周りを周遊している鮫の背鰭を横に見ながら私は大股に歩き、まず生き残るにはどうしたらいいか、次にどうやって島を脱出するかを考えた。もしも島の反対側に木が生えていれば、筏《いかだ》を作って市《シティ》に向かうことができると私は思った。理想形態市《ウェルビルトシティ》に戻って、そこにいる筈のアーラを救出し、すべての誤りを正さなければならない。いくら悩んでも、何も変わらない。私の罪を消すことができるのは行動だけだ。

太陽が朝の空に昇ると赤みは薄れ、代わりに輝きが増した。陽射しの暖かさが私の骨に沁みとおり、私の眼に宿っていた影を追い払った。時おり私はぐるりと一回転して、輝く海と砂丘と蒼天のすべてを見渡さずにはいられなかった。私はドラリスの美しさに酔い痴れていたが、その一方で、波打ち際を歩けば波がすぐに足跡を消してくれるという計算も忘れなかった。

午ごろ、私は横になれる場所を探すため砂浜を離れて砂丘に向かった。潮風がドラッグのように働いて、眼を開けているのが難しかったのだ。いちばん高い砂丘の天辺に、草がたくさん生えている平らな場所を見つけた。その真ん中は草がなくて窪んでおり、ちょうど椀の形に窪ませた掌のようだった。私は居心地よく砂の上に横たわって眼を閉じ、運命に身を委ねることにした。

眼が覚めたのは何時間も経ってからだ。日はまだ高く、天気はあいかわらず良かった。風が少し強まっている。立って海を見下ろすと、波頭が白くなっているのがわかった。誰かがやって来るのではないかと見渡してみたが、人影はどこにもなかった。

私は『断片』を結わえた紐を解いた。風に吹き飛ばされるのが心配で、しっかりと書類をつかんだ。暖かい砂の玉座にからだを預け、紙をめくって前の続きの箇所を探した。マターズ伍長のせいで順番が出鱈目になっていたが、ほどなくふたりの鉱夫が緑人とともに浮氷に乗って凍りかけた川を流されていく場面を見つけた。

厳しい寒さのせいで、モイサックは眼に見えて弱っていた。かれは黒い外套にくるまれて氷の上に横たわり、泣き言を言ってはのろのろとした動きで寝返りを打った。モイサックの葉はすべて萎《しな》び、茶色に変色しながら浮氷の上に散りはじめていた。顔もかさかさの樹皮が剝き出しになり、眼の炎は衰え、遠のいていた。

ビートンは緑人の傍らに膝をついていた。ふたりの背後には探険隊の最年少隊員であるアイヴズが立ち、ライフル銃を抱いてせわしなく発砲の構えを取ってはおどおどしていた。追ってくる魔物はもういないのに、ひどく怯《おび》えて正気を失いかけていたのだ。すさまじい風が吹き、凍った川は鉄のように寒々しく、空はどんよりしていた。

「私が死んだら、胸を刳《く》り抜いて穴をあけて下さい。大きな種が見つかるから。春になったら、どうぞあなたがどこかに撒いて」モイサックは棘だらけの手を通じて意志を伝えてきた。

しっかりと手首をつかまれたビートンは、痛みに耐えかねていた。「わかった、きっとそうする」

「私は楽園に行ったことがあります、一度だけ」

「楽園で俺は何を見つけられるんだ?」ビートンは尋ねた。「教えてくれ、こんな地の涯てまでやって来て、何も知らずに終わるのはたまらない」

「あなたがそこに行くことはない、そこは植物の楽園だから。人間には人間の楽園があるのでしょう」

「人間の楽園はどんなふうなんだ?」

モイサックは前後に揺れ動き、そして根元から最後の震えが始まった。震えは旋風《つむじかぜ》のように脚から胸へと移っていき、最後にかれの顔に達すると知性の火を吹き消した。暗くなった双の眼窩《がんか》から、ひと筋ずつの細い煙が現われ、くねくねと立ち昇った。「見たか？　こんなものだよ、人間の楽園は」――緑人が最後に残した言葉は、ビートンの手首から心へと響いた。

ナイフでモイサックの手の枝をめった切りにしたが、それでもまだ棘だらけの五本の指は精巧な腕輪のようにビートンの手首から離れなかった。苦労して取り除くにはかなりの時間がかかり、それからやっとビートンはナイフをモイサックの胸に突きたてた。小枝が折れて飛び散るのも構わず、穴のかたちに穿《うが》って奥を探ると、モイサックの言った通りに種があった。

その夜、気温が急激に下がって、アイヴズもライフル銃を持っていられなくなった。浮氷の動きが止まり、ビートンは川が完全に凍ろうとしていることに気づいた。これが残された唯一のチャンスであり、日が昇る前に氷の上を走るしかなかった。「あと少ししたら、走るぞ」ビートンは若いアイヴズを叱咤《しった》した。

「魔物は、魔物はどうするんですか？」怯えきって、それしか考えられなくなっている仲間の頬をビートンは張り飛ばした。「もう追ってきてはいない、しっかりしろ」

私は紙を丸め、紐で結んだ。そして夕方近くの砂丘を歩き始めた。左手に持った杖をついて歩くと、砂に足を取られながらも何とか速いペースが保つことができた。伍長が追いかけてくるかも知れないという不安はすでに薄らいでいた。気をつけていれば避けることはたやすいし、それに伍長を殴り倒したことで、私は第一級観相官だった頃の暴力沙汰を思い出していた。汚い駆け引きをも含めた能力がすっかり蘇《よみがえ》ったようで、素手ならじぶんの方が上だと確信していた。

ドラリスの砂丘群はどこまでも続くように思われた。夜になると私は再び高い砂丘の上に登り、草の間に身を横たえた。星が実に美しかった。非常に明るく輝いているので、ひとつひとつの星の周囲まで明るさが滲み出して見えるほどだった。私は猿の握りの杖を胸に置き、組んだ両手の上に頭を載せて思いを馳せた――今日は採掘場では何があっただろうか。誰の骸骨が塩になっただろう、そしてそれらの事象はマターズ伍長の頭のなかにどのような影響を及ぼしただろうか？

今は自由の天地にいて、そのように思い巡らすことはとても楽しかった。最初の遠吠えを耳にするまでは、の話だったが。遠吠えを五回数えるうちに、野犬たちがあらゆる方向から近づいてきていること、そして狙っているのはおそらくこの私だということがわかった。私は書類を脇にはさみ、杖を構えて防御態勢をとったが、しかしすぐその無意味さに気づいた。砂丘から降りるのが先決であり、さもないと囲まれて逃げ場を失うのが眼に見えていた。

腰を落として斜面を滑り降り、最後は転がりながら下まで落ちた。痛くはなかったので、すぐに立って駆け出した。砂丘のあいだの谷間には、野犬の吠える声が渦巻くように谺《こだま》していた。どちらへ逃げればいいのか見当もつかず、頭に浮かんだのはバタルド町長やカルーとともに魔物の襲撃を受けた時のことだった。着実に近づきつつある獣の気配や唸り声は、身が竦《すく》むほど恐ろしかった。

砂丘の死角からいつ襲いかかられるかもしれず、砂地を走るために脚の筋肉が痛んだが、私は息を切らして走りつづけた。躓《つまず》いて顔を砂のなかに突っ込んだ時、ついに犬たちの唸り声がはっきりと私を取り巻くのがわかった。

私は立ち上がりざま、追い払おうと杖を振り回した。上顎の犬歯が狼の牙のように鋭く、耳の立った犬ばかりだった。迫ってきた一頭を怒鳴りつけて威嚇すると、そいつは後ろへ跳びすさった。同時にすべての犬を脅すために、私は犬の輪の中でぐるぐる回らなくてはならなかった。

野犬の群れは、私が怖じ気づいて力尽きるのを待っている。しかし他に手立てはなかった。さらに悪いことには、なかの数頭が別の行動パターンを取り始めた。他の犬たちの輪の外側を、私が回っているのと反対の方向に回り始めたのだ。犬たち全部の動きを把握するのがますます困難になり、頭が痛くなってきた。無数の口から洩れる重い息遣いが聞こえ、それは獲物を追いつめている側の不気味な嘲笑のようだった。

おそらくは数時間ものあいだ、私はこのぐるぐる回りを続けていたものと思われる。そして内側の輪に眼を向けた時、ヴェールを被ったアーラが犬たちに混じって動いているのが一瞬だけ見えた。瞬《まばた》きをする刹那に彼女の姿は消えたが、すぐに今度は若いアイヴズが氷の割れ目から水に落ちていく光景が出現した。野犬たちの影絵と氷の塊が動揺する水面とが入り混じり、その中心でもがき苦しむ鉱夫の顔と腕が助けを求めているのだった。犬の群れは急に静かになったが、どうやら私の錯乱に気づいたようだった。水に沈んだ鉱夫に代わって、次に闇のなかからバタルド町長の亡霊がよろめき出てきた。両腕を前に突き出し、血だらけの額の中央には丸い穴があいている。私は杖を振り回して、亡霊の姿をずたずたに切り裂いた。わずかに残った正気が風前の灯し火のように揺らぐのを感じていた。

一頭の犬が私の背中に飛びつき、地面に押し倒した。耳に嚙みつき、前に回って喉を狙おうとする犬を私は杖で思いきり突いた。犬の肋骨が折れる手応えがあり、そいつはきゃんきゃん鳴きながら飛んで逃げた。別の一頭の気配を感じていた私は、間一髪のところで杖を振り下ろし、象牙の猿で犬の眼を直撃した。さらに別の一匹は長靴《ブーツ》で顎を蹴り飛ばしてやった。

それから私は嚙まれたり引っ搔かれたりしてかなりの傷を負い、反対にかなりの犬を傷つけていた。すでに夜明けが近く、すると唐突に、近くの砂丘の頂上から一発の銃声が響きわたった。音に驚いて怯《ひる》んだ犬たちは、まだ未練がましく私を狙っていたが、そのうち諦めたのか逃げていった。またしても幻影が現われたのか、それとも本物の伍長とサイレンシオが砂丘の斜面をこちらに向かってくるのか、私はどちらともわからなかった。——マターズ伍長はもはや鬘《かつら》を着けてはいなかった。短く刈り込んだ髪を透かして、頭蓋を縦に二等分する無残な縫い目がはっきりと見える。両手に持った二挺の拳銃は私の心臓を狙っており、そして束ねたロープを肩に担いだサイレンシオがいかにも忠実な様子で付き従っているのだった。

「硫黄鉱脈が貴様を待っているぞ、クレイ」伍長は後ろを向き、サイレンシオに命じた。「縛り上げろ」

汚い裏切り者の猿は私の両手を背後できりきりと結わえ、さらに首の周りにロープを三回巻いた。そして長く余っている部分を前に持ってきて引き綱にした。サイレンシオはそこまでの作業を終えると、満足げに両手を打ち合わせ、後方宙返りをした。伍長は次に杖を持ってくるように命じ、サイレンシオは私の首が絞まるのも構わずぐいぐい引っ張りながら拾いに行った。象牙の握りが血まみれなのを見て、憤怒のあまりか伍長は今にも泣き出しそうな顔をした。

「たった今、この手でお前を殴り殺してやりたい。だが、もっといい機会のために生かしておいてやる」伍長は明らかに激昂していたが、それを抑えて言った。かれは拳銃の片方を私の後頭部に突きつけて歩くよう促し、サイレンシオはロープの端を肩にかけて私の前を進んだ。

「こいつは〈三本指《スリー・フィンガーズ》〉ひと箱と引き換えに、貴様を尾行することを承知したんだ」憎々しげな声が背後から言った。「貴様がいなくなったあと、こいつはじぶんを慰めるためにそれを飲んで盛大に酔っ払うわけさ」

19. 処刑、ウィナウの旅人

「鬘《かつら》だの、夜の見張りに昼の見張りだの、よくも念入りな小細工をしてくれたものだな」私はマターズ伍長に向かって毒づいた。「どういう魂胆だ」

もはや失うものがない今は、何でも言うことができた。私たちは硫黄採掘場のある砂丘群に向かって海岸線を歩いていた。サイレンシオが何か指さすので海を見ると、砂浜に近い波の下でクラーケンの触手らしいものがうぞうぞと固まって蠢《うごめ》いていた。

「じっくり痛めつけてやる」伍長は私の耳の下に銃口を押し付けた。

「さてはマスターに洗脳されたな?」

「一ポンドの歯車装置が入っていることを洗脳と呼ぶならな。そう言う貴様の頭は無傷だと言えるのか?」

「言えないかもしれん」と私。

「兄貴の頭にも同じ仕組みが入っている。歯車とか発条《ばね》とかだな。ただし奴のは、俺のとは反対回りに動く」

「兄だと?」

伍長は私の背中を杖で殴った。「じぶんがよっぽど賢いと思っているらしいなあ、観相官どの。それでも、貴様は俺の頭に生きながら食われるんだよ」伍長はさらに二度、杖を振るった。

サイレンシオに導かれて、私たちは砂丘のあいだの道を辿った。よほど近道を知り尽くしているのか、私たちは奇跡のように一時間足らずで採掘場の入り口についた。

「最近、俺は悪い夢を見る」伍長が私のすぐ後ろに来て言った。「魔物や氷が出てきやがるんだ。だがそれが貴様のせいだとすれば、今晩からは悩まされずに済む訳だ。日没までにはこの世からおさらばしているのだからな、貴様は」

咄嗟《とっさ》に命乞いをしようとしたが、その時には拳銃の台尻で思い切り後頭部を殴られていた。痛みは感じなかったので、すでに意識が朦朧としているのがわかった。長い距離を引き摺られていくのを感じ、そして採掘場の耐えがたい熱気が私を包んだ。

我に返った私は、喉いっぱいの悲鳴をあげた。手足はそれぞれ、岩場の通路に打ち込まれた楔《くさび》にしっかりと縛りつけられていた。私はじぶんの坑道のすぐ外に横たわっており、通路の傾斜の下向きに頭が、高いほうに足があった。闇とガスのなかで眼を凝らすと、微かに外光の漏れてくる大穴の縁が高みに見えた。螺旋通路の途中を登っていく途中の伍長の小さな姿も見えた。伍長は足を止めて私の方を向き、拡声器のように両手を口に当て、何か怒鳴った。例によって「坑内は頭のなかだ《ザ・マイン・イズ・ザ・マインド》」と叫んでいるのかと思ったが、もっと多くの音節を含む言葉だった。空洞内に籠る残響のせいでますます聞き取り難いまま、狂気じみた喚き声はかれが登りきって見えなくなるまで続いた。

始終動いていることができない場合、採掘場の内部は竈《かまど》のなかと何ら変わるところがない。体温は急激に上がり、ほどなく通路の熱い岩に接している皮膚がちりちりと焼けはじめた。汗が沸騰し、蒸気となって立ち昇った。舌も喉もからからだった。

何ができるか考えようとしたが、いかなる計画も圧倒的な徒労感の前についえた。じきに苦痛が限界を越え、何も感じなくなった。採掘場の熱が温かく感じられ、眠くなってきた。致命的な眠気と戦うために、私はじぶんの居場所から見える斜面の墓穴の名前を読もうとした。まず眼についたバーロウの名から始めて、次々に読み進めた。

その時、何かが聞こえた。遠くで声がしたのだ。真上を見ると、サイレンシオらしい小さな影絵が大穴の縁で踊り回っていた。私に何か告げようとするかのように、かれは奇声をあげて手を振った。「マターズ伍長以上に狂っているんじゃないか」私は心のなかで呟《つぶや》き、思わず声を立てて笑った。その拍子に吐き気を催す黄色いガスを吸い込んでしまった。

サイレンシオは手と脚の両方を使って縁を移動していき、それから唐突に、何かを投げ入れるような動作をした。私の眼は落ちてくる物体を辛うじて捉えた。最初それは白い小さな丸木のように見えたが、そのうち上昇気流に突き上げられて分解したらしく、ふいに百羽の白い鳥と化して、わらわらと羽搏きながら旋回し始めた。

硫黄の風に吹きあげられた白い鳥の群れが舞い上がっては舞い落ちるのを、私は恍惚として長いあいだ見つめていた。その一羽がすっと落ちてきて、私の顔をかすめ、再び地獄の風にさらわれて飛んでいった時、サイレンシオが投げ入れたものが『断片』だったことにやっと私は気づいた。逆光の縁にいるサイレンシオに眼をやると、かれは身をかがめてじっと私の反応を窺《うかが》う様子だったが、ひと仕事終わったと言わんばかりに手をはたいて姿を消した。

『断片』の白いページがついに一枚も見えなくなると、苦痛が戻ってきた。それはたちまち耐え難いものになり、呼吸が困難になった。眼を開け続けていることもできなくなり、閉じたり開いたりを繰り返した。髪や体毛が焦げる臭いが鼻腔に混じり、ひたすらこの苦痛から逃れようと私はじぶんの内面に降りていき、必死になって楽園を探し求めた。ほどなく私の心の眼はビートンを捉えた。

ビートンは——勇敢で健気なアナマソビア生まれの鉱夫は、今はただひとり干上がった白い川床を歩いていた。川床はいちめんの眠気を誘うような柳の林を縫って、羊腸《ようちょう》と続いている。北の地域でアイヴズとモイサックに死なれてから、ビートンは楽園に到達する望みも我が家に帰る望みもすでに捨てていた。かれはライフル銃を携行していたが、これは若いアイヴズの——度胸がなくてついに発砲することができなかった——形見の銃だった。あと数週間生き長らえて放浪を続けるのに役立つだろう、とビートンは考えていた。

ハラッド・ビートンは危険にも見慣れない奇異なものにも動じなくなっていた。もはやかれを驚かせるものは何もなかった。〈彼《か》の地〉に侵入して以来さまざまな不思議なものを見てきた経験が、今やかれを一種の熱心な信者に仕立てていた——その対象は、樹々や草や野生の動物を結びつけている眼に見えないエネルギーだ。ひとりきりになった今、かれは樹々の枝を吹き抜ける風のなかにもその力の低い唸りを聞きとった。自然のエネルギーは恐るべき力をもって厳然と存在しており、ただそれに気づいていることがじぶんにとって何の益になるのか、ビートンにはわからなかった。相手から見ればかれは余所者《よそもの》であり、排除すべき黴菌だった。

その日の午後、ビートンは川床のそばの切り株に座り、二日前に殺した鹿の肉を食べ、革袋の水を飲みながら今日のうちに狩りをした方がいいと考えていた。食事を終えると、かれは毛布と食料、ヘルメットと鶴嘴を切り株のそばに残し、ライフル銃だけを持って出かけた。

長い枝を掻き分けて、柳の林に入った。しなやかにざわめく柳の枝はどこまでも続いていく涼しい下蔭をつくり、そのあちこちに小動物や鳥の動きまわる気配がある。ビートンは兎を仕留めたかったが、ただし〈彼《か》の地〉の兎は豚そっくりで肉付きのよい桃色の顔をしており、肉の味も土のような鳥の肉のような奇妙な味だった。ビートンはじぶんがこの兎の肉を好きなのかどうか未だに確信が持てなかった。ただ、皮を剝いだり火を熾《おこ》して焼き串を回したりするのは楽しかった。

ほどなく一羽の雉《きじ》が二十ヤードばかり先の柳の根方をつついているのを見つけた。ビートンは銃を引き寄せ、狙いをつけた。たくさんの柳の枝が複雑に揺れ動いているので、仕留めるのは難しそうだったが、しかしビートンは時間をかけて風の流れを感じ取り、雉の心臓の位置に意識を集中させた。その時、誰かの手が肩にそっと置かれた。

「ウィナウを探しているのだね、あなたは」背後から声が言った。

ビートンが振り返ると、そこに旅人がいた——私がアナマソビアで最後に見た時と同じ姿の旅人、スクリー荘の私の部屋でアーラを肩に担ぎ、赤ん坊を抱いた姿で微笑んだあの旅人だった。何も知らないビートンは驚いて後退り、銃口を相手に向けた。

「大丈夫、害を与えるつもりはないよ」旅人は水掻きのついた手をあげて言った。

「喋れるのか？」

「私は君が〈彼《か》の地〉を動き回っている気配を感じた。水に映った影から、君の友人たちが死んだのも知っている。君は夜、眠りながら子供のように泣くんだね。だから〈彼《か》の地〉の獣は君に近づかない」

「あんたはどうして俺たちの国の言葉を知っているんだ？」銃口を下げたものかどうか迷いながらビートンは尋ねた。

「この言葉はあらかじめ私のなかにあった。貝殻に耳を当てると、君たちの会話が聞こえてきた。その後で、私はこの言葉を発見したのだよ」

「あんたの言うことを疑う理由はなさそうだな」ビートンは肩を竦《すく》め、銃口を下げた。

旅人はビートンに綺麗な木片をくれた。長い髪の女の肖像が繊細な線で彫り込まれた、美しい工芸品だった。ビートンの肩越しに覗き込んだ私は、ぎくりとした――どう見てもアーラの肖像だったのだ。

この奇妙な男には、どこかビートンの心を惹きつけるところがあるようだった。かれの醸し出す穏やかな雰囲気や、微笑や眼と関わりがあったのだろう。お返しになるものをとビートンがポケットを探すと、まず種が手に触れた。種の棘に指を刺されて、かれはじぶんでその種を蒔くとモイサックに約束したことを思い出した。一緒にコインがあった。パリシャイズの地下通路で、ジョゼフが落としたのを何の気なしに拾っておいたのだ。旅人はじぶんの褐色の掌に載せられたコインをじっと見つめた。

「花と蛇の絵柄だね」

「あんたはパリシャイズに行ったことがあるのか？」

「海からやってきた人びとがあの都市を造ったんだよ」旅人は答えた。「かれらはこの花を尊んだ。切られると泣き声をあげる木に咲く黄色い花だ。この花は可能性を表わしている。そして、とぐろを巻いた蛇は永遠を――しかし、パリシャイズは〈彼《か》の地〉の森が広がりはじめる前に放棄された」

「ウィナウとは何だ？」ビートンは尋ねた。「地上の楽園のことか？」

旅人は仕草で肯定した。

「そこに死はあるのか？」

「死は存在しない」と旅人。「君をそこへ連れていってやろう」旅人は腰につけた革袋にコインを仕舞い、それからペンダントのように下げている大きな果物の種に手をやった。それは小さな蝶番《ちょうつがい》で開くようになっており、旅人はなかに細かく畳んで入れてあった一枚の赤い木の葉を取り出した。完全に広げると、木の葉は男の手くらいの大きさで、紙のように薄かった。

旅人は一枚をじぶんの口に入れ、残った一枚をビートンに渡した。「食べなさい」

「どんな効能があるんだ？」

「勇気が出る」旅人はベルトから短剣を引き抜き、先に立って歩き出した。

赤くて甘い木の葉を噛むうちに、ビートンは気持ちよく眠くなってきた。視覚に変化が生じたのか、それまで気づかなかったものが見えるようになった。色のついた小さな明るい光が道に沿って自由に動き回っており、刺激的な快感を与えながら次々にかれらのからだを通過していった。旅人の髪や手指の先から飛び散るエネルギーの火花をはっきりと見ることができたし、また霊体のような半透明の生き物が下生えの茂みにいて、てんでに顔を出してこちらを見物していることもわかった。その後からついていく私は、じぶんもふたりに姿を見られてしまうのではないかと心配になり、樹々の後ろに隠れた。

「俺たちはグローナス山の坑道で、あんたの同類を見つけたんだが」ビートンは旅人に話しかけたが、旅人は黙るように合図した。

そして唐突に、旅人が白い影のような蛇の亡霊と命がけの戦いをしている最中であることにビートンは気づいた。鱗《うろこ》に覆われた蛇の背に旅人が何度も短剣を突きたてると、傷口からは霧が漂うように白い血が流れ出た。それでも蛇は旅人のからだを巻いて、きりきりと絞めつけている。これらすべてのことがあまりに唐突に起こったために、ビートンは呆然自失してしまった。旅人はずっと以前から蛇と戦っていたかのようで、戦いはいつ果てるともなく永遠に続くかのようでもあった。

ようやく我に返ったビートンはライフル銃を構え、慎重に発砲した。弾が蛇の顎を貫いて脳に達した瞬間、蛇の存在はすっぱりと消失していた――後に印象も残さず、小さな記憶のかけらすら残さずに。そして再び、旅人とビートンは何事もなかったかのように静かに歩いていた。旅人は穏やかに微笑んでおり、短剣は懐《ふところ》にでも仕舞ったのか、中空になった小枝をパイプ代わりにして莨《たばこ》を吸っている。いつどうやって火をつけたのか、ビートンの眼にはまるで見えなかったのだが。旅人が小枝のパイプを渡してよこしたので、ビートンも不思議な匂いがする刻み莨《たばこ》の煙を味わった。

その日、ふたりは小さな流れや川の浅瀬を歩いて渡り、雪と氷に覆われた不毛の平原を横切った。そこからさらに山を越えて、パリシャイズ側の内海とは別の内海の海岸沿いに出た。日が沈み始める頃になって、ようやく人の手で森の一部を切り拓《ひら》いた場所に着いた。のどかな煙の登るその集落は、川の中洲に位置していた。

「ウィナウだ」旅人が言った。

簡素な住居から人びとが出てきて、土の橋を渡り、ふたりを出迎えた。子供と女たち、老人たちがおり、皆が旅人のようなからだつきをしていた。ビートンは村の真ん中に連れて行かれ、果物と炊いた穀物の食事を与えられた。いくつもの珍しい物語が語られた。その一部はビートンの知らない言語で語られたが、ウィナウの住民たちはじきに訪問者のビートンの言語を「発見」して話せるようになった。

ビートンは村人に大いに歓迎され、かれらの手を借りて仮の住まいを造った。ほどなくかれは子供たちや大人たちのひとりひとりと知り合いになった。そしてそれに続く数日間は川の中洲をくまなく歩きまわり、数え切れないほどの風変わりな草や花の標本を採集した。ウィナウの空気には常に甘い春の香りが漂い、気候は温暖だった。ある夜、ビートンはひとりで村のすぐ外に出て、紫色の花の咲く木立ちのなかにモイサックの種を埋めた。

棘だらけの茶色の種から生えてきた木の成長によって、ビートンはじぶんがウィナウに滞在している時間を実感した。木はずんずん伸び、数週間後には旅人の背丈ほどになった。ある日のこと、ビートンは旅人を連れてきてモイサックの子孫の成長ぶりを見せた。その時には、白い果実がひとつだけ枝に実っていた。ビートンがアナマソビアを出た時点で、すでに祭壇にあったのと同じ果実だった。

「楽園の果実だ」ビートンは旅人に言った。

「どこで種を手に入れた?」

ビートンは緑人モイサックのことを物語った。旅人は話を聞きながら何も言わずに首を振った。

「この果実には、きっと不死が宿っているのだと思う」

「まあ、私についておいで」

旅人は言い、ビートンを村のとある小屋に連れていった。居間では年老いて衰弱した女が虫の息で横たわっていた。ふたりの若い女が傍らに座り、老女の痩せ細った手を握っていたが、その手の水掻きは皹《ひび》割れて部分的に欠け落ち始めていた。

「死にかけている」

「いや、変化しようとしているのだ」旅人は答えた。「君の友だちの種から実った白い果実は、変化を許さない」

「だが、このひとの肉体は現に死にかけているじゃないか」

「君の言おうとすることは理解できる」旅人は言った。「私も最初は確信が持てなかった。〈死〉というのは難しい観念だから。もしも君が死の存在しない場所へ行きたいのなら、ここからさらに北へ向かわなくてはならない。十二の季節を要する旅だ。道は教えてあげられるが、私は同行できない」

「つまり、俺はまだ楽園に到達していないのか？」ビートンは尋ねた。

「楽園とは何だ？　その白い果実は不変という夢だ。そう呼びたければ、死と呼んでもいい。私はこれをあなた方の世界に持っていかなくてはいけない。ここには置いておけないからな」

「俺と一緒にアナマソビアに戻ってくれるということか？」

「いや、君の世界の人がある日、山のなかの空洞で私を見つけるのだ。白い果実を手にしている私をね」

「それは話が変だ」ビートンは混乱した。「俺たちの町では、あんたと果実をすでに発見している」

「〈彼《か》の地〉には、いろいろな道が走っている。ある時点に間に合うように戻る道もあれば、ずっと先に戻る道もある。二日の旅でアナマソビアに戻れる道を教えてあげよう。私も急いで行かなくては。青い鉱物がゆっくりと沈着して空洞を密閉する三千年前よりも以前に、グローナス山に着くように――私はそこで、君と再会するのを待っているよ」

ふたりは〈彼《か》の地〉の荒野に戻った。私はと言えば、どこまでもかれらについていくつもりだったが、途中で姿を見失ってしまった。疲れ果てて、私は低木の茂みの下に横たわった。しなやかな柳の枝がそよ風に吹かれて揺れ続け、波の下に見たクラーケンの触手のようにくるくると丸まったり解けたりしていた。荒野で瞼を閉じると同時に、こちらの世界で私の眼が開き、真っ先にサイレンシオの心配そうな顔をつい目前に見た。時刻は夜で、私はホテルのじぶんの部屋のベッドに横たわっていた――ひどい火傷を負い、全身が熱を持って燃えあがるようだったが。サイレンシオはちょうど私の口元に〈甘き薔薇の耳《ローズ・イアー・スイート》〉のグラスを持ってきたところだった。

20・再びの昼と夜、楽園の在りか

私は背中の下に枕を重ねてもらい、ベッドの上で身を起こした。窓から午前の陽射しが入り、海からの風が穏やかに部屋を通り抜けていた。私はカップの暖かい煎じ茶を啜《すす》った。サイレンシオはひと晩じゅう例の木の葉を私の肌にあてて、火傷の状態が水脹れ以上にひどくなるのを防いでくれた。私の症状のなかでもっとも深刻なのは脱水症状だったので、サイレンシオは――何時間も付きっきりで――水やキャベツ汁や〈甘き薔薇の耳《ローズ・イアー・スイート》〉を引っ切り無しに飲ませてくれたのだった。

夜の見張りのマターズ伍長が、いつもと同じ長く白い髪で、いつものように親しみやすく誠実な様子で私の前に立っていた。心配そうな顔つきだった。

「弟の伍長が出奔した？」私は驚いて聞き返した。

「そうなんだ。弟はきのうの午後、私の家にやってきた。海に面したベランダで植木の手入れをしていた時、鉢植えの橄欖《オリーヴ》の蔭からひょっこり出てきたんだ」

「暴力をふるわれたのか？」

「いや、そういうことは全くなかった。弟は採掘場に行って君を助け出してくれと私に頼んだ。じぶんは頭のなかが楽園でいっぱいになってしまったので、荒野へ旅に出なければならないと言っていた。とうとう気が狂《ふ》れてしまったんだろう」

「ビロウに頭をいじられた、とか言っていた」

「誰でもみんなそんなふうに言うんだ」伍長は私のベッドの足の方に座った。

「伍長、あなたの頭にもビロウの発明品が入っていると聞いたが」

「馬鹿馬鹿しい。クレイ、そんなのはみんな嘘っぱちだよ。君はどうしてじぶんを殺そうとした狂人の言葉を信じるのかね？」

「頭に傷痕があった」

「あれはハラカンの野で戦った時に受けたサーベルの傷だ」

「私はあなたとあの男が、ひとりの同じマターズ伍長なのじゃないかと疑っていた」

伍長は笑った。「あの馬鹿な奴のことは忘れたほうがいい。あれは島の反対側に行ったから、もう戻ってこないと思う。今では私が、昼も夜も任務についている。私の最初の命令は、もう採掘場行きはやめだということだ。二番目の命令は――サイレンシオ、親愛なる薔薇のラベルの壜と、グラスを三個持ってきなさい」

私たちは酒を酌み交わしたが、私自身はあまり飲まなかった。この伍長に対して、どうして警戒心を抱かずにいられるだろうか？　明るい昼の光の下で見ても、かれは確かにあの愛すべき夜の見張りだと思われた。だが、よくよく気をつけて観察しなければならないこともわかっていた。一方で、サイレンシオはどういう立場なのだろう――敵か味方なのか。裏切ったうえに『断片』を投げ捨てたのもサイレンシオなら、私の救出を勧めたのもかれ自身かもしれず、そんなことを思うと何とも判断がつかなかった。おそらくかれなりの行動指針を持っているのだろうが、それが何なのか私にはまだわからない。それでもとにかく私は生きており、ロープを切って私を採掘場から助け出してくれたのはこのふたりなのだ。すべての疑問は棚に上げておくことにして、いい天気だねと私は伍長に言った。

　じぶんの足で立てるまでに数日かかった。伍長とサイレンシオが気を配って看護してくれたおかげで、私は完全に回復した。動き回れるようになると、午前中は海岸に出て過ごし、午後はあちこち伍長に勧められた場所へ行ってみるのが習慣になった。ある日のこと、伍長とサイレンシオは島の南海岸の干潟へと私を誘った。浅海の湾は棕櫚《しゅろ》の木と夾竹桃《きょうちくとう》の花々に囲まれていた。波打ち際まで歩いていったサイレンシオは、腕を高くかかげると奇声をあげ、飛び跳ねるように踊りはじめた。

「よく見ていてご覧」伍長が面白がっているような口調で言った。かれは砂浜に布を敷いて、私と一緒に座っていたのだ。盛んに鳴いていた鳥の声が急に静かになったことに私は気づいた。サイレンシオもいつの間にか踊るのをやめ、砂浜に染みついた影のように動かなくなっている。こちらに背を向けていたが、私にはかれが海面をじっと見つめているのがわかった。その右手の眩《まばゆ》い海に何かが見えた。最初、それは巨大な鰻か何かがこちらに向かってくねくねと泳いでいるのだと思われた。しかしそれがさらに近づいてきて、ふいに海面を割って伸び上がり、明るい飛沫のなかに円い吸盤の列が見えた時、やっと正体がわかった——クラーケンの触手だ。

「気をつけろ、サイレンシオ」私は怒鳴って、立ち上がった。しかしサイレンシオはすでに動きだしていた。捕まえようとして砂浜を右へ左へとなぎ払う触手から逃れるために、サイレンシオは後方宙返りを何度も繰り返し、安全なところまで退いた。そのあとで、私たちが赤蕪《ラディッシュ》のサンドイッチを食べながら〈三本指《スリー・フィンガーズ》〉を飲んでいると、クラーケンの本体がむっつりと湾の海面に浮上してきた。波間の一部の色が変わり、よく見るとビヤ樽三つ分ほどの幅のある大きな頭が海中に見分けられたのだが、そこにひとつだけついている眼はどうやら無愛想に私たちを見据えているらしいのだった。その周囲では、数が多すぎてとても数え切れないほどの触手がゆらゆらと浮き沈みしていた。

夜はいつも網戸のついたポーチのバーカウンターで過ごした。数週間前には生きながら焼かれるところだったことをほとんど忘れるのは、そういう折りだった。酒は無尽蔵にあるかのようで、そしてサイレンシオはお代わりの要求を拒絶することは決してないのだった。時には蠟燭の明かりでトランプをした。勝つのはいつもサイレンシオだ。もっとも、私たちは紙に記録を残して点数を競っているだけなので、負けたからと言って借金が嵩《かさ》むわけでもなかったが。朝日が射しそめる頃になって、ようやくベッドに入るようなこともよくあった。

比較的早寝した翌朝のことだった。伍長が私の部屋に来て、一緒に島の中心に行かないかと誘った。野犬の用心にそれぞれ拳銃を携えねばならないが、昼間だからおそらく野犬は出てこないだろうと言うのだった。これまで伍長が教えてくれた場所は興味深いところばかりだったので、私は喜んで承知した。島のことをもっとよく知りたい気持ちもあった。

サイレンシオは私たちがどこに行くかを知ると同行を断り、私はそれが少し心に引っかかった。

拳銃を携行するという伍長の考えも、かれとその弟についての疑惑がまだ十分には解消されていないことを思い出させた。もっとも、助けてもらって以来、かれが見かけどおりの存在以外のものだという徴候は少しも眼につかなかったが。それどころか、伍長と私はすっかり友人同士になっていた。努めて意識していないと、用心するのを忘れてしまいがちだった。

ドラリスの中心に行く途中で、群れを離れて一匹狼になっている野犬に出くわした。日蔭のくぼみから急に飛び出してきたのだったが、私に襲いかかる前に伍長がすばやく撃ち倒した。その地点からほど近い砂丘の谷間で、伍長は私に巨大な海の生き物の骸骨を見せた。砂に落ちた頭骨から尾の先に至るまでが長々と白い骨の地図を描き、空洞となった肋骨は優にわれわれの背丈を越えていた。その生き物はある嵐の夜に浜へ這い登ってきて、砂丘で死んだのだそうだ。私たちはさらに歩きつづけ、小さなオアシスになっている谷を通った。

「時どき、ここへ来ては弟のことを考える」伍長はそう言いながら、頭上に張り出した枝からレモンをもいだ。

「どんなことを?」

「この種のことは、煎じ詰めると結局、母親のところまでたどり着くものだね」伍長はそのような言い方をして、レモンに齧《かじ》りついた。アーラの香水を二倍に薄めたような香りがたって、あたりの空気を青く染めた。

真昼近く、私たちはとりわけ高い砂丘に登った。尾根を越えて行く手の眺望がひらけると、眼下には驚くべき光景が私を待ち受けていた。それは都市の遺跡だった——貝殻でできた巨大な壁、それに囲い込まれた百とも二百とも数え切れない穴だらけの土の塚——暑い陽射しと潮風に曝《さら》されて、それらの全体は打ち寄せる波に崩されていく砂の城のように見えた。

「パリシャイズだ」呆然として私は言った。

伍長はいぶかしげな顔で私を見た。「これはとても古いものだよ。ホテルの屋根裏に、ハロウが書き残したものがあった。かれの考えでは、この古代都市は海から来た人びとによって建設されたのだろうということだ」

私たちは日盛りの廃墟の通りを歩いていった。私が夜の幻に見たとおり、街路には大きな二枚貝の貝殻が敷きつめられ、今は白昼の陽射しを浴びて白く乾いている。私は非常に深い驚きに撃たれていたので、塚のあいだを歩きながらビートンの楽園への旅の物語を伍長に語って聞かせた。ホテルへの帰途もずっと語り続け、覚えている限りの冒険をすべて語り終えたのは、真夜中に裏手のポーチで〈甘き薔薇の耳《ローズ・イアー・スイート》〉を飲んでいる時のことだった。

私が話を終えると、伍長は黙って首を振った。数秒後、かれは瞼を閉じ、スツールからずるずると床へずり落ちた。サイレンシオがすぐに駆け寄ってきたが、どうやら〈三本指《スリー・フィンガーズ》〉と〈彼《か》の地〉の組み合わせがこたえたようだった。私は伍長に毛布をかけてやり、星を見ようと外に出た。砂丘のあいだの道を歩きながらアーラのことを恋しく思い、どうしたら彼女のところに行けるか考えた。理想形態市《ウェルビルトシティ》の全景が瞼に浮かんだが、その邪悪な権力を思うと怯《ひる》む気持ちがあった。今はまず、ドラリスから出ることだけを考えようと思った。

私は足を止めて、降るような星空を見上げた。見覚えのある星と星を眼で結び、星座を形づくる線をたどっていると、誰かが道をやってくる気配がした。最初、てっきりサイレンシオだと思った――というのは、後で私を追って海岸に行くかもしれないという仕種をバーカウンターの奥から送ってよこしていたからだ。闇のなかから誰かの手が伸びて、私のシャツの襟をぐいとつかんだ。身をかがめてその顔を覗き込むと、昼の見張りのマターズ伍長だった。頭部をまっぷたつに割って走る醜い傷痕が眼に飛び込んできた。

伍長は酒臭い息をしていた。「おい、貴様」伍長は血走った眼で私を見据え、何か言うたびに私のからだのそこここに唾が飛んできた。「これは命令だ。すぐに俺と一緒に行こう」

無理に引き摺っていこうとするので、私はよろめいた。

「楽園に行くんだよ。俺はとうとう見つけた。あれはドラリス島にあったんだ」

「島のどこに?」混乱したまま私は尋ねた。

伍長は足を止め、手の力を緩めた。記憶をたぐろうとするように、視線が泳いだ。

「だからなあ、俺はそこにいたんだよ!」急に伍長の眼がぎらつき、凶暴な力が私の襟元を絞めあげた。

私は左手の指二本で、伍長の眼を突いた。すぐに手の力が抜けた。悲鳴が響き渡るのを背後に聞きながら、私は砂丘のあいだの道を全速力で駆けぬけ、ホテルに向かった。夜の見張りの伍長が相変わらず床の上で眠っているかどうか、急いで確かめなくてはならない。かれがいてもいなくてもいい、どっちにしろこれで決着がつくと思った。

網戸を開けて、ホテルの裏手のポーチに入った。サイレンシオがひとりでほろほろと暗い旋律の夜想曲《ノクターン》を弾いていた。私は息を切らしながらバーカウンターへと走った。マターズ伍長は、私がホテルを出た時と同じ場所で眠っていた。がっくりと気が抜けて、私はじぶんのためにグラスに酒をつぎ、椅子に座って伍長を眺めた。よく見ると、白髪が顔に対して少し歪んでいるように思えた。それに、眠っているにしては息遣いが少々荒いようだ。毛布も前に見た時と違って、伍長のからだを完全に覆ってはいない。だが、二杯目の酒を飲むと確信が揺らいだ。そして三杯目を飲むころには、昼の見張りの伍長は外にいて、楽園を探しているのだと思い始めていた。

翌日、私は二日酔いで元気のない伍長に、双子の弟に出くわしたと言ってみた。

「あれはまだ楽園に行っていないのか？」伍長は奇妙な尋ねかたをした。

「砂丘にいたよ」

「何か問題があるのだろうな」

「私に、一緒に楽園に行こうと言った」

「途方に暮れているんだろう」よほど体調が悪いのか、伍長は冷ややかな口調で言った。「遠からず野犬の餌食になったとしても、私は驚かないね」

数日後の朝、サイレンシオがあたふたと私のところにやって来て、すぐ起きるようにという手振りをした。ようやく日が昇ったかという時刻で、室内にはまだ夜の涼しさが残っていた。夜の見張りのマターズ伍長も心配そうにやってきた。

「兵士を乗せた船が波止場に着いたんだ」伍長は言った。「服を脱いで、採掘場に行った方がいい。私はかれらの用向きを聞いてくる」

三十分もしないうちに、私は久々の採掘場の熱と悪臭のなかで、吐き気をこらえ汗にまみれて穴を掘っていた。地獄というのがどんなものか味わう経験が一回増えただけだ、と私は心のなかで呟いた。ほんとうにこの一回で済むといいのだがと考えながら、さらに二時間以上たつとさすがに不安になってきた。何の理由で兵士たちは島に来たのだろう――恐らく新たな囚人を連れてきたのに違いないと、私はじぶんに言い聞かせた。

さらに一時間ほどたったころ、伍長が外から私の名を呼ぶのが聞こえた。私は喜んで鶴嘴を投げ出し、螺旋の通路を登った。外に出ると、午後の暑い陽射しのなかに伍長と三人の軍服姿の兵士がいた。三人ともライフル銃を携行していた。

「クレイ?」

私が頷くと、兵士たちは互いに意味ありげな眼混ぜをした。

「ご同行願います」

伍長を見ると、じぶんに話しかけるなというふうに微かに首を振った。兵士たちに従って伍長と私は砂丘のあいだを抜け、砂浜を歩いて久し振りに見る波止場に着いた。かなり老朽化した様子の蒸気船が煙を漂わせながら桟橋で待っていた。

「マターズ伍長」船端まで来ると、兵士のひとりが言った。

伍長は前に進み出た。

「クレイを連れていく」

「ご随意に」素っ気ない顔で伍長は答えた。

兵士はベルトから何かを引き抜き、やにわに伍長の顳顬《こめかみ》へと押し付けた。鋼鉄製の針が二本、端から突き出ている黒い箱だった。伍長はすさまじい悲鳴をあげた。悲鳴がたっぷり一分間続いたあと、急に眼球がどろりと溶け出し、耳と鼻と口から黒い煙が立ち昇って、伍長のからだは私の足元に鈍い音を立てて倒れた。

「な、何だ?」私はそう言うのがやっとだった。

兵士は得意げにその道具を私に見せた。「歯車装置を溶かす道具だ。これを使えば、時代遅れになったものを簡単に処分することができる。さて、クレイ観相官どの、乗船して頂けますか? 私たちはマスターから、あなたを理想形態市《ウエルビルトシティ》にお連れするよう命令されています。あなたは赦免されました」

私は下穿きとズボン下だけの格好で蒸気船に乗り込んだ。サイレンシオを残していくことに気が咎《とが》めたが、これが市《シティ》に戻る唯一の方法なのだ。兵士たちは眺めのいい船べり近くの席に私を導き、ひとりが毛布を持ってきて肩を包んでくれた。私は赦免されたことが未だに信じられなかった。

船が島の北側を航行していた時、四人の兵士が来てふいに私を押さえつけた。ひとりが美薬の入った注射器を取り出し、有無を言わせず私の首にぶすりと刺した。頭のなかでドラッグが爆発し、強烈な紫色の輝きが私のからだを満たした。悪く思わないで下さいと言い訳しながら、兵士たちは私を元の位置に座らせた。

風が吹いていたが、私は美薬にすっぽり包まれていたので何も感じなかった。毛布にくるまり、白昼夢に浸ったまま、私は泡立つ海面と島の海岸線の景色に眼を向けていた。島から離れる前に、船は西端の岬の沖を通過した。距離はあったが、波に洗われながら海に突き出た真っ白な砂嘴《さし》に昼の見張りのマターズ伍長がぽつんと立っているのが見えた。背後の砂浜には野犬が群れ集まり、いかにも腹を空かせた様子で隙を窺《うかが》っている。私が手を振って呼びかけると、伍長は顔を上げて海上の私を見た。「――おい、俺は楽園を見つけたぞ」力いっぱい叫ぶ伍長の声が、遠く切れぎれに海を渡ってきた。

Ⅲ

21. 理想形態市《ウェルビルトシティ》再見

私が戻ってきたというニュースは『理想形態市新聞《ウェルビルトシティ》』の第一面を華々しく飾った。大活字の見出しによれば、何と私の有罪を導き出した計算の一部には重大な誤りがあったのだそうだ。ただし一般大衆は我が身の心配をする必要は全くない、一般人の人相は私よりもずっと原始的なので、読み誤る可能性は無きに等しいから、と記事は抜かりなく補足していた。私自身のコメントも掲載されていた。むろん、そんな発言をした覚えは毛頭ないのだが――不幸にも我が身に降りかかってしまった今回の手違いは、理由を考えれば全く無理からぬものだと、記事のなかの私は熱心に語っていた。ドラクトン・ビロウのコメントもその隣りにあった。心から信頼している部下が赦免を受け、市《シティ》の理想的な生活に戻れることになってほっとしたという内容だ。そうした嘘八百に続いて、私の経歴が詳しく紹介され、さらに私の告発によって行なわれた有名な裁判が列挙されていた。それらの裁判のひとつひとつが今の私にとって意味するものは、硫黄坑道に掘られた墓所の碑銘に他ならなかった。

アパートメントのドアを開けると、懐かしい筈のじぶんの部屋の光景に僅《わず》かな違和感を覚えた。旅行帰りの際にはよくあることだが、今回ほど長く留守にしたことはなかったためでもあるのだろう。何もかもが、何箇月も前に属領《テリトリー》に出発した秋の日の午後のまま――しかし気づくと、黄色の大きな花束と箱型の包みが隅のデスクに載っていた。漠然と予想したとおり、包みの中身はひと月分の美薬で、それを注射するのに充分な数の注射器も一緒に梱包されていた。私をドラリスから連れ出した兵士たちは、市《シティ》に着くまで八時間ごとに私への美薬の注射を続けていた。そのため、私は再び美薬に依存するようになっていた。

じぶんのベッドで思うさま手足を伸ばせると思うと、やはり安堵の思いを押さえかねるものがあったが、夜の眠りがすなわち安逸を約束する訳ではなかった。切れぎれの夢に現われるアーラやカルー、バタルド町長にふたりの伍長、サイレンシオたちは、生者と死者の区別なく誰もがもの言いたげな眼で私を見つめ、市《シティ》での私に秘密の任務があることを思い出させた。もはや見かけだけの歓迎や安楽な生活に惑わされる訳にはいかないのだ。

深夜、魔物の夢に魘《うな》されて眼を覚ました私は、起き上がってこれからじぶんが為すべきことをじっくり考えようとした。美薬の誘惑を退けるためには、それから夜明けまでに三十本の莨《たばこ》が必要だった。じきにわかったことは、今や上辺《うわべ》はどうであれ、ほんとうの私は市《シティ》では余所者《よそ》なのだということだった。かつて属領《テリトリー》での私がそうであったのと同じように——、第一級観相官の肩書きはもはや偽装に過ぎず、私は何とかしてビロウを出し抜かねばならなかった。たとえ一歩でも二歩でも、かれの考えの先を読まねばならない。ただ問題なのは、ビロウの思考が決して直線的ではないということだった。「さまざまな角度から眺めて、かれの思考の進む先を見極めなくてはならない」——私は思い巡らしながら呟《つぶや》いたが、すぐにその愚かさに思い当たった。ビロウが「私は観ない。耳を傾けるのだ」と言ったことを思い出したからだ。今や私にのしかかる重荷は大変なものであり、しかも事の展開が急すぎた。夜が明ける頃、私は涙ぐみながら袖を捲りあげ、肘の内側に注射針を射していた。

朝になるとビロウの使いの者が訪れ、一時間後に迎えの馬車に乗って慈愛善政府のビロウの執務室に出頭するようにと伝えてきた。私は急いで入浴し、ライムグリーンの三つ揃いをクローゼットから選び出して入念に着込んだ。花束の黄色い花をひとつ取って襟に挿したが、これは私が絶好調であり、また以前のようにマスターや国を信頼しているということを人びとに知らしめるサインに他ならなかった。今朝の会見に応じるには、服従の姿勢を示すだけでは不十分で、特にじぶんの今後の話になれば一定の矜持を保つことも必要だと私は承知していた。ビロウが私を赦免した裏には、当然のことながら隠れた動機がある筈だ。御者がドアをノックした時、今日のところは成り行きに任せよう、ただし何ひとつ見逃さないよう観察眼を研ぎ澄ませていようと私は決意していた。眼から鱗《うろこ》が落ちるような発見があるやもしれず、そうなれば何らかの計画が生まれるかもしれないと思ったのだ。

馬車は市《シティ》の賑やかな大通りを快調に走り抜け、私は久し振りに見る建築設計の複雑さとその威容に眼を見はった。アナマソビアとそれに続くドラリスでの日々の後で眺めれば、市《シティ》にはやはり格別なものがあった。最後に短期間やって来た時は、牢獄の独房と法廷とのあいだを行き来していただけだったし、移動時には黒い袋を頭から被せられていたのだ。尖塔やドームの下を行き交う身なりのよい人びとを私は馬車の窓から眺め、もしも放浪中のビートンがここへ迷い込んだら、きっとこの場所こそ楽園だと思い込んだことだろうと想像した。しかし角を幾つか曲がるうちに、軍服姿で巡回中の兵士の数がいつもより多いことに私は気づいた。しかも携行している武器は物々しい火炎放射器だ。何やら尋常でない事態が予測され、私は不安を感じた。

慈愛善政府の巨大なクリスタルガラスの建物の前で馬車は止まり、私は急な石段を登って正面入り口からロビーに入った。昇降機に向かおうとすると、若い女が急ぎ足で近づいてきた。

「これはクレイ観相官さま、お帰りなさいませ！　マスターがお待ちかねですわ」

それから瞬く間に大勢の人間がフロアに湧いて出て、皆が私に声をかけてきた。顔見知りですらない者までが私と話をしたがり、ご健康を祈りますなどと挨拶した。誰もが貼りつけたような笑顔で握手の手を差し出してくるのは、どう見ても私を歓迎するようにと上からの命令があったために違いない。私は適当に受け流し、ガラスの昇降機で十階まで上がった。ドアが開いて、ビロウの執務室に至る長い廊下を前にした私は、愕然と眼を見はった。廊下の両側に、アナマソビアの〈石になった英雄〉たちの青い石像がずらりと並んでいたのだ。私はそのなかに、楕円の鏡を持つアーンを見出した。隣りでやや前屈みの姿勢を取っているのは、今やとても他人とは思えないハラッド・ビートンだ。以前はただの薄のろとしか思わなかったその老いた顔だが、こうしてよく見れば確かに若き日の冒険者の面影が残っている。今でも指のあいだが少し開いており、眼に見えない手紙を差し出しているかのようだった。

採光のよい執務室に入っていくと、ビロウは広いデスクの向こうにいた。かれのデスクはどこにも継ぎ目のない巨大な水晶製で、私をここに連れてきた馬車と同じくらいの長さがあった。そのいちめんに書類の山が幾つも積み重なって、今にも崩れそうな状態になっている。他には面会の予定がないのか、ゆったりした寛《くつろ》ぎ着姿のビロウは、暖炉の炎のなかに書類を投げ込んでいる最中だった。

「クレイか。よく来た」そこに座れという合図に、ビロウはデスクの前の椅子を顎で示した。「書類というものは処分しても処分しても、いくらでも湧いてくる。実に悩みの種だな」

ビロウはさらに二、三回書類の束を火にくべると、私の方に向き直った。そして私たちは意味深長に互いの眼を見つめあった。グローナス山の地中深く出会った時のビロウ、炎上するアナマソビアで殺戮《さつりく》に酔い痴れていたビロウ、そして公判中には滅多に姿を見ることもなかった非情な我がマスター――次々に過去の場面を思い出し、さらに長の年月に遡る感慨にとらわれながら、先に視線を逸らしたのはやはり私のほうだった。隅のテーブルには、ビロウ自慢の精巧な市《シティ》の縮小模型が今も同じ位置に置かれていた。

「属領《テリトリー》から土産をお持ち帰りになったんですね」私はもっとも無難と思われる話題を持ち出した。

「ああ、属領《テリトリー》のものはここでは大人気なんだ」ビロウは得意そうに顔を綻《ほころ》ばせた。「新聞も連日その記事でいっぱいだ。持ち帰ることのできた品で、私は軽くひと財産つくったぞ。魔物の角は一本につき七百ビロウで売れる。粉にして鼻から吸えば、男も女もたっぷり一時間持続する恍惚感が得られて、楽園の門に吹き寄せられた心地がすると嘘っぱちを広めてやったからな」

ビロウは声をたてて笑った。「まあ皆さん、お楽しみになることだろう」

「ご赦免について、直接にお礼申し上げたいとずっと思っておりました」私は取って置きの畏《かしこ》まった物腰で言った。

「なあ、クレイ」ビロウは椅子の背もたれにからだを預けた。「実を言えば、お前がいなくて寂しかった。お前はいつも誠心誠意だったからな。私の蜘蛛型の乗り物に乗せてやった時、お前はじぶんの国に対する犯罪がどういう結果をもたらしたかを見て、ショックで座席に漏らしたっけ。あれを思い出すと、何と言うかな、つまり放蕩息子に会えなくなった父親の気分になった」

「マスター、勿体ないお言葉です」

一本に繋がった濃い眉の下で、ビロウの眼がせわしなく動いた。どこまで話したか、わからなくなったかのようだ。「ドラリスはどうだった？」

「あなたの古い戦友に会いました。ふたりのマターズに」

「ああ、あのふたりか？　奴らはどうでもいい。あの島を仕切っているのは猿だ。あの猿をどう思う」

「サイレンシオですね。驚嘆すべき生き物です」

「私の自信作のひとつだ」ビロウは上品にじぶんで拍手した。

「島にいたあいだに、私は罪を犯したのだから採掘場で焼かれるのは当然の報いだという結論に達しました」

「それは大変結構だった」ビロウはそう言うと、私の眼のまえで両手の指を精妙に動かし始めた。得意の手品が始まるのだと察したが、果たして私が襟に差していた黄色い花がかれの手のなかから現われた。

襟を見下ろすと、やはり花はない。「お見事です」

ビロウは当然のように頷《うなず》いた。「なあ、クレイ。お前を市《シティ》に呼び戻したのは、任せたい仕事があるからだ。お前が仕事熱心なのはわかっている。私はお前に新しいプロジェクトを用意した」

「観相学を用いるのですか？」

「お前の資格はすでに元通りになっている。私の考えている特別な使命を果たすには、お前のように熱心な者が必要なのだ。先日、変装して街を歩いていた時のことだが、私の神聖な作品——つまり世にふたつとないこのメトロポリスが、少々混みあい始めたことに私は気づいた。信じがたいことだが、民衆のあいだで不平不満も耳にした。不平分子の顔をつらつら眺めてみると、決まって相がよくないことにも気づいた。大抵は動物の尻といっても通りそうな顔をしている。そこで、私は人口を削減するための計画を思いついた」

「私でお役に立つことでしたら、何なりと」

「お前はまったく頼りになる」とビロウ。「一日に十人の人間を集めて、その相を観ろ。そして、もっとも劣悪な相の持ち主の名前を連絡してくれ。十日たったら、その連中を集めて始末する。私の計画では、記念公園で公開処刑をすることになっている。それで民衆の不平不満が収まるかどうか、様子を見てみよう」

「申し分のない計画です」

「お前には、誰でも適当だと思う者をつかまえて観相する権限が与えられている、と発表しておこう。ただし、私の身の回りの世話をする者は駄目だぞ。お前を告発した馬鹿者どもを覚えているか？特にあの連中は自由に調査してかまわない――それがどういうことかわかっているな」ビロウは愉快そうに笑った。「とにかく、私は十日後に十人の生きた人間を手に入れたい。だが、お前にはできるだけ多くの人間の相を観てもらいたい。この調査によって、少しでも多くの人間を始末したいのだ」

「畏《かしこ》まりました。すぐに取りかかりましょう」

しかしビロウはまだ私を解放するつもりにはなっていなかった。見慣れないかたちの美薬の小壜が二本、銀のトレイに載って登場し、私は断りたかったのだが、これが忠誠心を試すテストであることは明らかだった。ビロウは慣れた手つきで舌の裏側の血管に注射した。

「これは私が特別に調合したものだ」口のなかから注射針を引き抜きながらビロウは言った。呂律が回っていなかった。

私たちは美薬の影響のもとに一時間ばかりを座って過ごした。ビロウはトランプやコインを使って手品をしてみせたが、特別に調合したという美薬は確かに特別らしく、私はからだを動かすことがほとんどできなかった。ビロウの複雑巧緻な手の動きを見ていると、まるで催眠術をかけられているようだった。鳩が飛び、七色に燃え上がる炎が現われ、ビロウがじぶんの耳垢からつくった小さな男がデスクの上で蜻蛉《とんぼ》返りを打った。やがてその動きは猛烈に速くなっていき、私は眼と頭がくらくらした。今にも気を失うのではないかと思った時、ビロウが勢いよく立ち上がり、デスクを回ってきて私をドアへと導いた。

「クレイ、今晩お前の復帰を祝う晩餐会を催す。皆がお前の機嫌をとるところが見たいんだ。あいつらに言いくるめられて、お前を島流しにして悪かったな」

「恐れ入ります」

「晩餐会の会場に入るのにこれが要る」ビロウは手品に使ったコインの一枚を私の手に握らせた。

私は別れの挨拶をして、再び石になった英雄たちの並ぶ廊下を歩いた。外に出るとすぐ、ベンチを見つけて座り、呼吸を整えた。南国のドラリスでさえ、これほど汗をかいたことはない。特別調合の美薬のせいか、かつて経験したことのないひどい寒気を覚え、これから先どうなるかという不安のせいで神経が消耗していた。

私は気分を落ち着かせるために露天のショッピングモールを歩いた。通路の真ん中に臨時のリングが設けられ、ビロウが機械仕掛けで強化した剣闘士たちが試合を行なっていた。残酷な見世物を楽しむ気分ではなかったが、その時モールは人出が少なくて、嫌でも眼に入ったのだ。観客は若い母親と二人の女の子だけだった。

呼吸が落ち着いてきたので、私の注意はリング上の試合に向かった。片方の選手は、手首から先が巨大な鋏《ハサミ》の刃になっており、頭からは鋼鉄製のコルク栓抜きが二本突き出ていた。もうひとりの方は体内の仕組みの調子が悪いのか、ぶんぶんがたがたひどい雑音を立てている。稀に見る大男で、首と胸に粗っぽい皮膚移植の痕らしい継ぎはぎがあるが、もうひとりのように武器を組み込まれてはいない。片手に傷だらけの鶴嘴《つるはし》、片手にロープを持っていた。

金属製の巨大な鋏が一閃して、レースでも切るようにごついロープを断ち切った。お返しに大男が鶴嘴を振るったが、狙いが狂って空振りに終わった。すると鋏男が突進して大男の腕を突き、血は見えなかったが、皮膚がひどく裂けたのがわかった。結局、最後に鶴嘴が鋏男の背中を貫いて、試合は終わった。スピーカーから流れる拍手喝采が閑散としたモールに響き渡り、わびしさと味気なさと胸に突き刺さるような悲哀とを感じながら、私はこれら一連の出来事を眺めていた――大男はぎくしゃくとお辞儀をし、片付け係が敗者を運び去り、親子連れは興味をなくしてどこかへ行ってしまった。私はリングに歩み寄り、勝った剣闘士の背中に呼びかけた。「カルー」

剣闘士は身じろぎもせず、虚空を見つめている。

「カルー」私はもう一度呼んだ。

じぶんの名前がようやく頭のどこかに届いたのか、かれは振り返って無表情に私を見下ろした。〈彼《か》の地〉にまで至った旅の仲間として、私はじぶんがカルーと深いところで触れ合っているとばかり思い込んでいたが、そうではなかった――カルーは壊れてしまったのだ。首の後ろの皮膚を破って、大きな発条《ばね》が痛々しく突き出していた。

私はモールを駆け抜けて、公園に飛び込んだ。悄然《しょうぜん》として一時間ばかりさまよった挙句、ようやく街を歩く気力が出て、じぶんの仕事場へ行った。あのような姿のカルーを見たことで、胸の決意はいやが上にも固まっていた。机の前に座るとすぐ、公用の便箋を用いて財務大臣に手紙を書き、ビロウが属領《テリトリー》から持ち帰ったものの詳細なリストを請求した。運が良ければこの手紙は大臣の手には渡らず、小役人の手で処理されるだろう。逮捕されるのは怖いが、この状況下では、行動しないことは行動することと同じくらい危険だった。属領《テリトリー》から持ち帰られたものの記録が入手できれば、アーラのところへ到達する方法の手がかりが見つかるかもしれないと私は考えていた。

手紙を配達人に託したあと、私は窓際に立って賑やかな大通りを見下ろした。ちょうど真向かいは観相アカデミーの中央棟だ。通りを行き交う人びとに向かって、この国は狂っていると大声で叫んでみたかった。だがかれらの頭のなかは、どのようなコネを使えば魔物の角の粉末を入手できるかといった類《たぐい》のことでいっぱいだ。確かめてみなくても、私にはよくわかっていた。

22・蝮《まむし》たち

私の復帰を祝う晩餐会は、クリスタルのドームを擁する超高層レストラン〈市頂上世界《ザ・トップ・オヴ・ザ・シティ》〉で催された。ビロウにもらったコインを入り口の衛兵に渡そうとしたが、受け取らなかった。ドラリスからのご帰還おめでとうございますという衛兵の声を背中で聞いて、会場内に入った。西の山並みに沈みかけている夕陽の真っ赤な輝きが半透明の丸天井で屈折して、蠟燭の火で飾られたレストランの内部に複雑な模様を落としていた。

円形の部屋には国家の官僚機構の基幹を成す大臣や高官が群れ集い、まるで蜂の巣をつついたような有り様だった。人びとはテーブルの周りを移動して、次々に相手を替えてはくっついたり離れたりを順序良くこなしていた。かれらは歯を食いしばったまま口の片方の隅で喋り、もう片方の隅で笑う。巨きな葉巻を咥《くわ》えた者もいる。耳に入ってくる会話の断片は、地位と金に絡む話ばかりだ。

人びとは私の到着に気づき、たちまち長い列ができた。かれらは順番にひとりずつ私に握手を求め、復帰の祝いを述べた。属領《テリトリー》や硫黄採掘場のことを尋ねる者もいる。私は相槌を打ち、礼をのべ、なかなか大変でしたと答えた。酒はふんだんにあり、私に挨拶に来る者の多くがすでに酔っていた。私自身も、列の半分を消化するころには〈甘き薔薇の耳《ローズ・イアー・スイート》〉を三杯飲み干していた。観相官としての過去の日々を私は思い出していた。今までにどれほど多くの顔を観てきたことだろう――当時も今も変わっていないことがひとつだけあった。それは見るだけの値打ちのあるものに遭遇するという期待を全く抱いていないということだ。

そんな思いにかられたすぐ後のことだった。酔っぱらった若い女がふらふらと私の前に現われた。連れのいない娘で、ビロウがこのような催しの際に雇う賑やかしの娘たちのひとりだと思われた。濃い化粧で彩った瞼を半ば閉じて、だらしなく笑いながら娘はいきなり私に抱きつくと、唇を合わせるなり私の歯のあいだに舌を押し込んできた。娘の後ろの連中がやんやと喝采した。

辟易《へきえき》して身を引いた私の耳に、彼女は口をつけて囁いた。「革手袋は元気?」

「君は私の知り合いか?」

「あなたは覚えていないでしょうね」娘は私を解放し、後ろに並んでいる男のところへ戻った。男は縞柄のスーツを着て、顎鬚をきちんと刈りこんでいた。「あのひと、前に私を記念公園まで連れ出したことがあるの。小指ほどのものに革手袋をかぶせて、私をものにしたのよ」娘が言うのが聞こえてきた。

男はげらげら笑って頷《うなず》いた。娘は列を去って人ごみに紛れ、一方で縞柄スーツの男はじぶんの後ろに並んでいる男の方を向いて何か囁く様子だった。後ろの男は話を聞きながら上目遣いに私を見ていたが、じきに卑しく顔を崩して笑いだした。じぶんの不品行の噂が波のように広がっていくのを眼《ま》の当たりにして、私は吐き気を覚えた。わざわざ手袋を嵌《は》めた手で私に握手を求める酔っ払いもいた。私は平静を装ってにこやかに微笑み、なかなか大変でしたと言った。

私が出席者全員から挨拶を受け終えたころ、ビロウが注目を集めつつ登場した。かれは有機培養土入りのポケットから生えている蔦《つた》植物でできた〈生体スーツ〉を着用していた。かれの全身を包んでいる服は生垣のようで、後ろはフード状になって後頭部にかぶさっている。ビロウは踊るような足取りで部屋の中央に進み出ると、静かに、とひとこと言った。すると重苦しい沈黙が部屋を満たした。ビロウの演説中には、嚔《くしゃみ》ひとつしても苛酷な報いを受けると誰もが知っていたからだ。

「諸君、私は属領《テリトリー》に行ってきた」ビロウはドームのクリスタル越しに夕闇を見上げた。その様子は何かを探し求めているかのようだった。人びとは皆、同じように空を見上げたが、やがて劇的効果を高める所作に過ぎなかったと気づいた。

「そして」ビロウは続けた。「諸君のために、属領《テリトリー》を持ち帰った」かれは合図の手を叩き鳴らし、すると接客係がテーブルと椅子を脇に寄せ、厨房に通じる両開き戸の前から円形の部屋の中央に至る広い通路をつくった。作業が終わると、ビロウは高らかに宣言した。「それでは魔物をご覧に入れよう」

厨房のドアが開いて、魔物が運び込まれてきた。背後に回された両手を鎖で縛られ、背中に折り畳んだ翼もろともロープでぐるぐる巻きにされている。ふたりの兵士が魔物につきそっていた。ひとりは先に立って魔物の首の金輪につけた鎖を引き、もうひとりは火炎放射器を魔物の背中に突きつけている。

魔物は歩くというよりは飛び跳ねて進んだ。牙を光らせ、客たちに向かって絶え間なく唸り声をあげている。魔物が前に出て威嚇すると、客たちは縮みあがって後ずさりした。兵士が鎖を強く引いて牽制していたが、かなりの苦労があるようだった。魔物が円形の部屋の真ん中に引き出されると、兵士は引き鎖を短くして床の留め金に固定した。

魔物は吠え猛り、鎖を引き千切らんばかりに暴れた。背中の筋肉が盛り上がり、ロープで縛られた翼が半インチばかり膨らんだ。しかし理想形態市《ウエルビルトシティ》のエリートたちが我慢できたのはわずかなあいだだけで、じきに子供じみたちょっかいを出し始めた。カクテル用のナプキンを丸めて投げつけたり、魔物の爪が届かないぎりぎりのところまで出て、急に奇声をあげて脅かしたりするのだ。私はバーカウンターのそばにいたが、そこへビロウが寄ってきた。

「おい、実に抜け目のないやつだな、お前は」ビロウは魔物をからかう客たちに眼を向けたまま、押さえた声で言った。

「何のことでしょう、マスター」

「属領《テリトリー》の遺物のどれかに投資したいと思っているんだな?」

「さあ、何のことかわかりませんが」私はグラスを口に運び、動揺を隠した。

「財務大臣が知らせてきた。属領《テリトリー》から持ち帰った品のリストをお前が要請してきたと」

「そのことでしたか」いかにもばつが悪そうな笑いを私は浮かべ、次いで頭を掻いてみせた。「魔物の角は、特にいい投資対象になると思いましたので。鼻から吸い込めるように粉にすれば、一包がかなり良い値で売れるでしょう。七本から千四百包くらい作れますよ、きっと。むろん、これは今朝ほど伺ったお話から考えついたことですが」

「お前の腹は読めていたぞ」心なしかほっとした様子でビロウは言った。「それでは一本、お前にくれてやろう」

私が礼を言おうとした時、魔物の周囲で騒ぎが持ち上がった。客たちは一斉に飛びのき、椅子の脚に足をとられて転んだり、テーブルの上に仰向けに引っくり返ったりしていた。ちょっかいを出していた客のひとりが、魔物の額の角に突かれたのだ。私が見た時には、鮮血の噴き出す顔に驚愕の表情を浮かべた犠牲者が床に倒れるところだった。すぐに魔物が覆い被さり、泣き喚きはじめた顔の一部を大きく食い千切った。

兵士たちが火炎放射器を構えた時、ビロウが手を上げて制止した。魔物の牙の下で苦悶している犠牲者へとかれは眼をやった。「誰だ、その引っくり返っているのは?」

数人が振り向いて答えた。「芸術大臣のバークです」

ビロウは愉快そうに笑った。「放っておけ」そこで兵士たちは火炎放射器を下に向けた。ビロウが指を鳴らし、聞き苦しい断末魔の叫び声を掻き消すべく賑やかな音楽が始まった。ウェイターたちが厨房からどっと溢れ出し、〈不在《アブセンス》〉の青い塩と青葱を載せたクレマットの盆を手に手に運んできた。

「属領《テリトリー》の珍味だ」受け取ろうと群がる人びとに向かってビロウは得意げに告げた。

その後で私はドームの北側の一段高くなった上席に座らされた。私の聡明さや国家への忠誠心、驚くほど鋭い観相能力について、大勢の出席者が退屈なスピーチをした。私は意味のない微笑を浮かべて頷き、他の聴衆は適切な箇所で拍手したり笑ったり歓声をあげたりした。私自身もスピーチを求められたが、型どおりビロウに敬意を表するに留め、「市《シティ》万歳、マスター万歳」と叫んで締めくくった。私は人びとの顔を見下ろした。私の演説に対するどよめきが消えると、皆が一様にぽかんとした顔になった。次に何が起こるか誰も知らないのだ。

壇上の私の傍らにいたビロウが、これ見よがしに私の手を握って上下に振り動かした。接客係のひとりにつきそわれて私が席に戻ると、ビロウのスピーチが始まった。

「よく見るがいい」ビロウは言い、大袈裟な顰《しか》め面をしてみせた。ビロウの服のフードとなっている蔓《つる》にぱっと白い花が咲き、客たちは狂喜した。私はそれより、接客係たちが八フィートもある鉤つきの棒を使ってバークの死体の残骸を魔物から取りあげる作業をしている方が気になった。

「芸術大臣の地位に応募する者は、履歴書を提出するように」ビロウが言うと、人びとのあいだからどっと笑い声が起きた。しかし、それがやむとビロウはいっそう厳しい顔つきになった。「今日のこの夜、クレイ観相官を称える催しを持ったことは実に時宜にかなったことだと言える。何故なら、クレイこそが属領《テリトリー》の一途さと知恵の深さを体現する者だからだ。属領《テリトリー》の風変わりで開放的な土地柄は誰しも好むところだろう。私は今夜、その一端を諸君に伝えるために最善を尽くした。だがそれだけではない。これからは、属領《テリトリー》を市《シティ》に活を入れるための新たなキャンペーンの象徴とする。その一環として、私はふたつの方法を提案する。第一に、クレイに観相学上望ましくない者を集めさせて、その全員を処刑する。十日後、場所は記念公園だ。その場で君たちは適者生存、言い換えれば不適応者の殲滅《せんめつ》を眼《ま》の当たりにすることだろう。それは言うならば辺境の荒地に見られる現象そのままだ」

客たちはこの宣言に対して熱狂的な拍手を送った——拍手喝采に多大の労力を割くことによって、生き残る値打ちがあるとビロウに認めてもらえるかのように。

「このキャンペーンの結果として、君たちは親戚や配偶者や子供を失うかもしれん。だが、奪うだけ奪ってお返しをしないなどということは、このドラクトン・ビロウにはあり得ない。同じく十日後、属領《テリトリー》の風物を披露する展覧会が催される。珍しい風物がどこで見られるかはまだ秘密だ。記念公園での処刑のあとでそれは発表される。この展覧会のテーマは『属領《テリトリー》の驚異的な想像もつかないものたち』だ。市《シティ》の住民がまだ誰も見たことがない、奇妙奇天烈なものが見られる筈だ。家族みんなで楽しめる催しでもある。属領《テリトリー》には、魔物などよりはるかに凄いものがいくらでもある。私が何を持ち帰ってきたか、乞うご期待だ」

ビロウは、その朝したように左手の指を動かし、虚空から一枚のコインを取り出した。「ここにいる者は皆、これと同じコインをもっている筈だ。なくさないように気をつけろ。これがあれば、愛する者を伴って、開催初日に無料で入場することができる」

聴衆は各自のポケットを探り、コインを取り出した。私もそれに倣《なら》った。掌に載せてよく見ると、コインの表はとぐろを巻いた蛇の絵柄だった。裏返すと、花が描かれていた。

ディナーが饗される頃には、バークの残骸はすでに片付けられていた。私はビロウならびに公安長官ウィンサム・グレイヴズと同じテーブルだった。席に着くや否や、グレイヴズは〈属領《テリトリー》キャンペーン〉という着想の素晴らしさを誉めちぎり始めた。

「黙れ」とビロウ。

「もちろん、黙ります」長官は強いて笑顔をつくった。

今夜のテーマに合わせて、火蝙蝠のローストとクレマット団子がメイン料理になっていた。運ばれてきた皿を前に、私は吐き気をこらえるのが精一杯だった。他の客たちはがつがつと料理を掻き込み、早くもお代わりを求めている者さえいた。

ビロウが私の皿を横目で見た。「料理が気に入らないのか?」

グレイヴズもまた私を見て、口を団子で一杯にしたままほくそ笑んでいた。次に何が起こるか楽しみにしているのだ。

「胸が詰まって戴けません。このように寛大に受け入れて下さったことに感激して」私は神妙に答えた。

「いやいや、責めているのではない。こいつらがどうしてこんな糞みたいなものを嬉しがって食えるのか、私にもわからんのだ」

ビロウはむろん不味《まず》い食事には手をつけず、その代わりといったふうに、丸い蓋をかぶせた銀のトレイが運ばれてきた。「おお、これこそまことの命の糧だ!」ビロウは叫び、蓋の抓《つま》みをつかんで持ち上げた。現われたのは楽園の白い果実だった。

「申し上げるのも僭越ですが」とグレイヴズ。「早急にそれを召し上がるのは、果たして賢明なことでしょうか？　どのような作用があるのか、未だ解明されていないのでは？」

「数箇月かけて、この果実を調べさせた」動じることなくビロウは答えた。「科学アカデミーに行けば見られるが、この果実のかけらを与えられた鼠がいる。そいつは老衰で死にかけていたのに、今では元気潑剌、生殖能力まで回復したそうだ。それに、そいつが迷路テストで発揮する知性といったら――なあグレイヴズ、おそらくお前より上だぞ」

「楽園のような味がするとよろしいですね、マスター」上の空で私は口を挟んだ。ビロウは果実を両手で持って口に運び、貪るように食べ始めた。半透明の白っぽい果汁がかれの顎を伝い、クレマットの味気ない臭いを搔き消すように馥郁《ふくいく》たる芳香があたりに漂い出して、私はいつしか夢と幻の世界へと誘《いざな》われていた。植物でできたビロウのスーツは、私に緑人モイサックを思い出させた。そしてビートンの旅の記憶にぼんやり浸っていた私が我に返ると、ビロウの皿には砂時計のかたちに齧《かじ》り残された芯が転がっていた。濡れた芯の周囲には幾つかの種らしいものが認められるのだった。

「思ったより新鮮だったな、なかなか美味《うま》かった」ビロウは袖で手を拭った。「しかしこれで不死になったような気はせんぞ」ビロウがぱちりと指を鳴らすと、側仕えの召使が飛んできた。「これを持っていって、すぐに種を播け。私が教えたとおりにな」

上品に喋ったりお辞儀をしたり、頷いたりしているうちに夜が更けていった。私は白い果実がどういう変化を及ぼすか知りたくて、ビロウを注意深く観察していたが、特に眼を惹くようなことは起きなかった。そのうちビロウは私の不品行を暴露した娘と踊り始めたので、席に残ったグレイヴズから私は何とかして情報を引き出そうと試みた。ビロウが言及した展覧会について知りたかったのだ。しかしグレイヴズが把握しているのは、かれの配下の者の一部が通常の仕事から外されて、何かの警備に当たっているということだけらしかった。展示会場がどこに建設されているかも知らないというのだ。

「われわれにわかるのは、マスターが教えて下さることだけですな」本音とも嘘ともつかずにグレイヴズは言い、底意地悪くにやにやした。

私は新しく与えられた公的権限によって、明日にでもこの男を訪ね、観相のため出頭するよう告げようかと考えた。長い年月のあいだに、この男のせいでどれだけの人間が死んだことだろう。私は記念公園に集まった群衆の前で、この男の頭に不活性ガスが注入され、自惚《うぬぼ》れの程度にふさわしいほどぱんぱんに膨れあがるさまを想像した——しかし私はじぶんを抑えた。またしても人を憎んでいるぞ、クレイ、と私は自身に言い聞かせた。フロック教授の硫黄の墓所に刻まれた「赦《ユル》ス」という鮮烈な文字が頭に浮かんだ。考えてみればグレイヴズだって、何とか生き延びたいと足掻《あが》いているだけなのだ。かれもまた偽装をしている——私と同じように——他のすべての人びとと同じように。私たちは皆、ドラクトン・ビロウからほんとうのじぶんを隠し、ビロウの〈輝かしい夢〉が終息する時を待っているのだ。

ビロウの生体スーツから急にするすると蔓が伸びた。それを蜘蛛の糸のように操って、手近にいたふたりの若い女をからめ取ると、ビロウは厨房に通じる両開き戸から悠然と出て行った。それと同時に、催しは唐突に終わりを告げた。音楽が途絶えて、照明が落とされ、接客係たちが片付けを始めた。魔物もどこかへ引きたてられていき、客たちは属領《テリトリー》の珍味を家族への土産にしようとナプキンで包んでポケットに入れた。私はかなり酔っていたが、今夜の催しを無難にこなすことができてほっとしていた。

冷たい風の吹く街路に出ると、馬車が私を待っていた。乗らないから帰ってくれと私は御者に告げ、酔いを醒ますために一時間ばかり歩いた。睡蓮の浮かぶ人工池を横に見ながらモンツ大通りを歩いていた時、尾行されていることに気づいた。じぶんの足音から少しずれて響くもうひとつの足音が気になった。思い切って振り返ると、見るからに不自然な動きで人影が反対側の建物の入り口に駆け込んだ。

私はまっすぐじぶんのアパートメントに帰り、ドアに施錠し、鍵穴に耳をつけて外の気配を窺《うかが》った。誰もいないと思われたので、小走りにデスクまで行き、美薬の注射の用意をした。頭皮がむず痒く、からだが震えた。禁断症状が始まっているのだ。頭皮に針を刺して、私は懐かしいフロック教授の名を呼ばわった。しかし、かれはもう二度と私のもとにはやって来ない。床と壁が波打って火花を散らす――黄色い花が啜《すす》り泣く――ようやく眠りに落ちようとしていた時、何故かアナマソビアの酒場の主人フロド・ジーブルが私の前に現われ、三十分もくどくどと愚痴をこぼしていった。

23 始動

翌朝は早く起きて、観相の対象に選んだ相手に渡す予約カードを作成した。もちろん、ビロウに処刑させるために十人の人間の名を報告するつもりなどさらさらない。これから何をするにせよ、十日以内にやり遂げて、それから国外に脱出するつもりだった。だが、今はとりあえずビロウに服従する演技を続ける必要がある。午前中に会う予定の何人かに、午後観相に出頭するように要請しなくてはならなかった。

私は通勤の労働者で通りが混雑する前に、アパートメントを出た。最初に行くべき場所は、前夜の晩餐会が催された〈市頂上世界《ザ・トップ・オヴ・ザ・シティ》〉だ。私は回り道をしたり、途中で急にとって返したり、観相アカデミーの構内を通り抜けたりといった小細工をした。誰かが私を尾行しているような気配はなかったが、仮に尾行されていたとしても、撒《ま》くことができた筈だ。

建物に入ると、ちょうど清掃人たちがドーム直通の昇降機のドアを開けるところだった。かれらは私が上に昇るのを止めようとしたが、私がじぶんの名を明かし、観相を受けに来るかと尋ねるとあっさり引き下がった。新しく得た権力はなかなか役に立つらしい。私が予約カードを持ち出さなかったので、清掃人たちは感謝を込めて私に笑顔を向けてきた。私も微笑みかえして、昇降機のドアを閉めた。

レストランには誰もいなかったが、すぐ後から清掃係の女が入ってきて、フロアの真ん中にこびりついたバークの血を掃除し始めた。私を気にしていないようなので、こちらも無視しておくことにした。ドームのクリスタルガラスを透かして小さな昇ったばかりの太陽が見え、その温かみのある光線が室内いっぱいに満ちていた。私がここへ来たのは、眺望のよさを利用して市《シティ》のどこかで建設工事が行なわれているだろう場所を調べるためだった。円形の部屋の周囲を歩き回り、私はガラス越しに市街を見下ろしては注意深く観察した。蟻のように小さな人びとがせかせかと通りを歩き回り、てんでにクリスタルや珊瑚の建物にあいた穴に入っていく。「パリシャイズ――」私は心のなかで呟《つぶや》いた。

何も見つからず、市《シティ》の景観はいつもと変わらなかった。地面に大きな穴を掘っているところも、建設機械が集められている場所もない。足場も組まれていない。なおも見ていると、清掃係の女が私の横に来て、同じように市《シティ》を見下ろした。

「何か用かね」私は尋ねた。

「もしかして、魔物をお探しなんですかね?」

「魔物ならここにいた。あんたが掃除しているのは、夕べの魔物の仕業だよ」

「存じてます」女は前歯の抜けた口許を綻《ほころ》ばせた。「でも旦那さんは、もしや晩餐会のあとで何が起きたか御存じないんじゃありませんか? あの魔物は、厨房に連れていかれるとすぐに暴れだして、鎖を引き千切ったんです。火炎放射器なんてものは、兵士が互いを焼き殺す役にしか立たなかったそうですよ。残っていた者も殺されて、今じゃあ魔物はこの市《シティ》のどこかに隠れているんですって」

「大ごとじゃないか」

「今朝の新聞に、マスターお抱えの専門家が書いてました。昼のあいだは地下に潜んでいるに違いないから、夜になるまでは何事も起こらないだろうって」

おぞましいニュースだ。だが、一般大衆の言葉に耳を傾けることで情報が得られるということは、私にとって新しい発見だった。私が礼を言うと、女は役に立ったことを認めてもらえて心底嬉しそうだった。そして床の染みのところに戻って擦《こす》りたて始めた。

展示会場らしいものを発見できないまま〈市頂上世界《ザ・トップ・オヴ・ザ・シティ》〉を後にした私は、街角で理想形態市《ウェルビルトシティ》新聞を買った。その足で公園に面したカフェテラスに入り、淹《い》れたてのシャダーを前に新聞を開いた。第二面の小さな扱いで「魔物逃亡」という見出しがあった。急いで記事に目を通したが、清掃係の女が教えてくれたこと以上の情報はほとんどなかった。いつからビロウは誤りを認めるようになったのだろうと、私は首をかしげた。以前なら、この種の出来事は報道されなかっただろう。できれば次にビロウに会った時に尋ねてみようと思った。

表面に泡をたてたシャダーが美味《うま》かったので、もう一杯濃いのを注文した。誰か味方になってくれる者がひとりでもいたら、さぞ助かるだろうと私は考えた。だが一体、誰を信頼できるだろう？市《シティ》に戻ってから会った人間で、言葉の裏に隠された意図のない者と言えば、あの清掃係の女くらいしか思い浮かばない。女の顔が頭に浮かんだせいで、魔物はおそらく地下に潜んでいると言っていたのを思い出した。地下に潜んでいるのは、魔物ばかりではあるまい——展示会場も地下にあるのではないかと、ふと気づいた。

学生時代、観相の助手を務めたり、緊急に必要な書類を公安局まで取りに行ったりするために、私はしばしば市《シティ》の端から端まで移動しなくてはならなかった。朝晩の混雑時には地上を避けて、地下を通ったものだ。市《シティ》の基礎が築かれた時、ビロウは天才ぶりを発揮して、複雑で大規模な地下通路ネットワークを組み込んだ。そしてかれ自身、人に見られずに移動する手段として活用していた。「クレイ、思わぬところに出現してひとを驚かすのが私の生きがいだ」——以前、ビロウはこの地下通路網についてそのように語ったことがある。役人たちも地下通路の利用を許されているが、滅多に使わない。地下でビロウに出くわしでもすれば、何か企んでいるのではと疑われるのが落ちだったからだ。

「地下か」私は呟いた。すぐに行って調べたかったが、逸《はや》る心を抑えて立ち上がり、居合わせたカフェテラスの客に予約カードを配った。運の悪い客たちは消え入りそうな声で礼を述べた。かれらがどれほど怯《おび》えているか理解できたが、名と住所を書き留めるあいだ、厳しい表情を崩すわけにはいかなかった。

観相の予約が詰まったので、早速仕事場に向かうことにした。その途中、カルーと鋏男の試合を見た例のショッピングモールを通った。今日も試合が行なわれていたが、前よりは見物客も多く、賑やかに賭けが行なわれていた。観客たちは歯車や発条《ばね》がリングじゅうに散乱するような激闘を求めていた。幸い、今日の出場者は私の見知っている者ではなかった。

私は観衆の後ろに立っている兵士に近づいた。やはり火炎放射器を持っている。リングでは、ちょうど剣闘士のひとりが戦斧の一撃によって頭部を失ったところだった。「ちょっと尋ねるが、負けたり壊れたりした選手はどうなるのかね」

「貴様の知ったことか」兵士は顔も向けず無愛想に言った。

「私が誰かわかっているかね？」

「ああ、何だ？　あと二秒でもぐだぐだ言ってみろ。誰だかわからないくらい黒焦げにしてやる。失せろ！」

私はかれに予約カードを渡した。それを眼にしたとたん、兵士はじぶんが重大な誤りを犯したことに気づいた。

「観相官閣下——」

「午後、私の仕事場でこの話をしようか？　ところで、君は額の相を観てもらったことがあるかね？」

私は首を振り、ぼそりと呟いてみせた。

「大変失礼をいたしました、観相官閣下」兵士は言った。「敗れた剣闘士は、軍需工場の裏の倉庫に運ばれます。修理できないほど壊れている場合は、真鍮と亜鉛の部品を取り除いた上で焼却します。修理できる場合は、新しい部品を組み込んでまた試合に出します」

私はカードを取り戻した。「よく教えてくれたな」

私がその場を離れると、安堵に満ちた兵士の声が背後から呼びかけてきた。「ドラリスからのご帰還おめでとうございます、閣下！」

午後は仕事場で、出頭してきた人びとの相を観た。かれらは皆、ごく普通の人たちだった。服を脱ぐことは要求せず、ただカリパスや口唇万力をあてがっては、アナマソビアでしたように適当なメモをとった。観相学に照らせば劣悪だということになる者に対しても顔だちを誉め、自由に話をするように促した。誰もが最初のうちは警戒したが、それも当然で、国の高官に愛想よくされてもにわかには信用できなかったのだろう。しかし私に害意のないことがわかってくると、次第次第に口がほぐれて、終《しま》いにはさまざまなことを話してくれた。我が子のこと、仕事のこと、魔物に対する恐怖など——私はいちいち話に頷《うなず》き、辛抱強く耳を傾けた。ところが、そうしているうちに美薬が欲しくてたまらなくなってきた。

最後に検査室に入ってきたのは、公園のティリバーの木に花を咲かせるのを主な仕事とする若い庭師だった。この若者は興味深いことを口にした。かれは私が属領《テリトリー》に行ったことをよく承知していて、じぶんもそこに行ったことがあると打ち明けたのだ。

「閣下、僕は属領《テリトリー》からさらに奥の荒野まで派遣されたのです。マスターの遠征軍が戻ってきてちょうどひと月後、ですから、あなたが不当な判決を受けてから数週間後のことです」

「ほう」

「マスターから、さまざまな種類の草木を、それも大量に持ち帰るようにという命令が下されたんです。非常に大規模な作業になりました」

「その草木はどうしたんだね？」

「とても奇妙な話ですが」若者は言うのだった。「それらの草木をはるばる持ち帰ると、市《シティ》の西側、つまり下水処理設備や上水道設備の近くまで運ぶように言われました。僕らはそれを通りの真ん中に置きました。大量なので、道路がほとんど塞がってしまいました。その時点で僕は任務から外され、公園のティリバーの世話に戻りました。翌日、草木がどうなったか気になったので、仕事が済んでから見に行ったのです。すると、すっかりなくなっていました」

若者はさらに婚約者のことや、将来の計画について聞いてもらいたがった。しかしその頃になると、私は全身に悪寒が走り、切実に美薬を打ちたくなっていた。私はまだ喋っているかれをドアまで押していき、君は国にとって大切な人材だ、楽しい結婚生活が送れるように祈っていると早口に告げた。若者が外に出るや否や、私はドアを閉め、デスクに走って注射器の用意をした。長年の慣れで、三分もしないうちに首筋に注射器を刺していた。

私が一度は美薬を断つことができた以上、もう一度断つことも可能なのだと美薬の側でも承知しているようだった。そのせいなのか、少なくとも以前ほど手ひどく私を翻弄することはなくなっていた。相変わらず幻覚は見たが、もはや現実と混同するほどではない。強迫観念じみた幻覚は減り、今では心の奥深くに眠る思いに浸らせてくれるような、穏やかな幻覚がほとんどになっていた。その午後、私はカルーを動く屍のような機械人形状態から救い出し、私の企てに協力してくれるように頼む白昼夢を見た。はかない充足に恍惚として窓を見ると、眩《まばゆ》い幻日のもとに市《シティ》が溶け出して、黒い雨となって降るまぼろしが見えた。

これらの一切が現実でないことは承知の上だったが、それでも私は夢想を追い続けた。たとえばアーラについての夢想だ。私はアーラを救出する。アーラは私を赦《ゆる》し、心を入れ替えて別人のようになった私に恋をする。すべてがごく単純な、そして切実に必要なことだと思われた。蕩《とろ》けんばかりに甘いアーラのからだを抱きしめ、さらに甘い唇に接吻しようとした時、ドアを叩く音がした。その落差によるショックがあまりに大きかったので、私はもう少しで椅子から転げ落ちるところだった。

「クレイ観相官にお届けものです」外で声がした。

動揺しつつ私は立ち上がり、縺《もつ》れる足でドアまで行った。小包がやっと通る幅だけ扉を開け、受け取ると同時に音をたてて閉めた。「ご苦労」と声をかけたが、返事はない。小包は茶色い紙にくるまれ、十文字に紐がかかっていた。差出人の名も住所もない。私は小包を机の上に置き、その前に座って、開ければ噛みついてくる危険物を見るようにしばらく睨《にら》んでいた。美薬の効果が切れる頃合いになってようやく決心がつき、包みを開いた。最初に出てきたのは、ビロウ直筆の手紙だった。

「クレイへ
約束の魔物の角を進呈する。頭に生えている角には近づかぬよう。そうはいかない場合に備えて、身を守る道具を一緒に入れておく。危機が回避されるまで、夜間は外出するな。

マスター、ドラクトン・ビロウ」

手紙の下には、硬くて捻じ曲がった魔物の角が箱いっぱいに収まっていた。その角を握ってみて、重さといい先端の鋭さといい、これは結構な武器になると思った。詰め物の薄紙をどかすと、箱の底にはさらに強力な武器が潜んでいた――もともと私のものだった、あのデリンジャー銃だ。手回しよく装塡済みで、別にひと箱の弾丸がついている。その夜、外套を着て仕事場を出た時の私は、デリンジャー銃と魔物の角とメスをそれぞれ違うポケットに忍ばせていた。どれも火炎放射器ほどの威力はないが、それでも実際に星空の下の街路を歩き出すと心強かった。

何があってもきっと切り抜けられる筈だという自信を胸に、私は家路をたどる勤労者の群れに混じって歩いた。人びとは私だと気づくと、指をいっぽん宙に突き立てるあの奇態な挨拶をした。私はそれを見て嬉しくなり、連帯の印のつもりで同じく中指を立てた。ところが、誰も微笑を返してはくれなかった。かれらは一様に眼を伏せてそそくさと歩み去り、私を嫌って避けているようにも思われた。この時初めて、私はじぶんもかれらの一員だったらいいのにという強い思いにかられた。名もない者として群衆のなかに紛れ、あの若い庭師やその婚約者のように単純素朴な暮らしができればいいのにと――

24．工場地区での冒険、支配者の憂鬱

軍需工場に着く頃には、前後左右の街路は全く無人になっていた。このあたりは街の旧い部分で、他の地区のように角ごとにガス灯が立っているわけではないし、また輝く看板で道を明るくする店もない。ここはビロウの思いつきを真鍮と亜鉛で表現する工場地帯なのだ。すでに三十五年以上に渡って戦争はないが、それでも軍需工場は三交代制で動いている。ビロウの不思議のひとつは、そこでどんどん造られるロケット弾や銃弾をどうやって保管しているかということだった。私は軍需工場の脇を通った。機械が出来たての砲弾をばらばらと吐き出す機関銃のような音が聞こえた。窓から漏れる灯りは、夕暮れどきの光のように淡く弱々しかった。

工場の脇を通り過ぎて二つめの角に、ショッピングモールの兵士が話していたものと思われる巨大な倉庫があった。窓のない建物で、間口はほぼ一ブロック全体を占め、先がどうなっているのか見えないくらい奥行きが深い。倉庫の入り口は木製の両開き戸で、二枚の扉が鎖で繋がっていた。鎖にゆとりがあったので、扉の隙間からすべり込むのは簡単だった。私はライターとデリンジャー銃を取り出し、暗闇のなかへと入っていった。

病院用の簡易寝台のようなものが何列にも渡ってぎっしりと並び、闇の奥へ奥へと続いているのがライターの炎でかろうじて見分けられた。私はベッドの列に沿った通路のひとつにいた。それぞ

れの寝台脇には、工具や部品を置いた回転皿が取り付けられているようだ。ライターの炎がふっと消え、再び火がつくまでの時間が非常に長く感じられた。ともった炎でベッドのひとつを照らすと、そこにはビロウが金属と肉体からつくりだした人間まがいのものがいた。修理中のからだの一部を生々しく露出させたまま、それは眼を閉じて死んだようにじっとしていた。

　私はひとりひとりの顔を見て歩き、ずいぶん経った頃にようやくカルーを見つけ出した。カルーはショッピングモールでの試合のあとで修理を施されたらしく、かなり具合がよさそうだった。首と胸部の皮膚の継ぎはぎは目立たなくなっており、腕も属領《テリトリー》にいたころと同じくらいたくましく見える。カルーはぽっかりと両眼を開けたままでいた。眼球が動くかどうか確かめようと、私はライターの火を近づけた。最初は何の変化もなかったが、ふと引っかかるものを感じた——確かめようとして、もう少しでカルーの睫毛を焼くところだった。開きっぱなしだった瞳孔が、急に収縮し始めたのだ。それから、眼球がほんのわずかだが揺れ動きだした。

　息を詰めて見守るうちに、私の筋肉は緊張して痙攣し始めた。するとライターの火が細くなり、消えてしまった。発火装置を何度試しても、火花が散るだけで火はつかない。闇のなかでカルーが身を捩《よじ》ってぎしぎしと寝台を軋《きし》ませる気配が生じ、それがかなり大きな音になったので、私は思わず逃げ出したくなった。誰かに聞きつけられないかと不安になったのだ。突然、動きが止まって静かになった。

「カルー」私は囁いた。

答えはない。もう一度ライターを試してみたが、どうやらガス切れのようだった。私は何度もかれの名を囁いた。「カルー、カルー、私だよ。クレイだ」暗闇のなかに長くいればいるほど、怖くなってきた。もう耐えられないと思った時、ふいにカルーが声を出して何か言った。その恐ろしさ、胸が潰《つぶ》れるようなパニックに捕われて、私はついにその場を逃げ出した。手探りで真っ暗な通路をたどり、ベッドの角や工具の回転皿にぶつかりながら戸口をめざした。無我夢中で突き進んでいた時、背後からはっきりとカルーの声が聞こえてきた。最前ささやいた言葉を、今度は大声で叫んだのだ。「らくえん」――その声が倉庫じゅうに響き渡り、他の機械人間たちがいっせいにかさかさと動き出した。

何とか戸口にたどり着き、戸の隙間から外に出た。逃れ出て最初にしたのは、役立たずのライターを投げ捨てることだった。私は思い切り速いペースで歩き出した。息を切らして二ブロック歩いてから、軍需工場の脇を通らなかったことに気づいた。動転していたので、道を間違えたのだ。引き返そうかと思ったが、その時にはもう完全に道に迷っていた。とにかくそのまま進むことにした。心の底に、きっと正反対の方向に向かっているに違いないという嫌な感じがあり、前方に市《シティ》の中心部の灯りが見えたような気もしたが、確信はなかった。

ひと晩じゅう歩いたような気分になったころ、一軒のバーを見つけた。明かりのない暗い通りで、そこだけ明るく輝く看板を掲げている店だ。開け放たれた窓から話し声と音楽が漏れていた。その店を見てほっとするあまり、夜更けにあまり感心しない場所にいるのを見られることなど気にならななかった。私は店に入って真っ直ぐバーカウンターへ行き、〈甘き薔薇の耳《ローズ・イアー・スイート》〉を一杯頼んだ。酒の力を借りて、あの人間もどきたちの記憶を拭い去りたかった。電気機械による原始的な意識を持ち、蠢《うごめ》いたり軋《きし》んだりする、あのぞっとするような存在のことを一刻も早く忘れたかった。

客たちのうちの何人かが私を見て目礼したので、私も挨拶を返した。私は酒を飲み、リラックスしようとした。工場地域のかたですかとバーテンダーが尋ねたので、市《シティ》の中心部から来たのだと正直に答えた。

「そうだと思いました。クレイさんでしょう?」

「ああ、第一級観相官のな」私は自棄《やけ》になって言い、ぐいぐい酒を飲んだ。

「あなたの記事を読みましたよ。属領《テリトリー》に行ってらした?」

私は黙って頷《うなず》いた。

「あそこには楽園があるそうですね」

「ああ」

「聞いた話ですが」バーテンダーは口の端でにやりとした。「ラトロビア村の向こうの森に住む女には、乳首が三つあるんですって?」

「そのあたりなら行ったことがある。だが、噂がほんとうかどうかは教えてやれないな」

バーテンダーは私の返答が気に入り、二杯目を奢《おご》ってくれた。それから他の客の相手に回ったので、私はカウンターの後ろの鏡を眺めて時を過ごした。

高ぶった神経を宥《なだ》めるには時間と酒が必要だった。三杯目を飲んでいると、急にひとりの女が駆け込んできた。「魔物が、魔物が」と泣き叫んでいる。

バーテンダーが女に近寄り、落ち着かせようとした。「恐ろしいったら！　魔物が通りをこっちへやってくるのよ」

その時になって判明したことだが、驚いたことに店にいた市民のほとんどが武器を携行していた。労働者が銃を所有することは、政府が厳しく禁じているのだが——しかし男たちが武器を出して構えるのを見て、私もデリンジャー銃を取り出し、皆と一緒に通りへ出た。誰に指示されたわけでもなく、私たちは自然に二列に分かれた。前列の者は膝をつき、後列の者は立っているという迎撃体制だ。私は前列の真ん中に陣取り、そして前方から影が近づいてくるのを見た。

「無駄弾を撃つなよ」バーテンダーが言った。私たちの横手に立って、景気づけのつもりか二十五年ものの〈スクリムリーズ〉を壜の口から飲んでいる。「確実に命中する距離に来るまで待つんだ」

私たちに気づいていないかのように、それはずんずん近づいてきた。機械音が聞こえたので、はっとして私は相手の顔を見た——カルーだった。私を追ってきたのだ。かつてカルーがバタルド町長に対してほどこした親切が記憶に蘇り、それがあまりにつらかったので、私の手は勝手に動いた。カルーの額の真ん中に狙いをつけたのだ。「よく狙えよ、もうすぐだ！」バーテンダーが叫んだ。

十ヤード足らずの距離になって、私たちは発砲した。一斉に発射された弾丸はカルーにまともに当たった。カルーは数歩後ずさったが、倒れはしなかった。ぶつぶつ言う声が聞こえ、昼寝していたのに弾のせいで眼が覚めたと文句を言っているかのようだった。そして再びこちらに向かって歩き出した。立ち上がった私が、撃たないでくれと皆を止めたのはその時のことだった。

「やめろ、あれは魔物なんかじゃない」

「じゃあ、何なんだ?」銃口を向けたままのひとりが怒鳴った。

「われわれと同じ、楽園を探している男なんだ」私のその言葉で、皆はようやく銃口を下げた。傍らにやって来たカルーを見ると、政府支給品の胸当て付きズボンに二十個くらい穴が開いていた。血こそ出ていないが、腕と胸が明らかに傷ついており、有り難いことに顔は無傷だった。

バーの客たちが寄ってきて、力の全く入っていないカルーの手を握った。「すまんことをしたな、あんた大丈夫か」カルーはからだをふらふらさせて、呻《うめ》くような声を出した。私はカルーを連れていくことにし、その前にビロウからもらった魔物の角をバーテンダーに進呈した。

「鼻から吸えるように粉にして、今夜居合わせた人たちに一包ずつ分けてくれ」

私がそう言って角を渡すと、バーテンダーはじぶんの飲んでいた酒の壜をよこした。私はひと口飲んでカルーに回した。「あなたは鼻から吸うんじゃなくて、〈うつ〉ほうなんでしょう?」バーテンダーが上機嫌で冗談を言い、注射を打つという意味なのか銃で撃つという意味なのかわからなかったが、ゆっくり考えている暇はなかった。カルーはのろのろとしか動けない。通りが通勤者で一杯になる前に私のアパートメントまで連れていけるかどうか、太陽との競争だった。

途中の路上で、一度だけ通行人と擦れ違った。奇遇にもそれはレストラン〈市頂上世界《ザ・トップ・オヴ・ザ・シティ》〉のあの清掃係の女で、私を認めるとにこやかに手を振ってきた。「早起きですね、閣下！」そして何のつもりか、左手の親指と中指でOの字を作ってみせた。今回のサインには明らかな親しみが感じられたので、私も安心して同じサインを返した。カルーも不器用に真似ようとした。

この出会いのあとで私はカルーをさらに急《せ》かし、通りに通勤者が溢れる時間の直前になってやっとアパートメントまでたどり着いた。私はカルーを寝室に連れていき、ベッドに寝かせてやった。

「気分はどうだ？」

カルーは何も言わず、瞬《まばた》きをした。

「仕事で出かけなくてはならないんだ。わかるかい？」

カルーはまた、瞬きをした。

「誰かがドアのところに来たら、クローゼットに隠れろ。見つけられたら相手を殺せ。わかったな」

反応はまたしても瞬きだった。

今日使う予約カードを作りながら、私はカルーの瞬きの意味を考えた。果たしてかれは私の指示を理解しているのだろうか？　私は服を着て、デリンジャー銃を身につけた。外套を着ている最中に、誰かがドアをノックした。

「誰だ？」

「マスターがお呼びです」外の声が言った。「馬車でお迎えに参りました」

私は寝室を覗き込んだ。指示を出したにもかかわらず、カルーはベッドにいた。「カルー、クローゼットに入るんだ」

「らくえん」カルーははっきりと言い、しかし動こうとしなかった。

私はアパートメントを出て、馬車に乗り込んだ。ビロウの執務室に通じる昇降機に乗るまで、ほんの数分しかかからなかったように思われた。石になった英雄たちの並ぶ廊下を歩きながら、必死に頭を回転させてつくり話や言い訳を大量に考えだしたが、ビロウの執務室のドアを開けたとたん、そのすべてが混乱状態に陥ってしまった。私は何も考えずにビロウの前に出た。デスクに肘をついて額に手を当てたビロウの表情は、カルー以上に暗かった。

「クレイか。そこに座れ」

長い沈黙があった。ビロウはずっと眼を閉じていた。

「魔物のことを聞いたか?」

「はい、閣下」

ビロウは急に笑い出した。「それはそうだろう。そのことでお前に手紙を書いたのだからな」

「魔物は捕まりましたか?」

「捕えたりするものか。逃がしたのは、この私なのだからな」平然としてビロウは言い放った。「今の状況に変化を起こすためには、殺される可能性が誰にでもあることが必要だとわかったのだ。そこで市《シティ》に魔物を解き放った。いいか、あの魔物はお前の競争相手だと考えろ。お前はせっせとろくでもない人間を駆り集めて、処刑場に送りこむ。魔物は同じく、ろくでもない人間を手当たり次第に殺す。いい考えだと思わないか、クレイ?」

「素晴らしいお考えです。ところで、贈り物をありがとうございました」

ビロウは暗い表情のままで、何かを手で追い払うような身振りをした。「クレイ、お前を呼んだのは他でもない、相談したいことがあるのだ。あの忌ま忌ましい果実を食べて以来、ずっと悩まされているこの頭痛のことでな。あれを食ったのは間違いだった。頭がひどく痛む。腹も痛い」

「私にも化学の知識は多少あります。あれを分析した化学者は、どのような成分を抽出したのですか?」

「知らん。何か報告書はあったと思うが」

「どういう痛みか教えていただけますか?」

「脳を握り潰されるような痛みだ。そしてな、クレイ、この痛みはどうやら私の頭から一種のエネルギーを放出させるらしいのだ。私の頭のなかの理想形態市《ウェルビルトシティ》と、われわれが実際に居住する物質的な理想形態市《ウェルビルトシティ》、このふたつがこれほどまでに固く結びついていると実感するのは初めてのことだ。この頭痛の発作のせいで、今やそのふたつを区別するのが難しくなっている」

「頭痛の正体は何なのでしょう、私には見当もつきませんが」

「お前の特別任務の進み具合はどうだ?」

「きのうの午後、観相を行ないました。記念公園の催しの候補者が早くも数人、見つかりました」

「大変結構だ」ビロウは再び額に手をやった。そのまま黙りこくっているので、私は辞去しようと立ち上がったが、歩き出すとビロウの声がかかった。

「クレイ」かれは顔を上げずに言った。「革手袋は清潔に保てよ」そしていかにも愉快そうに笑い出したが、すぐに声は消えて、単なる筋肉の痙攣《けいれん》に変わった。

私がじぶんの仕事場についた時には、時刻は昼に近づこうとしていた。時間がなくて、予約カードを配達人に委ねるのが精一杯だった。私は財務大臣とその家族全員にカードが届けられるように手配した。

美薬が欲しかったが、打たなかった。その代わり莨《たばこ》をふかして窓の外を眺め、殺される可能性が誰にでもあるようにするとか、魔物が私の競争相手だとかいうビロウの言葉について考えようとした。ビロウは実際に具合が悪そうだった。私にとってはありがたいことだ。目的を達成するためには大胆な行動を取らざるを得ず、ビロウが他のことに気を取られていれば大いに助かる。そんなことを考えているうちに、財務大臣とその家族が到着した。

財務大臣は太った男で、検査中さかんに汗をかいた。私はカリパス、頭蓋測径器を始めとして鞄のなかにあるあらゆる道具を使った。せっせと作業を進めながら、私はかれの顔だちを誉め、素晴らしい相だと言ってやった。大臣はじぶんの業績を語り、国にとって重要な人間なのだと主張して止まなかった。私はかれの三重顎が優雅な相である旨を帳面に記入し、それからさり気なく、属領《テリトリー》から持ち帰られた宝物の在りかについて尋ねた。

「おお、私にはそのような情報を勝手に漏らす自由はない！」

「大変結構。あなたはテストに合格しました。マスターは、この問題についてあなたが頼りになることを知ってさぞ喜ばれることでしょう」

かれは嬉しそうな顔で私の前を辞した。

大臣の三人の娘とその母親の口をほぐれさせるのに、社交辞令はほとんど必要なかった。ほんの少し水を向けただけで、彼女たちはそれぞれじぶんがどれほど大臣を軽蔑しているかを滔々《とうとう》と語り始めた。仰りたいことはよくわかりますと、私はすっかり辟易《へきえき》してひとりひとりを宥《なだ》める始末だった。大臣の妻は興奮のあまり床に唾を吐いたほどで、仕方なく私は彼女にティッシュを渡した。彼女はそれをさらに二度使用することになった。まだほんの幼児である下の娘でさえ、父親をどう思うかと質問すると、愛らしい親指をきっぱり下に向けるという「最低《サイテー》」の仕草を決めてみせた。あの分厚い脂肪の内側のどこに大臣の本性が隠れているのだろうと、私は感嘆これ久しくする思いだった。しかし最後に私の仕事場を出ていく時には、鶏冠《とさか》を立てた雄鶏よろしく大臣が先頭に立ち、妻と娘たちはしずしずと眼を伏せてあとに従ったのだが。

ようやく美薬が打てる時が来た。私はじぶんのデスクの引き出しを開け、たっぷり一回分の量を注射器に入れた。後になって美薬の影響下から脱した時、どういう幻覚体験をしたのか私はほとんど思い出すことができなかった。覚えているのは、モイサックがちらりと姿を見せたこと、そしてサイレンシオが窓敷居に座って、毛づくろいをしながら前歯でダニを噛み潰していたことくらいだった。日が沈みかけていた。すぐに出かけなくてはならない。カルーを連れて探索に出るのだ。

25. 下水処理場行き

外は暗くなっていたが、できるだけ人目を引かないようにカルーを連れて歩くのは大変だった。私は手持ちの外套のうちもっとも大きいのをカルーに着せた。きちきちの袖は肘にやっと届くくらい、裾は腿の真ん中あたりだったが。それから古い鍔広《つばびろ》帽子をかぶせ、前を引き下げて顔を隠した。私は細い道を選んで、何度も曲がりながら街の西側に向かった。カルーはぎくしゃくとついてきた。歯車装置を入れられた頭のどこかで、かれは私の言葉の大半を理解していたようだった。というのは、私が仕事場から戻ってくると、ちゃんと寝室のクローゼットのなかに隠れていたからだ。窮屈そうにうずくまっているカルーに、私は「ちょっと散歩に行こう」と声をかけたのだった。

暗がりを選んで歩きながら、私は小声で喋りつづけた。属領《テリトリー》で最後にカルーを見てから私に起きたことのすべてを、何もかも語り聞かせずにはいられなかったのだ。私の計画にとって、かれにどの程度の利用価値があるかはわからないが、そんなことはどうでもよかった。カルーこそは私がもっとも切実に必要としていたもの——味方、だった。秘密を打ち明け、一緒に策を練ることのできる相手だ。カルーの気持ちを傷つけたくなかったので、私は現在のかれが陥っているぞっとするような状態についてはいっさい触れなかったのだが、カルーはそのことを有り難く思っている様子だった。かれは時おり、低い機械的な声でふた言三言呟《つぶや》いた。何と言っているのか聞き取れない場合が多かったが、私は見当をつけて返事をした。一度か二度、はっきりと私の名を呼んだ。その度に私は心からの笑顔を向けて、軽く肩を叩いてやった。

このように奇妙な生存の仕方ではあったが、カルーはとにかく生きていた。しかしそれがいつまでも持続するとはとても思えなかった。カルーの体内の仕組みは悲鳴や泣き声に似た音をたてており、時おり今にもからだが爆発するのではないかと思うくらい音が大きくなる。するとカルーは立ち止まり、ふらふらと前後に揺れはじめる。眼のなかに火花が見え、開いた口からもくもくと煙が出る。この発作はいつも一、二分で治まり、私たちはまた歩き始めるのだった。カルーの状態は、ほんとうのじぶんが奥深くに隠れているという点では財務大臣や公安局長官と大差なかった。ただしかれらと違うのは、こんな状態になってさえカルーは楽園を求める思いに突き動かされているということだった。

かなり歩いて、ようやく下水処理場までの道程の半分くらいまで来た。その時になって、私は朝から何も食べていないことに気づいた。何か食べておかねば、今夜は走って逃げたり闘ったりする羽目になるかもしれないのだ。私はカルーにも尋ねてみた。

「腹が減っているか?」

カルーはうっと呻《うめ》くような声を出し、私はそれを肯定の意味に受け取った。

「大通りに出よう。だが、何をする時でも人と話してはいけない。人の顔を見ても駄目だぞ」

私が言うと、カルーは片手をあげて頭を掻いた。髪が抜け落ち、カルーの指先からぱらぱらと散った。理解できたのかどうか今ひとつ判然としなかったが、ともかくも私たちは市《シティ》の大通りとしては比較的人通りの少ないクイグリー通りに出た。この通りにはこぢんまりしたレストランが数軒あることを私は知っていた。

ドーガンメルをテイクアウトすることができる小さな店を私は選んだ。以前からこのバターたっぷりの美味《うま》いペストリーが好みだったのだ。カウンターにいた男はたまたま非常に話し好きで、しかも好奇心が旺盛だった。私にとって不運なことには、前夜のバーテンダーと同様にかれは私が誰であるかを知っていた。オーヴンのペストリーが焼きあがるのを待たねばならなかったので、ご帰還おめでとうございますという聞き飽きた挨拶を皮切りに、かれは属領《テリトリー》についての質問を次から次へと私に浴びせてきた。

カルーはふらつきながら私の背後に立ち、いかにも止められないといったふうにその場でもじもじと手足を動かしていた。小石がはさまった自動ポンプのような音までがどこかで発生している。カウンターの男が背を向けてペストリーの焼け具合を調べ始めたので、その隙に振り向いてみると、案の定カルーはレストランの真ん中で例の発作を起こしていた。魔物騒ぎのせいか客は少なかったが、私たちは食事中の客たちの注目の的になっていた。私は愛想よく皆に手を振ってみせ、カルーの口から煙が出てきたので、莨《たばこ》に火をつけてカルーの口の隅に突っ込んだ。

「お連れさんは大丈夫ですかね」カウンターの男が尋ねた。

「〈甘き薔薇の耳〉《ローズ・イアー・スイート》を少々飲みすぎてね」

私が答えると、男は意外なことを言った。「昨晩は、私もあの店にいたんですよ」ようやくペストリーが焼き上がり、男は私たちの注文分を袋に入れた。そしてまたしても意外なことに、代金を受け取ろうとしなかった。店の奢りだと言うように男は手を振り、その手でもってあの清掃係の女がしたのと同じ仕草をした——中指と親指でOの字を作ってみせたのだ。私が驚いた顔をすると、男はカウンターの上に身を乗り出し、耳元に囁きかけてきた。「ウィナウで会いましょう！」

私は呆然として、何も考えられないまま後ずさり、カウンターから離れると足早にドアへと向かった。外に出ると、壁にもたれて考えた——あの男は何でまた、ウィナウのことなど知っているんだろう？ そして咄嗟《とっさ》に思ったのは、ビロウが私の変化を見抜いており、私の幼稚な計画と行動を面白がって観察しているのではないかということだった。次に別の可能性に思い当たった。市《シティ》に何らかの動きがあるのではないか、それはおそらく謀叛に類するものではあるまいかということだ。大衆の間に不平不満の声があることについては、ビロウ自身が私に話して聞かせていた。兵士たちが火炎放射器を携えているのも、考えてみればそのせいなのかもしれない。私はさまざまに思いを巡らせ、それからカルーをレストランに置いてきたことに気づいてぎょっとした。

一瞬慌てふためいたものの、振り向くとカルーはすぐ後ろにいて、くちゃくちゃと莨《たばこ》を噛んでいた。指を噛まれないかと冷や冷やしながら私は莨の葉のほとんどをカルーの口から掻き出し、代わりにドーガンメルを一個突っ込んだ。香ばしいバターの匂いを洩らしながらカルーは無頓着に噛みつづけたが、食べているとはとても言えず、ほとんどがそのまま口から出て外套の上にぽろぽろと落ちていった。それを見ていると食欲がほとんどなくなってしまったが、先のことを考えて、何とか一個だけ腹に収めた。

下水処理場に着くまでのあいだ、私はカルーを相手にさらに語りつづけた。ビロウに対する謀叛が企てられているかもしれないという今しがたの発見を伝えると、カルーは大きな放屁のような音をたてた。カルーも私と同じように話の内容に興奮しているのだと受け取って、大胆になった私は、実はアーラ・ビートンを愛しているのだと重大な秘密を打ち明けてしまった。調子づいて喋り過ぎたと気づいたのは、続けてバタルド町長の名を口にした時のことだった。後ろからついてきていたカルーが、ほんの一瞬だけ立ち止まった気配があった。そして押し殺した呻き声が聞こえたような気がした。もしも今振り返ったら、カルーの眼に涙が浮かんでいるかもしれない。私はそう思いたかったが、確かめることはせず、ただ歩みを緩めてカルーが追いつくのを待った。

下水処理場と上水道設備は広い通りの東西に隔てられていた。上水道設備の建物は見栄えのする白い大理石でできていて、装飾の列柱やドームまでついている。一方の下水処理場は風景に埋没する地味な灰色で、蜂の巣そっくりの構造だった。その蜂の巣に入っていくのは、ドラリスの硫黄採掘場に戻るような感じだった。悪臭が鼻をつき、照明は薄暗く、そして衛兵はいなかった。もっともここには守るほどのものはないのだから、驚くには当たらなかったが。私たちはロビーを通り抜け、コンクリートの階段を地下へと降りていった。最初の階は全体が汚物の巨大な貯水池になっており、その中央に細い橋がかかっていた。

私たちは池の向こう側をめざして橋を渡っていった。カルーは池の上を吹く微風のなかに平然と鼻を突き出していた。橋の下を、黄白色の巨大な脂の塊がいくつも転がりながら流れていく。汚物が水面下で動き、茶色い水面に小波《さざなみ》をたてる。時おり無気味な泡がひとつふたつ浮かび上がってきて弾けるのが、何かの生き物のようだった。

「らくえん」ふいにカルーが私に向かって叫んだ。

私たちはコンクリートの階段を何階分も下りていった。上の池の水は、何段もの滝をつくって流れ落ちていき、最後には速い速度で流れる川になった。カルーの歩き方がぎこちないので、階段を下りていくには時間がかかった。だが、私の絶え間ない励ましの言葉に応えて、カルーは頑張ってくれた。街路から半マイルばかり低いと思われる一番下の階に着く頃には、水はすっかり濾過されてきれいになっていた。川は私たちの傍らを激しい勢いで流れており、私たちはその流れに沿ってトンネルのなかを歩いていった。

数分も歩くとトンネルが終わり、川の水はコンクリート造りの巨大な空洞へ滝となって流れ出していた。そして私たちから百ヤードばかり離れた空洞の中央部あたりに、とてつもない光景が待ち受けていた。その全体を言うならば、要するに透明なクリスタルの球体なのだったが、見上げるばかりのその巨大さに関しては私の想像力が受けつける範囲をはるかに越えていた。例えるならば、それは休暇先の土産物屋で買う風景《スノー・ドーム》を封じ込めたガラス玉を一個の小宇宙の如くに巨大化したようなものだった。内部には見事な叢生を持つ丸ごとの森林があり、どういう仕組みなのか超小型の太陽が青空に輝き、雲までがゆっくりと動いている。見慣れない鳥が樹々の梢を飛び回り、奥手の明るい草地を移動していく鹿の群れさえ一瞬だけ見えたような気がした。

ビロウは神になろうとしているという印象が、今までにも増して強く感じられた。際限のない高慢さを示すビロウの観相学的特徴はかつて私を悩ませたものだったが、それは人間においては欠点であっても、神にはふさわしいものだ。そしてビロウは自らを神だと信じている。だからこそ、ビロウは観相学を万能の判断基準として用いることにいささかの不都合も感じないのだ。鏡に映るおのれの顔に欠点を見出したことがないのだから。

私ははっとして、考えに耽るのをやめた。クリスタル球の基部のあたりに、物々しく火炎放射器で武装した警備の兵士たちが立っていた。距離があるので、今のところ兵士たちからはこちらがはっきりとは見えていない筈だった。私たちはまだトンネルの出口近くの暗い場所にいたので、すぐにカルーの腕をつかみ、トンネルの内壁へと身を潜めた。そうしておいて、私は次に取るべき行動を考えた。今から何気なく兵士たちに近づいていき、公用で来たと告げることもできるだろうが、そんなことをすればすぐさまビロウの知るところになる。カルーが一緒なので、身軽な行動も取り難い。さてどうしたものかと私は迷ったが、しかし結局のところ思い悩む必要はなくなってしまった。背後のトンネルの奥から何かがやってくる物音がしたのだ。

私はデリンジャー銃とメスを取り出し、カルーにも危険を教えた。そしてトンネルの薄暗がりに眼を凝らし、何人来るのか見定めようとした。するとカルーが私の前に立ち塞がり、視界を遮った。

「どいてくれ」私が囁いた時、突進してきた魔物がカルーに激突し、ずぶりとばかりに二本の角で胸を刺し貫いた。

動転したあまり、私は銃もメスも取り落としてしまった。ショッピングモールでリング上での戦いを眺めていた時のように、カルーと魔物が揉みあうのをただ見ているだけだった。カルーは激しく翼をばたつかせる魔物の喉をつかみ、胸から角を引き抜いた。そして大きな手で片方の角を握り、無造作にへし折った。魔物は悲鳴をあげながらカルーの喉を鉤爪《かぎづめ》で引き裂こうとし、カルーはお返しに相手の顔をすさまじい力で殴りつけた。

吹っ飛んだ魔物が壁に激突した時には、何事かと駆け寄ってくる兵士たちの靴音があたりに激しく反響していた。私はデリンジャー銃を拾い上げ、魔物の頭部に狙いをつけた。魔物は尾を鞭のように振ってカルーの脚を打ち、そしてよろけたカルーが銃口の前に出たのと私が引き金を絞るのとが同時だった。弾はカルーの額を撃ち抜いた。大きく開いた口から無数の歯車をシャワーの如くに吐き出しながら、カルーは後ずさりして後ろの壁に倒れかかった。魔物は今度は私に向かってきた。私は観念しかけたが、鉤爪が届く前に不死身のカルーが魔物に飛びかかり、翼のあいだにのしかかって首を絞めあげた。魔物はカルーを振り払おうとして暴れたので、尻尾が私の足首に巻きついて足払いをかけることになった。私は後ろ向きに倒れながら二発目を撃った。

倒れた筈なのに床にぶつからない。私は両腕をばたつかせ、やがてからだの周りに水が押し寄せてきて、川に落ちたのだとわかった。流れは速かったが、左手を伸ばして、水面から突き出ている石壁をつかんだ。そのおかげで一分ばかり、頭を水の上に出しておくことができた。兵士たちはすでにここまで来ていた。そして「ハロウの尻《なんてこった》よ！」だの「信じられん」だのという叫び声が起きたかと思うと、私が今までいたトンネルが大爆発を起こし、いちめんの炎に包まれた。魔物の絶叫が聞こえ、私は石壁から手を放して流れに身を委ねた。

顔を水の上に出しておこうと私は必死にもがいた。しかし流れは速くてほとんどどうすることもできず、揉みくちゃにされては何度も側壁や川底に叩きつけられた。水の勢いで外套が脱げ、泡の下を流れていった。私はもう一度だけ水から顔を出して息をしたが、その直後に石壁で頭を打ち、無意識の世界へと沈んでいった。すぐに夢が始まった。夢のなかで私は死んでおり、昼の見張りのマターズ伍長が私の遺骸を引き摺っていた。かれは私をそれが属する墓所へ、つまり私の坑道に押し込むつもりなのだ。

ただ闇が広がっていた。そのなかで、私はじぶんが寂しげなひと山の塩に変わっていくのを感じた。そして時が過ぎ、ふと気づくと、何故だか夢のように晴れ渡った青空を私はぼんやり見上げていた。暖かく心地よい風が肌を撫で、鳥の声さえどこかで鳴き交わしている。楽に死ねてよかった、私はただそのように有り難く思った。綿のように疲れ果て、川の流れに翻弄されたせいで全身の筋肉が痛かった。半ば朦朧とした状態で私は横たわり、死んだらこんなふうになるのだと知っていれば安心できたのにと、ひたすら考えていた。

とろとろとまどろんだあと、私は再び眼を覚ました。眼のまえに何かがあって、青空を部分的に隠している。薄緑の布切れが私の顔の真上でひらひらした。それは誰かの顔を覆っているヴェールだった。

「アーラ」

「ええ」アーラの声だと、私にはわかった。

「愛しているよ」

ヴェールが遠のき、私の傍らに膝をついているアーラの全身が見えた。アーラの美しい手が視野に入り、青い空を背景に二羽の白い鳥のように動くのを私は見つめた。ふたつの手は私の首にひったりと触れて、その場に留まった。甘美な感触に、私は思わずぞくぞくした。アーラの手に触れようとじぶんの手を動かしかけたその時、喉元にあてがわれた指にぐいと凶暴な力が入った。

26・偽楽園の聖家族

次に目覚めた時には、焚き火のそばに仰向けに横たわっていた。生い茂った緑の梢が陽光を洩らし、きらきら輝く丸天井をつくっているのが真っ先に眼に映った。先ほどと同じ快い風の流れが私を包み、樹々の花や草花の香りが鼻腔に満ちているのだった。片肘をついてからだを起こすと、赤ん坊を抱いたアーラが眼のまえに座っていた。その隣で地面に胡座《あぐら》をかいているのは旅人だ。旅人は私が目覚めたのを見て、にっこりと笑った。川の流れに揉まれてできた打ち身や傷に加えて、喉がひどく痛いことに私は気づいた。

「アーラ、君を助けにきたんだ」私は起きあがって座ろうとしたが、頭がふらついたかと思うと引っくり返ってしまった。

アーラと旅人が声をたてて笑い、私は急いで起き直った。

「死ななくて運がよかったわね」アーラの声は冷ややかだった。夢で見たように、ひと言喋るごとにヴェールの口元の部分が敏感に膨らむのだった。「私、あなたを殺すつもりだったの。でもちょうどそこにエアが来て、やめさせたのよ」

「ここは?」

「どういう訳かわからないけれど、あなたは川を通って〈偽楽園〉に来てしまったのよ。岸に流れついたところを私が見つけたの、まったくじぶんの眼を疑ったわ」

「アーラ」私は彼女の名を呼んだが、言葉が詰まって後が続かなかった。どう言えば申し開きができるだろうと考え、陳腐に聞こえないように弁解する方法が見つからないでいるうちに――その勢いはまるで私を溺れさせた急流のようだった――言葉が勝手に口からほとばしり出ていた。「アーラ、私がしでかしたことについて赦《ゆる》しを乞うことのできる機会をずっと待っていた。私は死ぬほどの目にあってきたんだが、君に再会したい一心で生き長らえてこられたんだ」

「私のために生き長らえたですって?」アーラの返事は容赦ないものだった。「そんな必要なかったのに。勝手なひとね、いったい何を赦せと言うの? 濡れ衣を着せたうえに、私の顔を切り刻んだこと? 私を見世物にしたこと? それとも、あなたがじぶんの偉さを信じて疑わないひどい自惚れ屋だったこと?」

「アーラ、硫黄採掘場に送られたおかげで、私はすっかり生まれ変わったんだ。今は君たちの命を救おうと、ひそかにビロウに反抗している」

「生まれ変わる前のあなたがどんな人間だったか、思い出させてあげましょうか」アーラはヴェールの裾をめくりかけた。

私は眼を閉じようとしたが、その前に旅人がアーラを制した。「私にはわかる。このひとは、今では全く違う人間になっている」

「でも、私の顔は相変わらず凶器のままだわ」

旅人はアーラの肩に手を置いた。「そのことも、きっといつか赦せる時が来るだろう」独特の穏やかな声だった。

その後でアーラは私に話をさせてくれた。私はこれまでの苦労を語り、いかにして自身が行なってきたことの邪悪さに気づいたかを語った。「せめて、これまでのことを償いたい」私は熱心に言った。

アーラはカルーとバタルド町長がどうなったかを尋ねた。その時、私はできることならこのように伝えたかった——ふたりは自由の身で、今もウィナウをめざして〈彼《か》の地〉を元気に旅していると。しかし、ヴェールに覆われた顔はいかなる鋭い眼差しにも増して真実のみを要求していた。旧知の人びとの辿った運命を知って、アーラは泣いた。

「限られた時間のうちに、市《シティ》を脱出しなくてはならない」私はアーラに言った。「数日後、ビロウは私に相の劣った人々のリストを出せと言ってくる。奴は、このガラス玉の偽楽園を展示する催しの余興にその人たちを処刑するつもりだ。それまでに奴の手から逃れていないと、私が処刑されることになるだろう。そんなリストを渡すつもりはさらさらないのだから」

旅人は私の計画を尋ねた。この私がクリスタル球のなかに入ってこられた以上、危険ではあっても同じようにして出ることができる筈だ、と私は答えた。

「無理よ」アーラが言った。「あの偽太陽の下で暮らしているうちに、エアは弱ってしまったの。あの急流を泳いで出るのは、エアには危険過ぎて無理よ。仮にかれが大丈夫だとしても、赤ん坊もここにいるのだから」エアというのが旅人の名なのだろうと私は思った。

「他に出口はないのか?」

「このクリスタルの壁は私たちの周りに建設されたの。密閉されていて、このなかは閉じられた環境、自給自足の世界なの。あなたが入り口を見つけたのには驚いたわ。私たちには思いも寄らなかった」

「これは言ってみれば、孵化しようとしている卵なんだよ」旅人が不思議なことを言った。

「どこで私たちの言葉を学んだ?」私は旅人に尋ねた。ハラッド・ビートンのことをふと思い出したのだ。

「彼女から」旅人はアーラを指した。

「クレイ、エアはすごく頭がいいの」アーラが言った。「とても優れたひとよ。私がかれに教えられることがあったなんて、奇跡だわ」

「しかし腑に落ちないんだが」急に思い出して、私は旅人に言った。「アナマソビアで別れる前に、あなたは白い果実のかけらをアーラに食べさせたね」

「そのとおり」旅人は頷《うなず》いた。「アーラの命を救うためだった。そうしなければ、死んでいただろうから」

「奇跡の果実が、私のメスがもたらした結果を打ち消してくれると思っていたのだが——」

「これは決して変わらないわ」とアーラ。

「白い果実は、いつも期待通りの効果をもたらすわけではないのだよ」旅人が私に言った。「あの小さなかけらは、アーラの命を取りとめるためには役立った。そして同時に、あなたがかつて持っていたような力に憧れるアーラの野心の一部をも殺してしまった。しかしまた一方で、アーラほど心が純粋でない者が白い果実を食べたとしたら、おそらく大変なことになるだろうね」

「あれは、ほんとうに楽園の果実なのか？」

「違う」旅人は答えた。「白い果実はたしかに、一見奇跡のように思われる変化を起こす。だが、そういう変化は自然に反するもので、人生で何が大切かをわかり難くさせる。白い果実は何千年も前、私の故郷のウィナウにもたらされた。ウィナウの人びとは白い果実を食べるようになり、とほうもない変化が数多く起こった。白い果実が引き起こした幸いは人びとからほんとうの人生を奪い、白い果実が引き起こした災いは人びとから希望を奪った。結局、私たちの村の長老たちがその果実の正体を見抜き、それが実る木を燃やすように命じた。私は白い果実の最後の一個を携えて、二度と見つけられないような遠方のどこかに隠す役目を担った。私たちには白い果実を絶滅させることはできなかった。というのは、白い果実は森が生み出したものだからだ。私たちには世界からそれを取り除く権利はない。白い果実を隠すにふさわしい場所が見つかったら、私はそこに果実を持っていき、呪術師がさまざまな薬草の葉や根を混合してつくった薬を飲むことになっていた。それは私を長い眠りにつかせるための薬だ。果実を守り、果実が二度と再び生き物に食べられることがないようにするのが私の任務だった」

「でも、あなたはガーランド司祭から果実のかけらを与えられてそれを食べた。そして、アーラにも与えた」

旅人は穏やかな微笑をもって私に応えた。「果実を食べなくても、私はいずれ目覚めていただろうがね。司祭が私に与えた果実は、結局のところ私の人格に変化を引き起こすことになった。私はほんとうならばアーラに白い果実を与えるべきではなかったのだ。だが、アーラを君の部屋で見た時、私は彼女を愛することができると感じた」旅人は言葉を続けた。「果実が私に引き起こした変化とは、あの時の私に彼女の美しさが理解できたということだ。われわれの仲間とはひどく異なった存在であり、しかも君の手術台で傷つき横たわっていた姿の、アーラのまことの美しさがね——私は愛を予感したためにウィナウの掟に背いた。ここでも、そして〈彼《か》の地〉でも、私は言ってみれば犯罪者なのだ」

「どういう意味だ?」

「要するに」アーラが口を挟んだ。「私たちは愛しあっている、とかれは言いたいのよ」

「愛しあっている?」私の声は思わず裏返った。「ふつうの意味でか?」

「あらゆる意味で」ヴェールの後ろで、アーラが微笑んでいる気配が伝わってきた。

旅人が手を伸ばし、老いた男が妻の手を取るようにしてアーラの手を取った。私の心にむらむらと黒い嫉妬が湧き起こった。「いったいどうして、このふたりが愛しあえるというんだ?」——アーラと旅人が寄り添う姿をまじまじと見つめながら、私は心中で絶叫していた。しかもアーラは何より大切な赤ん坊をしっかりと抱きしめている。その姿を見れば、今やこの三人は私などが介入する余地のない関係を確立しているとしか思えないのだった。「これはきっと何かの間違いだ、だって──だって種《しゅ》が違うじゃないか！」長い苦労を思い出して、不覚にも失意の涙が滲みそうになった。が、さてと焚き火のそばのかれらにもういちど眼を向けた時、旅人に何かの変容が起きたのではないかと私は驚きの眼を見はっていた。

これまでの私は、旅人のことを人間以前の段階にある原始的な存在だと見なしていた。しかしこうして改めて見ると、かれはこれまで私が出会った誰にも劣らず人間らしい人間に見えた。旅人はひどく背が高く、肌もかなり浅黒いが、その他の点でわれわれとのあいだに何か違いがあるわけでもなかった。偏見を捨てて、曇りのない眼でよくよく見れば、私がずっと思いこんできたような水掻きのある手でもなかったし、鼻も私と同じごく真っ当な形状の鼻だった。

「ほらね」エアがアーラの手を放し、私を指して言った。「かれには私が見えているよ」

アーラは旅人のからだに腕を回し、抱きしめた。「クレイ」アーラは言った。「私たちを助けてくれたなら、私はあなたを赦《ゆる》します。死ぬ前に、この人をほんとうの世界に帰してあげたいの。私の力になって──私はこの人を愛しているの」

「わかった」反射的に私は頷いていた。「何とかやってみよう」

「私たちを自由にする方法を考えて。私たちはこれまで、クリスタルの壁を石で叩いたり、棒で殴ったりしてみた。トンネルも掘ったけど、クリスタルの球面は地下にも続いているとわかっただけだった。エアはクリスタルに傷や風穴や開口部がないかと、丹念に調べたわ。夢見る力で脱出しようという努力もしてきたけれど、エアの力が弱っているのでうまくいかないの」

「そろそろ行かなくては」思いを断つために私は言った。また水に入るのだと思うと気が重かった。

「川がクリスタル球から出て行くところに連れていってくれ。この流れに逆らって泳ぐのは無理だから」

「案内しよう」エアがおもむろに立ち上がった。

私も立ちあがってアーラに近づき、手を差し出した。「すまなかった」アーラはその手を取ろうとせず、黙って赤ん坊を揺すっていた。月影の射すパリシャイズで出会った、甘やかで不吉な女神のようなアーラを私は思い出し、その幻影が散り散りに消え去っていくのを感じた。アーラのヴェールが動き、何か言おうとしているのかと思ったが、ただ風に揺れただけだった。私は精一杯の思いを込めてこう告げることしかできなかった。「必ず迎えに来る。信頼して、待っていてくれ」

旅人と私はその小さなキャンプ地を出て、偽楽園のなかを歩いた。この楽園は偽物で、アーラと赤ん坊と旅人にとっては牢獄だが、それでもビロウの最高傑作ではあった。外からクリスタル球を見ていなければ、現実の〈彼《か》の地〉の森を歩いているのだと思ったことだろう。あらゆる種類の動物や鳥、そして昆虫までもがここには封じ込められていた。ビロウがどうやって超小型太陽と人工雲をつくったのか、見当すらつかない。私は三十五年振りに、空はなぜ青いのだろうと考えた。

やがて、川がクリスタルの壁の下を流れている場所に着いた。私たちは互いの手を固く握りしめた。

「待っていてくれ。必ず助けに戻る」

「クレイ、君が来るのを何度も夢に見たよ」

もっと何か言いたかったが、言葉にしなくても通じるだろうと感じた。私は川の岸辺に向かって歩いた。思い切って急流に飛び込むか、岸からそろそろと入るか決めかねていた時、背中を押されるのを感じた。乱暴ではないもののきっぱりとした力で、その手は私をぐいと押し出し、水中に飛び込んだ私はすぐさま流されていった。だが今度は、流れの中で揉みくちゃに翻弄されることはなかった。楽園から遠ざかっていきながら、私は旅人の手が背中を押し続け、正しい方向に向けてくれるのをずっと感じていた。

どのくらい経ったか正確にはわからない。やがて流れが急に弱まるのを感じ、気がつくと私は大量の澄んだ水が静止している場所にいた。泳いで水面に顔を出した私は、頭上に見える白い大理石の天井と、数ヤード先の通路に沿った飾り柱の列から、ここが上水道施設の貯水タンクの中であることに気づいた。どうしてこうなったのかさっぱりわからなかったが、私は貯水タンクの縁まで泳いで、通路に這い上がった。

全身ずぶ濡れで、一歩踏み出すごとに長靴《ブーツ》の縫い目から小さな噴水のように水が噴き出たが、とにかく外に出た。まだ勤労者たちの姿はない。昇る朝日を浴びながら上水道施設の入り口から離れ、最初に見つけた東に向かう横道に入った。走っていると寒さでからだが震え、ふとカルーを失った悲しみが込み上げてきた。カルーを失ったのはこれが最初ではないが、おそらくこれが最後になるだろう。しかし私にとってカルーの死よりも受け入れるのが難しい現実は、アーラと愛しあうという夢が実現することは決してないという残酷な事実だった。

ようやくアパートメントにたどり着き、部屋への階段を這うように登った。私は消耗しきっており、気力も枯渇した今、切実に美薬を求めていた。服を脱ぐ暇も惜しんで注射を用意し、手首に針を刺した。眼が霞み、濡れたズボンを脱ごうとするとからだがよろけた。紫色の薬のおかげでからだがいくらか温まったが、何よりも必要なのは数時間の睡眠だった。眠らなければ、とうてい次の行動には移れない。私はベッドに潜り込み、美薬のもたらす狂おしい夢へと頭から突っ込んでいった。夢は楽園を離れる川の流れのようにたやすく私を攫《さら》った。

カルーと魔物が揉みあって闘う姿が見えた。火炎放射器が火を吹いてかれらを炎の壁で押し包み、次の瞬間にはもう炎しか見えなくなっていた。炎は闇を喰うようにいつまでも長ながと燃え続けた。燃え尽きた後には滓《かす》さえ残らなかったが、ただその時、きらりと光る雫《しずく》のようなものがコンクリートの通路に落ちて、ピアノの最も高いキーを叩いたような澄んだ音をたてた。私が歩み寄ってそれを拾うと、ひやりと冷たい雫はクリスタルでできていた。

気がつくと、戸外にいた。頭上には青い空が広がっている。雫型のクリスタルを眼の高さに掲げると、ミニチュア版の森が内部に生い茂っているのがわかった。すると誰かが呼吸するような風が通り過ぎたので、いったい誰だろうと私は空を見上げた。そこでは、気が遠くなるほど巨大な眼が

——まるでクリスタルの壁越しに眺めるかのように——青空の奥から私を見下ろしていた。

何もかもが音をたてて崩れ落ち、私ははっと眼を覚ました。午後も半ばを過ぎていた。着替えるためにクローゼットの扉を開けた時、カルーが窮屈そうにうずくまっていることを半ば本気で期待したが、ただ服の列が黙然と影を曳いているだけだった。水浴したばかりなので風呂は省略し、観相の予約カードを作ってから配りに出かけた。

まず一軒のカフェで足を止めた。理想形態市《ウエルビルトシティ》新聞を買い、活を入れるために濃いシャダーを二杯頼んだ。「下水処理場で魔物が三人を殺害」という見出しの記事があり、三人の武装した兵士が魔物に襲われて死亡したことになっていた。カルーの残骸に触れる記事はなく、持ち主不明の外套が水中から発見されたという記述もない。記事は短く、不運な犠牲者の氏名を除いて詳しいことは何も書かれていなかった。もしかしたらカルーはまだどこかで生きていて、首筋から発条《ばね》を飛び出させたままよろよろと歩いているのではなかろうか。そのグロテスクな光景を思い浮かべると、何故か口許が綻《ほころ》ぶのを感じた。私は椅子にもたれてシャダーを啜《すす》りながら他の記事に眼を通した。三面に例の太った財務大臣が寝室の窓から落ちて首の骨を折ったという小さな記事が出ていた。

私は足を伸ばして青空市場まで赴き、誰かれの区別なく無造作に予約カードを配った。それが済むと、まっすぐ仕事場に行った。被検者たちが観相を受けに来る前に、もう少し眠っておきたかったのだ。椅子にからだを委ね、もっとも痛みの少ない姿勢を取った時、誰かがドアを叩いた。

「誰だ?」私は叫んだ。

部屋の空気を切り裂くように入ってきたのは、ビロウその人だった。かれの背後でドアが閉まる寸前、武装した兵士たちが見張りの位置につくところが一瞬だけ見えた。アナマソビアでも着ていた軍用コート姿のビロウは、嵩《かさ》張った茶色い紙袋を手にしていた。前に見た時よりもさらに憔悴しきった顔つきで、手が震えている。私は慌てて机に載せていた足を下ろし、立ち上がって直立不動の姿勢をとった。ビロウは私の向かいの椅子にどさりと腰を下ろし、袋に手を入れて、シャダーの入った紙のカップをふたつ取り出した。そしてもう一度袋に手を入れ、何か光るものを取り出して私の机に置いた。それが何なのか、私にはすぐにわかった。下水処理場でカルーが魔物に襲われた時、私が落としたメスだった。

27．シャダーと憐憫、脅迫の作法

私はためらわず、メスを手にとった。「これをどこで手に入れられました？　こういうのを見るのは数年振りですよ」

「ただのメスだよ、クレイ」

「ええ、でもピアポイント式です。旧世代の観相官たちが使っていたタイプです」

「お前が使うのは、このタイプではないのか？」

「私はヤヌス式のを使います。刃がふたつついているやつです。その方がきれいに切れます。軟骨を薄く切るのもやりやすい。しかしこのタイプのメスも、フロックやマルダバー・レイリングのような名人の手にかかれば、素晴らしい働きをします」

「これが誰の持ち物か探ってほしい」ビロウは探るような眼で私を見た。

私はメスを机の上に戻した。「ちょうど今、観相の被検者たちを待っているところです。処刑者リストは着実に長くなっています。すでに、かなりの数の異端者を見つけ出しました」

ビロウは弱々しく頷《うなず》いた。

「クレイ、この頭痛が――どうしても治らんのだ。頻度が増えた上に、不気味な結果をもたらすようになった」

「どういうことですか？」私は尋ねた。

「主治医どもの考えでは、ある特定の食べ物が引き金になって頭痛が始まったり、ひどくなったりするのではないかというのだ。医師たちはシャダーを飲むなという。だが、私のように過密なスケジュールをこなしているものが、シャダーの二、三杯も飲まずにやっていけるだろうか？」

「一日か二日、休みを取られてはいかがです？」

「市《シティ》でいま何が起きているのか、お前は知らんのだな」ビロウは言った。「昨夜のことだが、脱走した剣闘士の捜索に当たっていた私の兵士たちが、工場地域のあるバーを調べに入った。その結果、バーの客たちとのあいだに銃撃戦が起きた。どうして労働者たちが銃を持っているのだ？　結局、兵士たちは店ごと爆弾で吹き飛ばし、さらに瓦礫《がれき》のなかを捜して生き残りを始末する羽目になった。これは非常に困った事態だぞ、クレイ。私が知らんうちに、市民のあいだに忘恩の病《やまい》が広まっていると見える」ビロウは嘆かわしげに首を振った。眼の下に隈ができて、化粧のシャドウと見分け難くなっている。

「そのシャダーも、飲まないほうがよろしいのでは？」私は同情を装うべく努力しながら言った。私の前に座っている今のビロウは、以前なら想像もつかなかっただろう有り様で、弱々しく哀れっぽく見えた。だが、今の私には当然の報いであるように思われた。

「いや、頭痛がどういう症状を示すのか、お前に見せたくて持ってきたんだ。クレイ、私にはお前の助けが必要だ。他の者は誰も信用できん」

「私でお役に立つことなら何でもいたします」

ビロウは弱々しい笑みを浮かべ、すっかり中身が冷めてしまった様子の紙カップを手に取り、蓋をあけた。そして口許に持っていくと、数秒間で喉に流しこんだ。

「こうなった原因は、あの果実だ。あれが私に起こした変化を打ち消すものが必要だ」ビロウはそう言って、カップを机に置いた。

「果実が引き起こした変化というのは?」

「待っていろ。見ていればわかる」

「脱走した剣闘士がいると仰っていましたが」

「ああ、私が試合に出す屑《ジャンク》どものひとりだ」ビロウは小馬鹿にしたように鼻に皺を寄せた。「そいつがさほどの面倒のもとになるとは思えんが、しかしこういろいろ重なってくると、今や市《シティ》には無差別的な危険の可能性があると言っていいぞ」

「困ったことです」

「孤独なものだよ、マスターという仕事は」ビロウは窓の外を見た。「しかし、私は降参するわけにはいかんのだ。たとえ住民を最後のひとりまで殺すことになろうが、私としては一向に構わん。奴らに市《シティ》を奪われてたまるものか。私の人生は、理想形態市《ウエルビルトシティ》そのものだった。私こそがこの市《シティ》だ。言葉の綾などではないぞ——一インチの珊瑚、一枚のクリスタルガラスにいたるまで、あの市《シティ》を構成するものひとつひとつが私の記憶であり、理論であり、思考なのだ。わが師スカーフィナティは、亡霊のような抽象概念を特定のイメージに変える方法を教えてくれた。だが、私はそれをさらにもう一歩押し進めた。イメージを実体のある現実に変えたのだ。市《シティ》の通りや建築物は、私の精神の歴史なのだ」

その気迫に、思わず私は深ぶかと頷いていた。

ビロウは私には窺《うかが》い知ることのできない苦痛に顔を歪めたが、話を続けた。「市《シティ》に人間を住まわせた時から、苦労が始まった。私の考えでは、住民をその総和が完璧さとイコールになるような構成要素にしたかったのに、実際には私のビジョンを汚すウィルスとなった。奴らの無知蒙昧さ、単純さが、私の複雑さを蝕《むしば》むのだ。私の天才的能力がつくりあげたメカニズムを存続させるには、秩序が必要だった。それは抽象的な宗教が引き起こす混乱、つまり信仰という病気の害をなくすために、観相学を利用したのと同じことなのだ」話し終えると、ビロウはこれで理解できただろうと言わんばかりの顔で私を見た。

「私でよければ、お手伝いをいたします」私はそう言うのが精一杯だった。話についていけなかったのだ。

「ああ、だからこそお前を呼び戻したのだ。お前がいなくなってみて、私の壮大なビジョンが理解できるのはお前だけだとわかった」

「あなたの天才は私の理解を超えています」

「いつだったか、どこでだったか、都市とはその見事な建造物ではなく、住民そのものだという馬鹿げたことを思いついた奴がいたな」

「下らぬ考えです」

ビロウは椅子に座ったまま上体を折り、両手で頭を抱えた。かれの顔は、苦痛に耐えるために固く握りしめられた拳のようだった。「――見ていろよ」前後にからだを揺すりながら、ビロウは呻《うめ》くように言った。ふいにかれのからだは激しく仰《の》け反り、何かの一撃を喰らったとでもいうように椅子の背に叩きつけられた。室内の空気がにわかに重くなり、ぴしぴしと何かに罅《ひび》が入る音がした。そして次の瞬間、すさまじい空気の爆発が起きて、窓ガラスの全部が割れ砕けながら盛大に外へと崩れ落ちていった。

私は椅子から飛び上がって、壁に貼りついた。ビロウは両手を頭から放して私を見上げ、真っ青な顔のまま強いて笑顔をつくった。

「終わった。クレイ、座ってもいいぞ」

残ったガラス片が床に落ちる音が続いていたが、私は恐る恐る言葉に従った。

「この前に執務室で発作が起きた時には、この力だか何だかのせいで、廊下に並べた属領《テリトリー》の青い像のひとつの頭が吹っ飛んだ。この力はどうも日増しに強くなってきているようなのだ」

「マスター、どうかゆっくりとお休みになってください」恐怖にかられたこともあって、私は思わず本心からの声を出していた。「静養が必要です。市《シティ》を治める仕事は、数日間だけでも大臣たちにお任せください」

「クレイ、心配してくれているのはわかっているが、あの愚か者どもがこの難局を乗り切ることは絶対にできんのだぞ。私の人生を知恵の足りない子供に委ねるようなものだ、何なら魔物をその役に任命した方がまだましだ」

「私は何をすればよろしいのでしょう?」

「お前の同僚の誰がこういうメスを使っているか調べろ。そしていつでも私の相談に乗れるように、所在を明らかにしておいてくれ。私が何でも話せるよう、口を堅くすることも絶対に必要だぞ。考えをぶつけられる相手がいさえすれば、私はこの事態を収拾できると思うのだ」

ビロウは帰ろうとしたが、ひとりでは立ち上がれず、私が手を貸してやらねばならなかった。ドアまで行く途中で、ビロウは肘を支えている私の手にかれの手を重ねてきた。「すまんな、クレイ」――その言葉は、かれの頭痛が窓ガラスに与えたのと同じくらい大きな衝撃を私に与えた。ドラクトン・ビロウが、あろうことか礼を言ったのだ。

「ガラスの修理を手配しておこう」ビロウは親しげな微笑らしきものを浮かべながら私に言ったが、廊下に出ると、急に毅然として姿勢を正した。「行くぞ、薄のろども!」ビロウは兵士たちを叱咤し、いつもの取り付く島もない様子になって、兵たちに囲まれながら街路に出る階段を下りていった。

そのあと、私は予約した観相をどんどん進めていった。一刻も早くアパートメントに戻って眠りたかった。私はビロウの憔悴ぶりにも劣らぬ疲れを感じていた。そして市《シティ》の夜の街路を歩きながらビロウのことをあれこれ考えていると、何とも気の毒になってきた。私を囲むすべてのものがビロウの作品であり、いずれも驚嘆すべき見事な設計だった。脈々と都市を明滅させる灯りの渦、天を指す塔、絶え間ない生産と商業活動。ビロウはいわばじぶんの周りにクリスタル球を建設したのであり、今になってそれが罠であることを漠然と感じ始めている。かつての私にとっては、第一級観相官という高い地位がそのクリスタル球に当たるものだった。それはかなり長いあいだ私を保護してくれたが、しかし同時に人生のほかの部分に対して私の眼を閉ざしていたのだ。今や私は状況が変わろうとしているのを実感し、それは素晴らしいことだと感じている。だが、変化に対するある種の悲しみもまた私の裡には無視しがたく存在するのだった。——それでも、確かなことがひとつあった。アーラとエアと赤ん坊を守るためにビロウの命を奪わなくてはならないとしたら、私は必ずそうするだろうということだ。緑人のモイサックのように、私は種を残すだろう。その種とは、今や迷う余地なくあの家族に他ならないのだ。

それに続く二日間、観相の仕事のない午前中だけだが、私は情報省の地下で公式文書の山を掻き回して過ごした。ビロウがかつて書いたもののなかに、クリスタル球の設計に関するものがあるのではないかと考えたのだ。ビロウの発明品はすべてかれの奇妙な記憶システムと結びついているが、そのうちのかなりの発明品についてビロウは技師への指示を書き残していた。偽楽園のように手の込んだ作品が、単なる思いつきの産物だとは考えられない。だが結局、収蔵されている書類のなかに私が下水処理場の地下で見たものに似ているものは何ひとつ見当たらなかった。その代わり、実にさまざまな風変わりな発明品についての覚え書きがあった。それらの発明品の中には、すでに世に出ているものもあれば、まだ工場地域で開発中だと思われるものもあった。ビロウの並外れた理論や発想を書かれたもののかたちで眼《ま》の当たりにすると、さすがに気力が萎《な》えた。だが同時に、そこには拭いがたく非人間的な印象もあった。ビロウは自然を弄《もてあそ》ばずにはいられなかった——そんな感じがした。

これらの書類は、長年のあいだ誰の注意をも惹かなかったに違いない。紙は黄ばんで整理も行き届かず、埃が舞い上がるというよりは塊になった塵がごっそりと床の上に落ちるありさまだ。この黴臭い地下室でもうひとつ気づいたことは、偉大なドラクトン・ビロウの朽ちていく夢のなかに羽のある虫が巣食っているということだった。早朝の街路の混雑が和らぎ、足音や馬車の車輪の音が聞こえなくなると、この六本足の侵入者たちが一斉にかさかさと羽音をたてながら鳴き始めて、私の集中を妨げた。要するに、私がここで時間を費やしたことは全くの無駄に終わった。

丸二日も空しく手を束《つか》ねていたと思うとつらかった。もちろん、観相官としての仕事は続けていたし、夜ごと馬車に乗って市《シティ》全域を回り、カルーが生きている証拠を探し求めてもいた。ほんとうは何よりもアーラとエアに会いに行きたかったのだが、具体的な救出計画もないのにかれらを再度訪れることには危険が多すぎた。第一、次に戻る時は助け出すと私は約束したのだ。もっと時間があればと痛切に思ったが、持ち時間はどんどん減りつつあった。市民たちの処刑が予定されている日まで、十日の猶予がもはや半分以下になっている。

ある考えが閃《ひらめ》いたのは、美薬のおかげだった。情報省で手がかりを見つけるのを断念した日の夜のこと、私はやはり馬車に乗って市中を回っていた。馬車の窓から建物の薄暗い戸口を一軒一軒確かめ、横道をひとつひとつ覗き込んだ。御者にはゆっくりと走るように命じ、そしてかれにものろのろと歩く大男がいないか気をつけて見てくれるように頼んでおいた。

その日は美薬を打つ暇がなかったため、いつも以上に苦しい禁断症状が出ていた。私は馬車のなかで小壜一本分の美薬を打ち、楽な姿勢になってしばらく考えごとに集中してみようとした。私は心の眼を使って、少し距離を置いたところから偽楽園を封じ込めたクリスタル球を眺めてみた。どうやってこれを建造したのだろうと考えたのはその時のことだ。アーラはじぶんたちの周りにそれがつくられたのだと言っていたが――

ガラス玉のように吹いて成形したのでなければ、部分部分を組み立てたのだろう。つまり、どこかに継ぎ目があるということだ。しかし、それではどうすればよいのかという点になると、考えても無駄だった。ただ私は白昼夢のなかで、クリスタル球の周辺にぎっしりと蝟集《いしゅう》して作業をしている人びとの姿を幻視した。高いところから見下ろすと、それはまるで巨大な卵に群がる蟻のようだった。

馬車の天井を叩くと、御者が応じた。「何でしょうか?」

「公園の南側に回って、ディーマー技師の屋敷につけてくれ。場所は知っているな?」

「はい、閣下」

ピアス・ディーマーは、理想形態市《ウエルビルトシティ》が建設された時期にビロウの主任技師を務めていた。頭の良さではビロウにひけをとらないという噂もある。年をとった今も、相変わらず精力的に市《シティ》の建設プロジェクトに関わっている。かれは何人もの子供や孫がいる身であり、従って家族に対する愛情を当てにできるという計算が私にはあった。

ディーマー技師は短く刈り込んだ白髪頭に、細身ながらがっしりした体つきの、気難しそうな老人だった。私を邸内に招じ入れてはくれたが、喜んではいなかった。かれの書斎は居心地の良さそうなこぢんまりとした部屋で、使い込んだ製図版があり、壁面には専門書がぎっしり並んでいた。ディーマーは紛れもない市《シティ》の有力者のひとりだ。しかしその影響力を持ってしても、思うままにかれやかれの家族を呼び出して観相を行なうことのできる私の現在の権限には太刀打ちできないだろう――そのように私は考えていた。

思わせ振りはやめにして、すぐに核心に入ることにした。

「情報が欲しい」私は宣言して、かれの机の周りに置かれたビロード張りの椅子のひとつに腰かけた。

「誰だって情報は欲しいさ」ディーマーは皮肉っぽく応じた。

私はポケットから予約カードをひとつかみ取り出し、無造作に机の上へと投げ出した。「お孫さんたちに一枚ずつ渡してください。皆さんがいずれもよい相の持ち主であることを祈ります。マスターが記念公園で何を計画なさっているか、あなたもお聞き及びだと思いますが」

ディーマーは無表情に予約カードを見つめ、やがて眼を上げた。「クレイ、君は私を脅迫しているのか？」

「お孫さんたちの頭は葡萄の実のように破裂するでしょう。亜麻色の髪のかわいい頭が、お国の栄光のために破裂するのです。さぞかし見ものでしょう」

「こんなまねをして、マスターのお耳に入らないとでも思うのか？」

「そうですね、わかりました」私は立ち上がった。

ドアから出ていこうとした時、ディーマーが呼び止めた。「待ってくれ」

私はまた机のところに戻った。「偽楽園を封じ込めたクリスタル球のことです。あれは、どうやって建設されましたか？」

「何故そんなことを知っている？　最重要機密の筈だが」

私は予約カードをもう一枚取り出し、机の上に投げた。「奥さんにも、私の仕事場に出頭していただきましょうか」

「あれは建設されたものではない」剣呑《けんのん》な眼のいろを見せながらも、ディーマーは答えた。「あのクリスタルは生成されたものだ。マスター自身の発明によるもので、時の経過とともに純粋な酸素に変わる物質を用いて型をつくり、その内部でクリスタルを生成した。溶液が型に流し込まれ、クリスタルが生成されたのち、型は酸素となって分解した。非常に速い速度で進むプロセスだ」

「入り口や出口は？」

ディーマーは首を振った。

「破壊する方法は？」

「私たちは火炎放射器や弾丸や手榴弾を用いてテストしたが、罅《ひび》ひとつ入らなかった。しかし、君はどうしてこんなことを知りたがるのだ？」

「それはお話しできません」

「マスターもご存じのことなのか、これは？」

「いえ。もしも私がこうやってあなたを訪れたことがマスターの耳に入れば、あなたの家系はぷっつり途切れてしまうでしょうね」

「どういうことだ――もしや、ひょっとして君もお仲間なのか？」ディーマーは手を上げて、指でOの字をつくった。

はっとして私は頷き、おなじサインを返した。

ディーマーはようやく納得して、安心したように微笑を浮かべた。が、それでも複雑な表情のまま私を玄関まで送った。致しかたなかったとは言え、脅迫まで行なったこの私のことをにわかには信用しかねたのだろう。「何か思いついたら、連絡する」ドアを閉じながら、ぶっきら棒にかれは言った。

公園から遠ざかる馬車のなかで、じぶんの立場をディーマーに明かしたことで今度は私のほうが不安になってきた。ディーマーがほんとうに市《シティ》全体に広がっているらしい謀叛の企てに参加していることをただ祈るばかりだった。結局、会ったことのない人びととの連帯が、私にとっての最後にして唯一の救いになるのかもしれない――私はそのように思ったが、この国では物事が見かけどおりであることはほとんどない。アパートに帰る道すがら、私は絶対に信頼できる唯一の人間、すなわち楽園の夢を脳に刻みつけた機械じかけの大男の姿を捜し求め、路地という路地を熱心に覗き込んだ。

〈孵化しようとしている卵〉――旅人はクリスタル球のことをそのように表現した。頭のなかで私はその卵をハンマーで叩き、長靴《ブーツ》で蹴り、馬車の車輪で轢き、しまいには卵を抱く雌鶏のようにその上に座り込んでみた。だが、何をしても卵には罅も入らなかった。

結局、私は美薬に慰めを求めた。その夜、二度目だった。昼の見張りのマターズ伍長が私の寝室に現われ、猿の頭の杖で力いっぱいクリスタルの卵を叩いてまわった。へとへとに疲れた伍長は私のベッドの足元に骰子《さいころ》を投げ、重々しく「ゼロ」と告げた。

28. 果実の効用、酒場〈地虫《アースワーム》〉での出来事

謀叛の企てがあるという話はどうやらほんとうだったらしく、翌朝になって私はそれを実感することになった。外に出て街路の遠くに眼をやるなり、〈市頂上世界《ザ・トップ・オヴ・ザ・シティ》〉ビルの最上階がなくなっている光景に直面したのだ。ドーム型のレストランの部分は跡形もなく消失し、昇降機の箱が昇り降していた筒の先端は無残な空洞となって、そこから白い煙が立ち昇っている。私は通行人を呼び止めて、何があったのか尋ねた。

「ゆうべ爆発があったんですよ」男は言った。「あそこと、それから国家保全省でも。国家保全省では、片方の棟が丸ごと吹き飛ばされたとか」

「誰がそんなことを?」

「邪悪な勢力が存在するという噂ですね、市《シティ》のどこかに」

私は男に礼を言い、急ぎ足でカフェまで行くと、再び理想形態市《ウェルビルトシティ》新聞を買った。「爆発、市《シティ》を揺がす」という大見出しだった。記事には、どの現場でもかなりの死者が出たこと、ビロウがテロリストの逮捕につながる情報の提供者に十万ビロウの報奨金を与えると発表したことが書かれていた。

事態は切迫していた。私が動き出すよりも早く、Oの人びとが動きだしたのだろう。かれらはごく近いうちに記念公園で処刑が行なわれることを知り、激しく憤っているのではなかろうか——そ

れとも先夜、バーの客が襲撃されたことに対する報復なのだろうか。

一杯目のシャダーに口をつけたかつけないかのうちに、馬車がカフェの前に止まった。このところすっかり顔馴染になった御者があたふたと走って来た。

「閣下、今朝ほど大臣全員に招集がかかりました。緊急会議とのことで、マスターが閣下にも出席を求めておられます」

「わかった」私はシャダーの代金を払い、カップとナプキンを持って馬車に乗り込んだ。会議は慈愛善政府のマスターの執務室で開かれるとのことだった。行きがけに馬車は国家保全省の脇を通り抜け、私は爆発の惨禍を眼《ま》の当たりにした。確かに西棟全体が崩れ落ちており、そこにはただ瓦礫の山があるばかりだった。ピンクの珊瑚も、古くなったパンが崩れるように粉々になっていた。遺体の一部らしいものや、パイプや窓ガラスの破片などが入り混じった現場の無残さは何とも言いがたいもので、しかも暴徒鎮圧用の装備に身を固めた兵士たちがテープで囲った封鎖区域の周りをパトロールしている。これほどの警戒態勢は、やはり反政府勢力が勢いづいている証しだろうと私は心のなかで頷《うなず》いた。

馬車は国家保全省の残骸のある角を曲がり、慈愛善政府に向かった。私は残りのシャダーを飲み干し、ナプキンで口を拭おうとした。隅に何か書いてあるのがちらりと見えた気がして、広げてみると、ペン書きのメモがあった。「クレイへ　卵の殻は、外から破るより中から破る方が簡単だ。もっと詳しく知りたければ、今夜八時に街の西側の『地虫《アースワーム》』まで来られたし。P．D．」

私はナプキンをびりびりに裂いて丸め、慈愛善政府の建物に入る前に屑箱へ捨てた。そして昇降機のなかで私は考えた——あのメモはほんとうにピアス・ディーマーが書いたのか、それとも私をおびき寄せる罠なのか？　呼び出しに応じるのはどう考えても危険であり、爆破事件で反政府勢力に対する取締りが厳しくなっている今はなおさらだと思われた。だが、私はこの機会を逃したくなかった。

ビロウの執務室に向かう廊下の途中で、かれの奇病の犠牲になったのは他でもないアーデンだということがわかり、私は少なからずショックを受けた。アーデンは以前と同じ姿勢で鏡を掲げて立っていたが、その肩から上の部分はそっくり消失していた。この光景に刺激されたのか、私は久々にマンタキス夫婦のことを思い出していた。思い返してみれば、世話の焼ける私の面倒をよく見てくれたかれらだったのに、満足な礼も言わずじまいだった。そういう訳で、ビロウの執務室に入る直前に私の頭のなかにあったのは、スクリー荘のロビーで血溜まりに浸って死んでいた老夫婦の悲惨な姿だった。

大臣たちはビロウの水晶製デスクを半円形に取り囲んで立っていた。私が入ってきたのを見て、公安長官と国家保全大臣を兼ねるウィンサム・グレイヴズが露骨に気に入らないという顔をした。「この会議は大臣だけのものだと思っていたが」

「黙らんか」即座にビロウの怒声が飛んだ。

「遅れて申し訳ございません」私が言うと、ビロウは大臣たちの列に加わるよう顎で示した。

ドラクトン・ビロウは専用の椅子に座り、かつてないほど疲労困憊しているように見えた。「諸君、われわれは危機に直面している。むろん承知だろうが、昨夜、爆発が私の市《シティ》を揺るがした」大臣たちは一様に気遣わしげな表情をしたが、構う様子もなくビロウは続けた。「諸君、謀叛の陰謀がある。さっそく対処してもらいたい。明朝のこの時刻までに、犯人どもの首を私の前に持ってこい。さもなければ、お前たちは全員、最悪のかたちで任を解かれることになる。わかったな？」

大臣たちは一斉に頭を上下させた。

「グレイヴズ大臣、前へ」ビロウが言った。

グレイヴズは軍隊式に背筋をぴんと伸ばし、進み出てビロウに敬礼した。

ビロウはデスクの引き出しを開け、拳銃を取り出すと、ろくに狙いも定めずに引き金を引いた。

グレイヴズは直立不動の姿勢のままどっと仰向けに倒れた。頭部がそっくり吹き飛んだために、左右の大臣たちの上着や顔には鮮血が派手に繁吹《しぶ》いていた。

「これから毎日、お前たちのうちのひとりを処分する」ビロウが言った。「この問題が片づくまではな」

新任の芸術大臣の足もとで黄色い水溜まりが広がっていくのに私は気づいた。他の者たちも眼に見えて震えあがっていた。かれらは激しく了承の身振りをし、わかりましたと言い、万歳と叫んだ。それから皆がビロウを見つめ、ビロウもかれらを見つめ返した。

「行け」大声で叫ぶと、ビロウは天井に向けて一発発射した。そしてグレイヴズの死体を指さした。

「その糞袋を運び出して、塵芥処理場に廃棄しろ」

理想形態市《ウエルビルトシティ》において、実務処理がこれほど迅速に行なわれたことはなかっただろう。全員が去るとすぐ、ビロウは私に椅子を持ってくるよう命じた。私は床に残った血糊からなるべく遠いところに座った。

「爆発のことは聞きました。疑わしい者の心当たりでも？」

「誰が犯人なのかは、よくわかっている」拳銃を引き出しに投げ込みながらビロウは言った。

「それは？」

「ああ、私だ」とビロウ。「頭痛の発作が繰り返し起きるので、昨夜私はひと晩じゅう起きていた。なあクレイ、いったい何があのくそ忌ま忌ましい果実から私に乗り移ったのか知らんが、それはおそらく独自の意識を持っているのだと思う。こともあろうに私の市《シティ》を破壊しようと企んでいるのだぞ、そいつは」憤然とした様子でビロウは続けた。「私の寝室からは市《シティ》のほぼ全体を見渡すことができる。ある時、発作が始まってすぐのことだが、私の脳裏にひとつの建物の映像が浮かんだ。何十年も前に、心を込めて設計した建物のひとつだ。激痛に襲われて私は固く眼を閉じたのだが、すると爆発の音が外から聞こえた。眼を開けて捜すと、窓の外にその建物はすでに存在しなかった。瓦礫から立ち昇る煙があるばかりでな――その後の私が、じぶんの住まいにどれほどの損傷を与えてしまったか、口にする気にもなれん。私の側仕えの召使どもは全員細切れの肉片になって、宮殿《パレス》の広間いっぱいに散らばっている」

「治療の見込みは？」私は尋ねた。

「あの果実の種から発芽した植物が生長しつつある。研究者どもは、その葉や茎から抽出した液が果実の作用を和らげるのではないかと期待しているのだ。それは明日にでも私の手元に届くことになっている」

「大臣たちに叛乱だの陰謀だのと仰ったのは何故です？」

「他にどう説明しろと？　マスターがじぶんの市《シティ》を次々に破壊しているとでも言うのか？」

頷きつつも、私は疲労感がいや増すのを覚えた。

「まいった」ビロウは言った。「私はじぶんのなかにいる何かが私を滅ぼそうとするのを感じている。陰謀が潜んでいるのは他でもない、ここ、私の血管のなかなのだ」ビロウは頭を揺り動かしたが、その仕草は純粋な悲しみに満ちているように思われた。「お前も覚えているかもしれんが、国家保全省のなかに、天井にペリカンが浮き彫りにされている綺麗な小部屋があった。その意匠は、私が十歳の時に死んだ妹の顔を覚えておくための記憶装置だった。ゆうべそれが破壊されてからというもの、私はもう妹の顔を思い浮かべることができんのだ。私の頭のなかの市《シティ》でも、その部屋が破壊されてしまったということらしい」

そう言ったとたん、またしてもビロウは苦痛に顔を歪めながら椅子の背に倒れ込んだ。かれは頭を抱えて叫んだ。「また起きるぞ。窓を見ろ、クレイ——教育省だ——裏口で爆発が起こる」

窓の外で、ビロウの言った建物がまったく唐突に巨大な煙の柱と化した。粉々になったクリスタルや珊瑚のかけらが猛烈な粉塵となって空中に舞い上がり、同時に街路へと降り注いでいく。それに加えて執務室の廊下からスパイア像の頭がいくつか吹っ飛ぶ音が聞こえ、おまけに私のすぐ脇の本棚が壊れて、大量の書物が崩れ落ちてきた。

ビロウは汗だくになり、荒い息をしていた。「もう大丈夫だ」弱々しい声でかれは付け加えた。「注射の用意を頼む」

私はビロウのために美薬を用意した。ビロウは注射器を取り、じぶんの左の顳顬《こめかみ》に打った。そして針を引き抜きながら、ようやく安堵の吐息を洩らした。「美薬はありがたいな。私の苦痛を少しでも和らげてくれるのはこれだけだ」

「何か他に、私にできることは？」

「ない」ビロウは答えた。「ただ、親身になってくれる者に打ち明けたかったのだ。クレイ、私から眼を離さず、耳を閉ざさないでいてくれ。私はほんとうに苦境に陥っている。危険な状態なのだ」

「マスター、私がついております」私は不安のあまり思わず熱意の籠もった口調で言ったが、ある意味でそれは本心から出たものだったかもしれない。

その日、私は予約カードを配らなかった。もはやそれどころか、今日明日のうちに行動を起こさねば私たちは全滅してしまうかも知れないのだ。教育省の爆発現場に向かう救急隊と、そこから逃げてくる市民とが入り乱れて街は混乱していた。群衆が暴走して、圧死者が出る恐れすらあった。兵士たちは火炎放射器を群衆に向けることによって辛うじて治安を保っていた。アパートメントまで苦労して戻ると、私は今が休息を取っておく最後のチャンスと考え、美薬を打ってベッドに潜り込んだ。美薬のもたらす長い夢を貪っていると、またしても爆発音が起きた。今度はごく近かったので、ベッドから転げ出して窓に駆け寄ったところ、向かいの観相アカデミーの建物が火と煙に包まれていた。この時ばかりは私もいい気分になり、もう少し横になっていようとベッドに戻った。

夜になるとすぐ、起き上がって服を来た。熱い灰と煙の臭いは残っていたが、街は静かだった。カルーを街の西側に連れていった時と同じ道筋を私は辿った。〈地虫《アースワーム》〉は私が学生時代から名を知っている小さな汚い店だ。私自身行ったことはないが、常連をたくさん知っていた。できるだけ大通りを避け、暗がりを選んで歩いた。

店の数ブロック手前で、尾行されている気配を感じた。振り返ったが、眼につくものは何もない。魔物の消息が判然としないままなので、私はいくぶん怖かった。愛用のデリンジャー銃を失ってしまったということもある。私は歩調を速め、相変わらず何者かが間隔を置いて後についてくる気配は感じられたが、もう振り向かなかった。

〈地虫《アースワーム》〉は今にも崩れそうな古びた酒場で、内部の照明は乏しかった。テーブル席の数箇所に火のともった蠟燭が置かれ、バーカウンターの鏡の上部に〈ペリック湾《ベイ》〉の輝くネオン看板が取り付けられているだけだ。その看板の下に三人の客が固まって座り、粗末なカウンターに肘をついてカクテルを飲んでいた。片隅の〈スクリムリーズ〉の広告の下では、バーテンダーらしい人影が居眠りをしている。暗がりに眼を凝らすと、店の奥にディーマーの白髪頭がぼんやりと見えた。かれはいちばん奥のテーブルで、ワイングラスを前に前屈みの姿勢で座っていた。

近づいていって向かいの席に腰を下ろしたが、ディーマーは顔を上げなかった。咳払いをしても、反応がない。眠り込んでしまったのだろうと思った私は身を乗り出し、そっと肩に触れた。ディーマーの上着が隠していたシャツの部分に、血の滲んだ穴が見えたのはその時のことだった。ふと見ると、ワイングラスの隣りに私のなくしたデリンジャー銃が置かれている。背後で三つのスツールが床に擦れて音をたて、三人の男が立ち上がった。

振り向くと、ふたりの兵士がライフルの銃口を私に向けるところだった。肩から軍用コートを羽織ったビロウが真ん中に立ち、ふざけたように中指と親指でOの字を作った。

「上水道設備の貯水タンクから興味深いものが見つかったんだよ、クレイ」ビロウは言った。「そのデリンジャー銃のほかに、外套もあった。私には見覚えのある外套だった」

「訳があるんです」

ビロウは片手で私を制した。「お前だけは信頼していたのだぞ、クレイ。私はお前に心を許したのだ――それなのに、ほかのつまらぬ連中と同様にお前は私を裏切った。拳銃と外套が届けられたので、私はお前の動きを調べ始めた。ゆうべ、ディーマーのところへ行ったらしいな。私は今日の午後、部下をつれて行ってきた。私の頭はあの書斎を木っ端微塵に破壊してしまったぞ。もっとも、その前に反政府的な書き物を見つけておいたがな。一族全員、その場で処刑してやった」

私はバーカウンターに眼をやり、バーテンダーも殺されていることを知った。「私を殺すのは簡単なことでしょう」私は言った。「だが少なくとも、私はあなたとこの市《シティ》が長くは続かないことを知ったうえで死んでいける」

「もうお前には、ドラリス島での休暇はやらない」とビロウ。「頭を破裂させてやる」

「デリンジャー銃が出てきたので気づきましたか? 私のことは全く警戒していなかったのですか?」

「助手にしていたあの女のことを、お前は何も尋ねようとしなかったな。気に入っていたんだろう? それがまず妙だとは思っていた。お前が隠しごとをしているとは思いたくなかったが、今日になって外套と拳銃が届けられたのではっきりした。どういう計画だったのだ?」

「あなたを狙っていたわけではありません。ただ、彼女を自由にしたかっただけです」

「それが実現できなくて残念だったな」ビロウは兵士に命じた。「こいつを外へ連れ出せ」

兵士たちが両側から私の腕をつかんだ。ドアに向かっていた時、ビロウが頭を抱えた。また発作が起きるのだろうと思ったが、それはすぐに治まった。

街路では馬車が待機していた。「処刑場へ」ビロウが御者に命じた。兵士たちは私を馬車の脇に連れて行き、ひとりが馬車のドアを開けた。ドアが反動で揺れ戻ろうとしたその時、何者かが中から飛び出して、恐ろしい力で兵士の顔を殴り飛ばした。もうひとりの兵士がライフル銃を構えたので、すでに自由になっていた私は反射的に身を伏せた。兵士は馬車に向けて一発撃ち込み、さらに発砲しようとしたその時、懐かしいカルーが——ひどく焼け焦げて発条《ばね》が飛び出しているが、カルーによく似た何かが——兵士に飛びついて喉首をつかみ、魔物の角を折った時そっくりに首をへし折った。ビロウが腰の拳銃を抜こうとしたが、カルーの大きな拳の方がすばやく動いた。顔面に一発食らったビロウは地面に倒れ、長々とその場に伸びた。

私は御者を牽制するために慌てて立ち上がり、馬車の前部に回った。気の毒な御者はすでにディーマー同様の状態になっていた。そこへカルーが来て、私の肩に手を置いた。かれが近くに来ただけで、過剰な負担で焼きつきそうになっている末期症状のモーター音が耳についた。歯車装置がじぶんを騙し騙し必死に動いているらしい音も聞きとれた。胸当て付きズボンの大部分は焦げ、顔や腕も含めて左半身が黒くなっていたし、弾丸の穴も増えてはいたが、しかしカルーの顔は微笑んでいるように見えた。鴉の鳴き声のような音が喉から聞こえ、また会えて嬉しいと言ったのだと私は思った。

29．孵化する卵、革命勃発

私はカルーを馬車の客室に押し込み、ビロウは殺さず生かしておいてくれと頼んだ。ビロウは失神しているだけだった。御者台に登った私は御者の死体をそっと街路に落とし、ホルダーから鞭を取りあげて馬の尻をぴしりと打った。やってしまってから、馬車の御し方など何も知らないことを思い出した。馬たちはすでに全速力で走りだしており、手綱を引いてはみたものの、かれらは私の最初の命令のほうを頭に刻みつけているようだった。馬車は外側の車輪だけで二度三度と角を曲がり、街灯の柱に後尾をぶつけながら走り続けた。数ブロックの試行錯誤を経て、何とか程よい速歩で歩ませることができるようになったが、私としては上出来と言ってよかっただろう。

事態が急展開していた最中に、私はある計画を立てていた——と言うより、うってつけの思いつきが閃《ひらめ》いたと言ったほうが近いだろう。私は馬車を進めながらあたりを見回し、前にカルーと立ち寄って焼きたてのペストリーを買った店を捜した。小さな店の前で四頭の馬を停止させるには、私の持てる能力のすべてを必要とした。馬たちが私を置いて走ってはいかないだろうという確信が持てるとすぐ、私は御者台から飛び降りて、走って歩道を横切った。

私は運がよかった。前と同じ男——Oの同盟の参加者である男がカウンターで店番をしていた。「やあ、クレイさんじゃないですか」かれは親しげに言い、指でOの字をつくった。

私はカウンター越しに男の襟首をつかんだ。「シャダーを十杯、テイクアウトで頼む」そのままの姿勢で私は店内を見回した。数人の客がテーブルにいて、驚いたようにこちらを見ている。「仲間に伝えてくれ。マスターの身柄を拘束した。何かやるつもりなら、今夜決行しろ。わかったな?」

男は頷《うなず》き、私は襟首を放した。かれはすぐさま動き出した。紙のカップに泡立つシャダーを注いでは蓋をする。十個分をボール箱にうまく詰めてくれると、男は今度も金を受け取らなかった。私が小走りに出て行く時、男は背後から声をかけてきた。「また会いましょう、ウィナウで!」続けて、客たち全員が「ウィナウで」と力強く唱和する声がそれに重なった。

ふたたび御者台に登った私はシャダーの箱を脇に置いた。気づくと馬車は勝手に走り出していた。今や馬たちまでが同志に加わったかの如くで、めざすは下水処理場だとよく承知している様子だった。数分後、最後の角を曲がると、印象的な白い大理石の建物が視界に入ってきた。私は馬車を脇に寄せ、灰色の蜂の巣のような下水処理場の真正面に停止させた。

すぐにカルーがビロウを肩に担いで降り立った。私も街路に飛び降りた。シャダーの箱を抱え、鞭をつかんで馬の尻を打つと、すっかり協力的になった馬たちは素直に馬車を引いて走り去った。

私たちは下水処理場の建物に入り、前回と同じ道筋をたどった。前の時のカルーものろかったが、今回のカルーは機械仕掛けがすっかり狂っているせいで、さらによろよろと這うように進むことしかできなかった。濾過水槽の段々をいちばん下まで降りていくのにとてつもなく時間がかかったが、私は辛抱強くつきあった。数え切れないほど命を救われたことを思えば、これしきどうということもなかった。

激しく音をたてる急流に沿ったトンネルを歩いていき、ついに偽楽園のあるコンクリート洞窟の一歩手前まで来た。私の合図で、カルーはビロウのからだを投げ出すように地面に置いた。トンネルの壁にもたれて座る姿勢にさせておいて、私はビロウの前に膝をつき、平手で頬を叩いた。果実のせいでビロウが弱っているのは有り難いことだった。そうでなければ、ビロウは得意の惑わしの術でとっくに逃げていたことだろう。

顔を叩いたり肩を揺すったりするうちに、ビロウの意識が回復しはじめた。瞼が痙攣しながら薄く開くと、すぐに私はカップの蓋を外し、首を後ろに逸らさせて口からシャダーを流し込んだ。半分飲ませたところで、噎《む》せるといけないと思って中断した。残りの半分を飲ませ始めると、とたんに私は濃い茶色の液体を吐きかけられて、顔も胸もびしょ濡れになった。ビロウは完全に意識を取り戻していた。

「只で済むと思うなよ、クレイ」ビロウは喘《あえ》ぎながら言った。「私の兵士たちがすぐそこにいるのだぞ。呼べばすぐに飛んでくる」

「お静かに。さもなければ、ここにいる私の友人があなたの口に長靴《ブーツ》を突っ込むことになります。飲んで頂くシャダーは、まだまだたくさんありますので」

「生憎とシャダーの飲み過ぎは医師に禁じられている」ビロウは喉声でくつくつと笑い、それから唇を固く結んで開こうとしなくなった。

カルーは耳障りな危険領域の雑音を振り撒きながら私たちを見下ろしていたが、おそらくやりとりの一部は理解できたのだろう。かれはおもむろに足を上げるとビロウの腹を蹴り、ずいぶんと手加減した蹴り方だったとは言え、ビロウの口を開けさせるにはそれで十分だった。すかさず私はシャダーを注ぎ込み、するとビロウはまた暴れはじめた。カルーがまた長靴《ブーツ》で蹴り、それが何度も繰り返されるうちにビロウも観念したのか、最後の数杯は抵抗せずに飲んだ。

澱《おり》も残さずにすべてを飲み干すと、さすがにぐったりした様子でビロウが尋ねた。「どういう計画だ？　私をシャダーで溺れ死にでもさせようというのか？」

「いや、卵を孵化させてもらいたいのです」私の合図で、カルーは親熊が仔熊を扱うようにビロウの首筋をつかんで易々と立たせた。

「ふん、大した思いつきだ」

「うまく行きますかね」

「お前にそれを知る機会はないな。この継ぎはぎの屑《ジャンク》ともども真っ先に吹き飛ばしてやる」

「頭痛の準備は整ったと見えますね、マスター」

ビロウのことはカルーに任せて、トンネルの出口から洞窟内の様子を窺《うかが》ってみると、クリスタル球の周辺で警備に当たっている兵士は四人いた。偽楽園を見るのはこれが二度目だが、あまりに驚異に満ち満ちた光景なので、つい見惚れてしまった。

〈地虫《アースワーム》〉にいた兵士のライフル銃を持ってくればよかったと、今になって私は悔やんだ。警備の兵たちをどうすればいいのか、相変わらず見当もつかない。「あの小型太陽はいったいどういう仕組みなんです？」目先の問題とは無関係なことながら、私はふと尋ねてみずにはいられなかった。

質問に答えかけたビロウの声が、鋭い悲鳴へと裏返った。カルーがどこかを強くつかみ過ぎたという訳でなく、シャダーが期待通りの効果を発揮し始めたのだ。悲鳴を聞きつけた兵士たちがこちらに注目する様子が見え、そっくり同じことを二度繰り返しているという強い既視感が恐怖となって私を凍りつかせた。

「やめてくれ、いかん、それは財務省だ」ビロウが喚《わめ》き散らした。

遠くから重苦しい爆発音が伝わってきたかと思うと、トンネル内を地震のような震動が走り抜けた。わずかな間を置いて、あちこちの天井から岩石のかけらが雨のように降りそそぎ始めた。爆発の衝撃のために、私はもう少しでまた川に落ちるところだった。体勢を立て直して様子を窺うと、こちらに向かいかけていた兵士たちが狼狽しながらあたりを見渡すところだった。

「こっちだ」ビロウが叫び、兵士たちは再び走りだした。

私は破れかぶれで迎え撃つために身構えた。せめてひとりくらいは倒せるかもしれないと考えたのだ。カルーに闘う元気が残っているといいのだがと思いながら振り向くと、ビロウがまたしても苦痛に顔を歪めていた。両手で頭髪を掻き毟《むし》りながらかれは喚いた――「頼む、やめてくれ、私の宮殿《パレス》だけは」前よりももっと近いあたりで爆発音が起き、激しい上下振動ののちに今度は洞窟の床が大きく罅《ひび》割れた。そこから噴き出してきた真っ白い蒸気は、兵士たちを殺傷するには威力が足りなかったが、震え上がらせるには充分なものだった。洞窟の天井から剝がれた岩盤が落下し始めるに及んで――クリスタル球の向こう側にも出口はあるのか――兵士たちは残らずそちらへ逃げてしまった。

最後のひとりが見えなくなると、私たちはすぐさま移動を始めた。今やすっかり危険地帯と化した洞窟内を進むあいだ、さらに二回爆発があった。私たちの周りのものがどんどん崩れていくというのに、ビロウ本人は無意識の境をさまよう様子だった。爆発のたびにクリスタル球は眼に見えてびりびりと震えたが、相変わらず罅が入るような兆しはない。

そこだけ夢のように平和な楽園の内部に、旅人と赤ん坊を抱いたアーラがいた。私に向かって盛んに手を振っている。「急げ、頑張ってくれ」私はビロウを抱えて歩くカルーに向かって怒鳴った。私はビロウの顔を――今や恐るべき起爆装置と化したその複雑怪奇な頭を――クリスタルの表面に押しつけてやるつもりだった。私は先に立ってクリスタル球の前に走り出ると、アーラたちに下がってくれと合図した。その時、強烈な光の反射がクリスタルの球面全体を覆った。振り向くと、今まさにカルーのからだが爆発する瞬間だった。ビロウの背後で、カルーのからだの輪郭が倍以上に膨らみ、爆発の炎とともに千の破片となって飛び散るのを私は見た。歯車、発条《ばね》、回転子《ローター》、肉片などが嵐に舞う紙吹雪さながらに宙を飛び狂い、炎の尾を引きながら、遠くは洞窟の向こう端まではるばると飛散していった。それはまるで打ち上げ花火のような華々しい最期だった。ビロウは間一髪の差で倒れ伏したので、傷は負っていないものと思われた。

何があっても逃がすものかという気迫を込めて、私はすぐさまビロウを取り押さえた。カルーから何かを受け取ったとでもいうように闘志が高まっていた。クリスタルの壁まで私が苦労して引き摺っていくあいだも、止まらなくなった吃逆《しゃっくり》さながらビロウは三回も市《シティ》のどこかの爆発を引き起こした。最後の爆発はかなり小規模だったので、シャダーによる増幅効果が薄れかけているのかもしれないと私は思った。そしてこの混乱の最中にふと気づいたことながら、クリスタル球内の旅人はどうもかなり衰弱しているらしく見えた。これは私にとって最後のチャンス、そしてもっとも有望なチャンスだったのに――もしもそれを生かすことができないのならば、せめてビロウを殺し、これ以上の悪行を行なえないようにしよう。ほとんど一瞬のうちにそう心を決めた時、アーラが赤ん坊を旅人に渡すのが見えた。彼女は偽楽園の端まで歩いてくると、クリスタルの壁に触れた。諦めるなと私に頼んでいるかのようだった。

ビロウが意識を取り戻し、逃れようとして暴れだした。からだを捻ってこちらを向くと、私の喉首に手をかけてきたので、私もかれの首に手をかけるかたちになった。そしていつの間にか、私たちはあらん限りの憎悪を込めて互いの首を絞めあい、隙を見ては殴りあうという死に物狂いの闘争を演じる羽目になっていた。辛うじて優位に立った私がもう一度殴ろうとした時、突然ビロウの両耳から怪しげな火が噴き出した。開いた口からは黒い煙が立ち昇っている。私が恐れていたことが現実になり、ビロウの魔力が回復してきているのだ。もはやビロウを殺すどころか、逃げないように押さえ込むのが精一杯だった。

片手でビロウのシャツの襟をつかみ、一方の手で上着の襟の折り返しをつかみながら、私はビロウの惑わしにかかるまいと踏ん張った。火と煙が消え、ビロウの顔がどろりと溶け出したかと思うと、見る見る犬歯の長い巨大な猫の顔に変わっていった。ビロウの両手は蛇と化して私の首を強力に絞めつけ、さらにはその両袖から黒い小鳥が次々と飛び出してくる。それが羽搏くたびに、私は酸欠で眼のまえが真っ暗になった。

「クレイ、お前はすでに死んでいる。立派な死人だな」ビロウが猫の低い鳴き声で言った。

すべて幻だ、私は心のなかで必死に繰り返したが、首を巻いて絞めつける蛇のためにからだ全体の力が抜けていった。空気を求める肺と脳髄は火がついたようで、ビロウの服をつかんでいる手が緩むのがわかった。

私の両手が垂れ下がると、ビロウは私を回転させてクリスタル球に向け、じぶんがそうされる筈だったように私の顔をクリスタルの壁に押しつけた。それからすばやく私の頭を後ろに引き戻し、左耳に口をつけて囁いた。「これが終わったら、お前にふさわしい仕事を命じよう。グレタ・サイクスもそろそろ年頃だと思うんだ」

私はほとんど失神しかけていたが、最後の気力を振り絞って瞼を開くと、クリスタルの壁を隔ててすぐ眼のまえにアーラがいた。ヴェールの下端を左右の手でつまんでいる。咄嗟《とっさ》にその意を汲んだ私は、からだの力を抜き、一瞬の隙に膝を落とした。アーラの顔とビロウの顔が、これでまともに向きあった筈だった。

ビロウの絶叫が始まり、アーラが緑の布を持ち上げたことがわかった。蛇はすみやかに指に戻り、私の喉から離れた。つかの間、あたりの空気がしんと静止したような感触があった。奇妙な沈黙が地下の洞窟を満たし、そしてふいに雷鳴のような音が耳を劈《つんざ》いたと思うと——凍った大河がいちどきに春の氷解を始めたような、巨大な氷山に一斉に罅が入ったような、何とも言いがたい大音響が轟きわたった。ビロウと私は、雪崩《なだ》れ落ちてくる大量のクリスタルのかけらとともに後方へ吹き飛ばされた。私のからだは地面に落ちてもまだ勢いが止まらず、さらに数フィートの距離を回転しながら滑走して、ようやく静止した。

倒れたまま眼を上げると、縁がぎざぎざになったクリスタル球の破れ目を通り抜けて、旅人が私の方に歩いてくるのが見えた。アーラも赤ん坊を抱いてやって来る。私はふと意識が遠のいたが、気づくとふたりがそばに立って、私の顔を覗き込んでいた。

「クレイ、あなたの過去の罪を赦《ゆる》します」薄緑のヴェール越しにアーラが言った。私が密かに期待したような熱っぽい口調でも感動的な様子でもなく、それは淡々としたものだったが、赦しはついに訪れたのだ。

旅人が私に手を貸して立たせてくれた。「長い旅路だったね、きみ——」

ものが考えられるようになるまで、少し時間がかかった。真っ先に捜したのはビロウの姿だったが、どうした訳か、かれは命永らえて逃げ出した模様だった。おそらくクリスタルの壁がアーラの恐るべき力からビロウを守る障壁の役割を果たしたものと思われた。だが、クリスタル自体はアーラの力の激しさに耐えかねて砕けたのだ。アーラがクリスタルの強固な壁を貫くことができたのは、壁の向こう側に純粋な怒りを集中させる対象を見出したからだと私は密かに考えた。それはビロウだったのか、それともこの私だろうか——

球の向こう側に、市《シティ》の地下連絡通路への入り口があった。私たちは迷路を走る鼠さながらの姿で地下通路をたどり始めた。不可能だと思われたことが実現したものの、それ以上に難しい仕事が残っていた——市《シティ》から脱出することだ。

地下の迷路世界で、私たちは武装した多くの反乱派の市民たちに出会うことになった。地上では現在のところ全面戦争が展開しているそうで、私たちはかれらの口からそれを知ることになった。ビロウは無論まだ生きており、かれの造った奇跡のような建造物が崩れ落ちる衝撃が頻々と伝わってくることからもそれは明らかだった。また市《シティ》のメインゲートは出入り不能になっていて、警備の兵がいる他に属領《テリトリー》管轄省の建物の残骸で塞がっているそうだといった情報も入手することができた。だから市《シティ》の西境に向かうといいと教えてくれたのは、次に出会った別の反乱グループだった。じぶんの眼で見たという者の話では、爆発で壁に大きな穴が開いているらしい。しかしかれらも私たちと行動を共にすることはできなかった。水道設備を占拠する部隊に加わる途中だったからだ。

驚いたことに、私たちが会った叛徒の多くが旅人と顔見知りだったり、旅人のことを噂に聞いて知っていたりした。クリスタル球が造られていた期間に、旅人は檻のなかから多くの労働者たちと言葉を交わしていたのだ。ある若い女の言葉を借りるならば、「私たち自身の抱いている恐怖こそがマスターの魔法の源なのだと、かれは教えてくれた」のだった。ビロウを倒そうという考えは、旅人と市《シティ》の住民との接触によって広まったことを私は知った。人びとにOのサインを教え、ウィナウのことを話したのは旅人だったのだ。これから戦いに赴く市民たちは、旅人の前に群がって握手を求めた。

「俺たちはあんたが戻ってくることを知っていた。エアがそう言っていたからな」叛徒のひとりが私に言った。「クレイ観相官は以前とはまるきり違う人間になっていて、我々と同じく楽園を探しているとエアが教えてくれたんだ」

叛徒たちと別れると、私たちだけになった。認めたくなかったが、美薬はそう寛大に私を解放してはくれなかった。私は禁断症状の兆しにおののいた。症状がひどくなれば、アーラたちの足手まといになるのが明らかだったからだ。だがアーラと旅人は私を見捨てようとせず、結局私たちは地下通路に丸二日間潜むことになった。その間、ふたりは親身になって私を看護してくれた。旅人が小袋から出してくれた小さな甘い実のおかげで痛みと吐き気が和らぎ、そして私はたくさんの汗をかき、汗とともに無知と恐怖の名残を発散させた。私たちが地下通路にいる間も、ずっと爆発音は続いていた。ライフルの音が微かに聞こえ、肉の焦げる臭いが地下にまで侵入してきた。

三日目の朝――私の体力はまだ充分には回復せず、歩くにも時おり支えが必要だったが、私たちは西境の壁の手前でようやく地上に出た。理想形態市《ウェルビルトシティ》全体がすっかり廃墟と化した眺めがそこには拡がっていた。建っている建物は只のひとつも見当たらず、未だ余燼《よじん》の燻《くすぶ》る瓦礫の山がそこらじゅうにあるばかりだ。市民の死体と兵士の死体が混じりあって散乱し、臭いがひどかった。私たちは塞がった道を避けながら歩み、話に聞いた壁の穴のところまで来た。穴の向こうには、陽射しに輝く草原や森の光景が奇跡のように存在した。市《シティ》の外に常に在《あ》ったこの光景が、私には一種の楽園のように思われた。二度目に美薬を断ったばかりでひどく衰弱し、意識が朦朧としていたが、それでも私は泣かずにはいられなかった。

自由に向かって私たちが歩き出そうとしたまさにその時、背後から声が呼んだ。「クレイ」

五十ヤードばかり後方、風が煙を吹き散らす廃墟の一劃にビロウが立っていた。汚れた軍用コートをまとい、人狼のグレタ・サイクスをぎりぎりと引き止めた鎖を短く握っている。アナマソビア以来久し振りに見るグレタだったが、その顔はいつの間にか見違えるほどの女らしさと精悍さを増しており、私はやや意外な驚きを感じた。はっとするほど生き生きとして純粋な野生の残忍さに満ち、あたかも周囲の廃墟光景との対照を成すが如くに、彼女は今や一種の無残な美を獲得しているように見えた。主人がかつて持っていた生気《オーラ》がそのままグレタに乗り移ったかのようでもあり、今のビロウにはいっそふさわしい道連れ、地獄の花嫁だと私は思った。

「終わった。みんな死ぬか、いなくなるかした」ビロウは無表情に言った。「若い頃、海や山を越えてここにたどり着いた時、私の頭のなかには市《シティ》の姿が細部までがありありと浮かんでいた。だが、市《シティ》がどのようにして終わるかということだけは見えなかった」

ビロウの顔はデスマスクそのもののようで、見る影もなく窶《やつ》れ果てていた。若い盛りの人狼を制する力がどこに残っているというのか、実に不思議だった。

「ビロウ、私たちをこのまま行かせてくれないか」私は言った。「これ以上われわれに害を加えても、意味のないことだろう」

ビロウはしばらく虚ろな顔で地面を見ていたが、やがてその表情に変化が起きた。眼に小さな輝きが宿り、狂気じみた笑みが見る見るその顔を歪ませていった。

「私はお前たちに構ってなどいられないぞ、クレイ。そんな暇はないんだ。やらなくてはならないことがたくさんある。ゆうべまた夢を見て、素晴らしいビジョンを得たのだ――今度こそ間違いのない閃《ひらめ》きをな」ビロウは踵《きびす》を返し、グレタとともにかれの市《シティ》へと戻っていった。

壁を通り抜けて風吹く草原に出た時、旅人が私の肩に触れた。振り向くと、かれは廃墟の上に拡がる空の一点を指さした。そこでは一羽の大きな鳥が旋回していた。

「禿鷹か?」

旅人は首を振った。「魔物がじぶんの居所《ホーム》を見つけたのさ」

30. 緑のヴェールの物語

市《シティ》の崩壊から逃れた人びとは、ラトロビア村の西約五十マイルに位置する谷間まで移動し、そこに住みついた。ふたつの川の分岐点に当たる住み良い土地で、私たち住人は皆ここをウィナウと呼んだ。もちろんここはこの世の楽園などではない。ここでもやはり人は死に、病気になり、不運に遭遇する。だが、この土地には自然の美しさが備わっており、住民のあいだには人情がある。それだけでもここを神聖な場所と見なすには充分だと、皆が心の裡で感じているのだった。

今、私はウィナウの地でこの本の最後の部分を書いている。私が住んでいるのは裏庭のある小さな家だ。弓矢による狩りや役に立つ実や根の採集方法は、旅人が私に教えてくれた。私は今では、アナマソビアを訪れた頃の慢心した愚か者とは全く違う人間になっていると思う。だが、もしかすると別な意味での愚か者かもしれない——暖かい陽射しを浴び、土の匂いを嗅ぐだけですっかり満足してしまう愚か者である。肩書きや高い地位を持つことはもはや重要ではない。この村の一員であることが立派な肩書きであり、地位であると感じている。

私たちウィナウの住人は、生き延び、成長するために助け合ってきた。ビロウに関する忌まわしい記憶があるから、政府というものはないし、権力者も作らない。いさかいが起きても、何とか血を見ることなく解決している。商取引も行なわれている。快適さを追求し過ぎると自由が犠牲になるということを生々しく記憶しているので、生活を容易にする装置を警戒している。もしかしたら、その警戒心は度を越しているかもしれない。こういう在り方がこれからもずっと続くかどうか、それは私にも誰にもわからない。

ここに住みついて以来、私はヴェールをつけたアーラがじぶんの畑で働いている姿を始終見かけることになった。アーラと旅人は、私の家から野原を隔てただけのかなり近いところに住まいを持ち、ふたりでアーラの息子を育てていた。子供の名はジャレクという。ジャレクは午後になるとよく野原を走ってきて、私の部屋に入り込み、書き物をしている私にまつわりついた。私はペンを置いて立ち上がり、可愛いジャレクと一緒に森を散歩したり川で釣りをしたりする羽目になるのだった。

ジャレクは私にありとあらゆる質問をし、私もジャレクにありとあらゆる質問をした。そんな折りに決まって私の心に去来するのは、かつてかれの母が熱心に語ったじぶんの夢のことだった――市《シティ》に行って大学の講義に出たり、図書館に出入りしたりすることが彼女の夢だったのだ。息子のジャレクは旅人から〈彼《か》の地〉に伝わる古い智慧を分かち与えられており、病気を治したり幻覚を起こしたりする草木の利用法に精通していた。旅人は私を立てて大した学者だとジャレクに話していたようだが、私自身はじぶんがジャレクにしてやれることは限られていると感じていた。すなわちお前は素晴らしい子だという気持ちを無言のうちに示し、勇気づけてやることだ。私の手持ちの紙は――外套と引き換えに財務大臣の妻から入手したものだ――残り少なくなっていたが、私はそれを惜しげなく使い、ジャレクと一緒に蛙や兎など野原の住人の姿を絵に描いた。

アーラは相変わらず私と関わりを持とうとしなかった。道で見かけて挨拶をしても、アーラのヴェールは揺らぎもしなかった。そういうことがある度に、私の新しい生活の喜びに影が射し、落ち込まないようにするには努力が必要だった。だが胸に手を当てて考えてみるならば、アーラの態度も当然のことだ。旅人のほうは気にする様子もなく、時おり立ち寄っては雑談をしていった。そんな折り、私はよく楽園について話してくれるようかれに頼んだ。かれは穏やかに微笑みながら、長い眠り以前のことを語り聞かせてくれた。〈彼《か》の地〉についての話は、〈本物のウィナウ〉もまた完全ではないことを私に感じさせた。

ある日、私は旅人に尋ねた。「この世の楽園というものは、ほんとうに存在するのだろうか?」

「もちろん」

「どこに? それはどんなところだ?」

すると旅人は弓を置き、穏やかな眼差しで私の眼を覗き込みながら言った。「私たちはそれに向かって旅をしている。この世の楽園とはこんなものだろうと君が思うもの――それがこの世の楽園だ」

その後、野原でお互いの姿を認めると、旅人は私に向かって叫んだ。「クレイ、もうずいぶん近くまで来た。あと少しで着くだろう」それは何年も続き、私たちのあいだの約束ごとのような冗談になった。朝、家の戸を開けると、入り口の段々に狩りの獲物が置かれていたり、野原で採ったばかりの露にまみれた果物が一抱えも積まれていることもしばしばあった。それを見て、私は旅人が来たことを知るのだった。

三年ほど前のある晩のことだが、非常に遅い時刻にジャレクが私の家までやって来た。ひどい雨が降っていて、不気味な稲妻が走っては雷鳴の轟く晩だった。ジャレクは激しく扉を叩いて私を呼ばわった。「クレイ、クレイ」戸を開けてみると、ずぶ濡れの少年は怯《おび》えきってがたがた震えていた。

「どうしたんだ?」

「父さんが狩りに出て留守なのに、赤ちゃんが生まれそうなんだ。母さんが助けを呼んでこいって」

私たちは肩を並べて野原を駆け抜けた。家に入ると、ヴェールを顔に纏わりつかせたアーラがベッドで苦しんでいた。私にはまだ観相学と解剖学の専門知識が変わらずに残っていた。出産に関してもひと通りのことをアカデミーで学んでおり、これは相の形成が出生時に行なわれると考えられていたためだった。

上掛けをめくると、胎児は逆子だったらしく、すでに小さな足が突き出ていた。「ナイフを、急いで」ジャレクに言うと、かれはすぐに捜し出して持ってきた。父の旅人が巧みに作る石のナイフで、鋭さでは私のメスに引けを取らない。私は手にナイフを握った。じぶんの為すべきことはよくわかっているつもりだったが、同時に大きな不安があった。私は宗教を信じたことがない。だがこの時ばかりは、どうか再びアーラを無残に切り刻むことがないようにと何者かにすがる思いで祈っていた。

ベッドの傍らに立つと、私が手にしたものに気づいてアーラが悲鳴をあげた。緑のヴェールが暴風に吹かれるカーテンのように激しく揺れ動く。母親の腕を押さえてくれと私はジャレクに言い、かれは一度は警戒するように私を見たが、信頼することに決めたらしく言うとおりにした。私はナイフの刃を暖炉の火に入れ、軽く熱して消毒した。いくらか冷めるのを待って、アーラの腹部を切開し、何とか無事に赤ん坊を取りあげることができた。それは浅黒い肌の女の子で、父の美しさと母の気質を受け継いでいた。私は旅人が狩りの獲物の腸から作った糸で傷口を縫合した。

私がじぶんの人生でもっとも役に立てたと感じたのは、この時のことだった。このために生まれてきたのだという気すらした。幾多の試練を経て、つらさ惨めさに耐えて生き延び、ようやくじぶんが生まれてきた理由がわかったのだ。その子は旅人によってシンと名づけられた。シンはどうやら特別な子供のようだった、というのは、不思議なことにこの子を生んでからアーラの顔が徐々に変わり始めたからだ。次の年には私のつけた傷は跡形もなくなり、他の者を護るためにヴェールをつける必要もなくなった。ヴェールを外したアーラの顔を初めて見かけた時の、私の気の遠くなるような思いをどのように伝えればいいのだろう——わずかに老けて、落ち着きを増した大人の女の顔になっていた——しかしそうなっても、依然としてアーラは私に口をきかなかった。川のそばで開かれる青空市場で出会っても、ただ眼を伏せて私の脇を通り過ぎるだけだった。

一方、旅人はジャレクとシンを連れてよく私のところに来た。旅人は私に柔らかな赤ん坊を抱かせてくれた。そんな時、穏やかに微笑む旅人の顔を見ていると、かれがあの晩わざと狩りに出かけて留守にしたのではないかという気がしてならなかった。しかしこの考えが頭に浮かぶと、私はいつも急いでそれを打ち消した。只の思い込みに過ぎないし、危険な考えだとも思われた。ある日いつものように遊びに来ていた旅人が、明日一家で〈彼の地《か》〉に旅立つと私に告げた。

それを聞いて、私はからだの力が抜けた。抱いていたシンを旅人に返し、腰を下ろした。「どうして？」——そう言うのが精一杯だった。

「また戻ってくるよ。だが、一度は故郷の人たちに弁明しに帰らなくてはならないんだ」

「あなたは向こうでは罪人なんだろう。じぶんでそう言っていたじゃないか」

旅人は私の肩に手を置いた。「クレイ、物事は変わっていくものだ」その言葉を最後に、かれは私の家を出た。私は開け放たれた戸口に眼を向け、旅人と子供たちが野原を遠ざかっていく姿を見つめた。涙で視界が滲んだ。かれらの姿がすっかり見えなくなる前に、ジャレクが振り向いて私に手を振った。

その日の午後から夜にかけて、どうしようもない虚しさを紛らすために、この谷に住みついたばかりの頃に手に入れた二本の〈甘き薔薇の耳《ローズ・イアー・スイート》〉を私は空にした。酒は使命を果たし、私はその夜遅く意識を失った。

幾つも苦しい夢を見るうちに、いつしか私はあの忘れがたい浮氷の上に戻っていた。瀕死のモイサックの傍らに膝をついているのは、ビートンでなく私自身だった。冷たい風が唸りをあげて吹き荒《すさ》び、私の顔を氷の針で刺す。モイサックの手指である棘だらけの枝が弱々しく私の手首に絡みつく——モイサックは私に触れ、胸を切り開いて大事な種を取り出してくれと訴えた。いつの間にか、私は手にナイフを握っていた。モイサックの眼から命の火が消えるのを見定めて、私は人間なら心臓がある筈の場所に茂っている葉を刈り取った。十分な大きさの穴をあけると、吹き荒ぶ暴風に負けない大声で叫び、手を突っ込んだ。――そして、完全に眼が覚めた。たった今ドアが閉まったばかりらしく、微かな響きが残っていた。我が家にひとつしかない窓から朝の清らかな陽光が射し込み、平和に小鳥の囀《さえず》る声が聞こえていた。ベッドの上で身を起こすと、握りしめたじぶんの拳《こぶし》が眼に入った。夢の印象があまりに強烈だったので、指をこじ開けるのに非常な努力が必要だった。ようやく指を開くと、くしゃくしゃになった緑のヴェールが夢の種のように丸まって、私の掌に載っていた。

訳者後記

一九九七年、ジェフリー・フォードの『白い果実』(The Physiognomy) が出版されたときの衝撃はちょっとしたものだった。ニューヨーク・タイムズの書評で激賞されたほか、SFやファンタジーのみならず、ほかのジャンルでも評判を呼び、翌年、世界幻想文学大賞を受賞する。

壮大な三部作の第一部だが、なにしろダンテの『神曲』やカフカの『城』と比較する評もあるといえば、そのスケールの大きさと独創性は十分にわかってもらえるだろう。が、いわせてもらうと、そんなにしかつめらしい深刻な物語ではない。もちろん、宗教、哲学談義も出てくるが、あくまでもスパイスとしての役割にすぎないと思う。幻想味と諧謔味あふれるモダン・ゴシックといった感じではないだろうか。

さて、舞台は(第二部以降を読むとわかるが)「東の帝国」である。この帝国には、独裁者ビロウが自らの内面を具象化して創り上げた「理想形態市」とその周辺の属領がふくまれる。ビロウは科学と魔法に長じ、丸天井の建物や塔、クリスタルとピンクの珊瑚からなる美しい都市を創造し、異常に発達した観相学を支配の道具として使っている。

そのビロウの右腕と評判の観相学者、クレイが辺境の町アナマソビアに派遣されるところから物語は始まる。

ある教会に飾られていた「白い果実」が盗まれ、その犯人をつきとめることが彼の任務だった。「白い果実」というのは鉱山で発見されて、いつまでも腐ることなく教会に保存されており、食べると不死身になるといううわさもあった。

クレイは早速、観相学を用いてその調査に乗り出す……が、次々に起こる異様な事件に翻弄されるうち、やがて自分を見失い、破滅する……が、物語は彼をその地獄から引きずり出して、冒険へと追いやる……舞台は南国ドラリス島の硫黄採掘場へ、そして理想形態市へと二転三転し、そこで彼を待ち受けていたものは……

とまあ、この物語は、最初から最後まで、読者の予想を裏切り続け、読者の期待に応えながら疾走してくれる。

この作品、プロットも構成も人物造型もすべて、エンタテイメントの王道をいくような巧みな作りになっている。つまりおもしろくて楽しくてしょうがないのだが、最も大きな魅力は、そこにはない。それはなにかというと、あちこちにちりばめられた幻想的なイメージと、病的で痙攣的なイメージではないだろうか。

たとえば、この本を読み始めるとすぐに、スパイア鉱山のエピソードが出てくる。スパイアというのは燃料になる青い鉱物なのだが、鉱夫たちは長年ここで働くうちに、体が青くなり固くなっていく。主人公のクレイは鉱夫ビートンが真っ青に石化する瞬間を目撃する。

「私がその手紙を読み終える前にビートンは人間から鉱物に変わってしまったようだった。変化は全く音を伴わなかった。断末魔の呻きも叫びも洩れはしなかったし、肉が石に変化する時に微かな音をたてることもなかった。かれはただ手紙を読み終わるのを待つ淡々とした表情で私を見つめていた。前に差し出された手は、封筒の幅だけ指が開いている。私は手を伸ばし、ビートンの顔に触れた。青い大理石さながらの滑らかさだった。皺や髭まですべすべしている。私が手を引いた時、ビートンの眼球が急にびくりと動いて真正面から私の眼を覗き込み、そのまま今度こそ永遠に固く凍りついた」

そしてその青い像をながめながらのクレイと、ビートンの孫娘アーラとの会話。

「分析のために鑿を少々使わなくてはならないかもしれない」

「あの頭を発掘するのを手伝わせていただけたら光栄ですわ」

「何が見つかるだろうね」

「楽園への旅が見つかると思います」(……)

「かれの脳の真ん中で、我々は白い果実を見つけることになるんじゃないかな」

この手の小説が好きな読者は、もうこのあたりでしっかりつかまってしまう。そして作者の奇想といっていいほどの異様な想像力に翻弄されて最後までいやおうなく引っぱられていくのだろう。

ともあれ、二十世紀最後を飾る、奇書といっていい。

じつはこの作品、翻訳の教え子の谷垣さんに要約を渡され、原書を読んでみて、そのすごさに驚き、なんとか日本でも出版したいと思ったのだが、問題はその文体だった。これをわれわれの翻訳文体で訳してしまうと、それこそぺらぺらなエンタテイメントになってしまう。それだけはなんとしても避けたい。しかし、日夏耿之介か平井呈一でも生きていれば話は別だが、いまこれを過不足なく、見事に訳せる訳者は、ひとりも頭に浮かばなかった。

そこで頭に浮かんだのが、山尾悠子だった。谷垣・金原で訳したものを山尾が山尾文体に移す、なんとすばらしいアイデアなのだろう。それを思いついた日は、結局朝まで、いや、朝になっても眠れなかった。そして早速、国書刊行会になぐりこんで、いや、飛びこんで、編集の礒崎さんに相談してみた。この本の性格からして、ぜひ山尾悠子の文体がほしいということ、また、山尾は根っからの遅筆だが、こういうリライトを経験すれば、書く速度が上がるのではないかということ……などなど、さんざん並べ立てて説得し、了解をいただいた。山尾悠子の次作を首を長くし、半ばあきらめつつも大いに期待している読者からの叱責は覚悟のうえである。ただ、ごくたまに、このような遊びがあってもいいのではないだろうか。

こうしてこの本ができあがった。

なんとも、なんとも贅沢な一冊である。もしかしたら原作を越えてしまったかもしれないと危惧しているくらいだ。

ぜひぜひ、お手にとってご一読ください。

ちなみに、この物語は第二部の『Memoranda』へと続き、第三部の『The Beyond』で完結する。いずれも主人公はクレイだが、最終巻には、『百年の孤独』に匹敵するほどの見事な仕掛けがほどこされている。

乞うご期待！

金原瑞人

二〇〇四年六月二一日

旧友・金原瑞人のセッティングにより本書の成立に関わることができたことを、まずは光栄に思います。作者JF氏の指し示す奇怪なイメージ群を覗き込み――共訳者ふたりの肩越しに、ではありますが――それを日本語の文章世界に再編していく作業は、有り体に言って実に楽しいものでした。幻想や異世界構築を扱う小説は何より言葉と文体の力をもって成立するということを、改めて意識し直す経験にもなったのではないかと思います。

さて、この『白い果実』という不思議な小説についてはすでに金原氏の懇切な解説がありますので、補足的に若干の感想を――これは独裁者の支配する未来世界の自滅的崩壊を描いたカフカ風の寓話であるとする評もあるようですが、個人的に印象に残ったのはストーリーのひとつの軸となっている〈女性をめぐる物語〉です。「私、ずっと思っていましたの――いつか市《シティ》に行って、立派な図書館で勉強したり大学の講義に出たりしてみたいって」この台詞ゆえに共感を呼ばずにおかない辺境の独学娘アーラをめぐる物語――つまりこれは主人公の彼女に対する理不尽な仕打ちとその後の失墜、贖罪についての物語であるという読みかたもできるのではないでしょうか。〈緑のヴェール〉が象徴するものを簡単に読み解くことは難しく、また結末部にはやや物足りないものを感じもするのですが、女性蔑視に満ち満ちた主人公がさんざんな目にあうことになる過程は充分に楽しませてもらったことをここに記しておきたく思います。

作者の筆致は時にコミカルに、時にアメリカン・ディテクティヴ・ストーリーの如き活劇調を呈したりもします。が、時には——たとえばドラリス島での最後の章のように——不思議に印象的な美しさを湛えることがあり、このあたりの自在さはさすが凡手ならずといったところでしょうか。

最後に、辛抱強くつきあってくれた旧友と、細々と行き届いた助言を下さった谷垣暁美さん、そしてやはり辛抱強さでは負けない国書刊行会編集長礒崎純一氏にこの場をお借りして感謝を捧げます。

山尾悠子

著者訳者略歴

ジェフリー・フォード（Jeffrey Ford）

米国の作家。1955年に生まれる。本書により1997年の世界幻想文学大賞を受賞。他の小説に『Memoranda』『The Beyond』がある。ニュージャージー在住。

山尾悠子（やまお　ゆうこ）

1955年生まれ。作家。主要著作に、『山尾悠子作品集成』『ラピスラズリ』（共に国書刊行会）、『角砂糖の日』（深夜叢書社）、『オットーと魔術師』（集英社）ほか。

金原瑞人（かねはら　みずひと）

1954年生まれ。法政大学教授・翻訳家。主要訳書に『ホエール・トーク』（クリス・クラッチャー、青山出版社）、『ヘブンアイズ』（デイヴィッド・アーモンド、河出書房新社）、『豚の死なない日』（ロバート・ニュートン・ペック、白水社）、『満たされぬ道』（ベン・オクリ、平凡社）など。

谷垣暁美（たにがき　あけみ）

1955年生まれ。翻訳者。主要訳書に『痴呆の謎を解く――アルツハイマー病遺伝子の発見』（文一総合出版）、『9990個のチーズ』（ウェッジ、共訳）ほか。

白《しろ》い果実《かじつ》

二〇〇四年八月二二日初版第一刷発行
二〇一九年一〇月九日初版第四刷発行

著　者　ジェフリー・フォード
訳　者　山尾悠子・金原瑞人・谷垣暁美
発行者　佐藤今朝夫
発行所　株式会社国書刊行会
東京都板橋区志村一―一三―一五
電話〇三(五九七〇)七四二一
印　刷　株式会社エーヴィスシステムズ
製　本　株式会社ブックアート
装　丁　柳川貴代
ISBN978-4-336-04637-6
https://www.kokusho.co.jp